GW01007305

INTRIGUE À VENISE

Né en 1966, Adrien Goetz, membre de l'Institut, est un écrivain et historien de l'art français. Il enseigne à la Sorbonne. Il écrit également dans divers titres de la presse artistique et il est le directeur de la rédaction de *Grande Galerie, le journal du Louvre*. Il est l'auteur de plusieurs romans : *La Dormeuse de Naple*s, couronné par le prix des Deux Magots et le prix Roger-Nimier, ou *Intrigue à l'anglaise* qui obtient le prix Arsène Lupin en 2008. *Le Coiffeur de Chateaubriand* a obtenu le Grand prix Palatine du roman historique. Adrien Goetz a reçu en 2007 le prix François Victor Noury décerné par l'Académie française. Il a été élu en 2017 à l'Académie des beaux-arts.

ADRIEN GOETZ

Intrigue à Venise

Une enquête de Pénélope

ROMAN

GRASSET

Photographie de la page 250 : © Jean-Louis Gaillemin.
© Éditions Grasset & Fasquelle, 2012.
ISBN : 978-2-253-17342-7 – 1re publication LGF

PREMIÈRE PARTIE

Les derniers chats de Venise

« Je suis curieux.
C'est un défaut qui risque de me coûter cher,
mais c'est plus fort que moi. »

Corto Maltese
dans Hugo Pratt, *Fable de Venise*, 1977.

1

Traque dans la chambre turque

Rome,
mercredi 24 mai 2000, au milieu de la nuit

« Assassiné à Rome quand on est le grand écrivain de Venise, c'est de la négligence ! Finir dans la chambre turque de la Villa Médicis, pitié ! Ça ferait trop rire ce pauvre Jacquelin de Craonne ! »

Le vieil homme sec, les joues creusées dans un ivoire gothique, regarde une dernière fois les formes géométriques : carrés magiques, cercles, diagonales, croissants et roses. Des panneaux de céramique algériens, ce bleu, ce jaune, ce sol rouge et noir, ce décor du XIXᵉ siècle, son ultime décor ? Son sang s'en ira d'un coup d'éponge. Pour ça, c'est bien, la céramique.

La nuit est bruyante à Rome. Sur le fond du brouhaha qui monte jusqu'à ses fenêtres, il a d'abord entendu les coups sur le bois, tout proches. Achille s'est levé d'un bond. Il a hésité à enlever son pyjama pour s'habiller et leur faire face en costume, la main dans la poche de la veste, avec une pochette blanche.

Il s'est rassis. Tout est perdu.

« Je ne pensais pas que ce serait ça, la dernière œuvre d'art que j'aurais sous les yeux. Du carrelage. Si je me barricade dans la troisième pièce de la suite, celle du fond, je peux gagner dix minutes, le temps qu'ils enfoncent toutes les portes... Si cet incapable de Rodolphe avait l'idée de se pointer... »

Depuis deux ans qu'il est directeur de l'Académie de France à Rome, « la Villa » comme on dit, cette jolie auberge de jeunesse nichée dans un palais de la Renaissance, l'ambassadeur Rodolphe Lambel n'oublie pas ses amis. Il a laissé le mois dernier cette suite « turque », la plus belle cache du monde, à son camarade des Affaires étrangères, Achille Novéant, sans savoir trop pourquoi l'académicien lui demandait l'hospitalité.

Achille n'avait rien raconté à son meilleur ami, son Patrocle, son frère ; les menaces, la signification des têtes de chat coupées, la traque dans Paris... À Rome, personne ne devait le voir. Tout le monde devait le croire encore dans son appartement parisien, rue de Rennes. Achille et Patrocle, on les appelait comme ça à Sciences-Po, ils avaient vingt ans, ils faisaient tomber toutes les filles pour leur voler leurs fiches de lecture. Son ami Lambel lui a aménagé sous les toits de la Villa une retraite digne du Masque de fer à Sainte-Marguerite.

Au dernier étage, l'interminable escalier à vis conduisait à cette chambre, mythique depuis que Balthus, quand il était directeur de la Villa Médicis, s'y était enfermé durant des semaines pour peindre une petite fille nue, ou presque nue – ce qui est pire. Elle tient un miroir. Elle montre ses cuisses. Elle a douze ans. Le tableau est au Centre Pompidou. Le sort des tableaux provocants est de finir dans les musées pour que les groupes scolaires défilent devant eux. Et il y en a eu, dans l'histoire, avec Courbet, avec Rembrandt même… Si Balthus avait commis cela aujourd'hui, il serait à la Santé. Son cadavre à lui, pauvre Achille, sera bientôt à la morgue, avec ses *furlane* pourpres – ses pantoufles de doge achetées à la petite boutique en face du café, Calle Nuova Sant' Agnese, à l'arrière du palais Contarini-Polignac. Dès qu'il avait vu le chat mort, la tête tranchée, sur le paillasson de la rue de Rennes, Achille Novéant avait compris ce que cela voulait dire. Il allait payer. Il avait déguerpi.

Il était arrivé seul, de nuit, dans la voiture d'une ancienne secrétaire du Quai d'Orsay indiquée par l'ambassadeur, une femme de confiance, très dévote, Mme Pétin – un nom pas facile, on la surnommait « Moi c'est sans A » –, il l'avait dédommagée et la perspective d'un pèlerinage imprévu l'avait ravie. Nul ne l'avait vu entrer à la Villa. Rodolphe, qui avait vraiment été efficace, l'avait accueilli, installé. La cuisine de la Villa – une même famille y travaille depuis cent cinquante ans – lui préparerait des plats. On les monterait à mi-étage de l'escalier qui conduit à cette planque de luxe, il viendrait les chercher. On ne le verrait pas.

Aucun des membres du personnel, aucun des « pensionnaires » de l'« Académie de France à Rome », ces jeunes artistes plus ou moins déprimés de ne pas être des artistes maudits et qui n'osent refuser la pension d'Ancien Régime que leur verse la République, ne devait savoir qui habitait en ce moment la chambre turque. De toutes les suites de la Villa, c'est la seule qui dépende directement de l'appartement du directeur. Il peut y loger qui bon lui semble.

C'est idiot de massacrer une porte qui doit dater du XVIᵉ siècle.

Achille Novéant s'était installé avec son ordinateur et ses carnets dans ce décor de rêve qu'il méprisait un peu, cet orientalisme toc, pour préparer sa riposte. Ou sa fuite, plus loin, dans l'autre hémisphère. Pas de téléphone, pas de connexion Internet. Il ne se montrait pas à la fenêtre.

« À mon âge, savoir qu'on va mourir dans dix minutes, ce n'est pas si désagréable. Le décor va aider à ma légende. Il faut juste que ça ne fasse pas trop mal. Je croyais que j'aurais peur, mais non, j'ai soixante-dix-huit ans, c'est de la vieille tripe, je vais les attendre avec un bon livre… »

C'est fou ce qui revient à la mémoire quand on va mourir, des noms de fâcheux, des amis, « Moi c'est sans A » et tous les autres, des histoires qui surgissent pour meubler le temps qui reste, les minutes qui séparent l'instant présent de celui où… On pioche, dans la panique, dans ce qu'on a en réserve. Achille a même le temps de se dire cela, de faire des phrases sur ce qui lui arrive.

Il trouve : « Mourir c'est chercher de toutes ses forces à deviner le premier instant qu'on ne vivra pas. » Reviennent aussi les vieilles histoires, les vieux copains, un adieu au monde au hasard des associations d'idées. Ce qu'on appelle la « chambre turque » est en réalité un appartement, avec deux pièces en enfilade séparées par un corridor desservant une salle de bains. Un salon d'angle rectangulaire au plafond

orné d'entrelacs, comme dans le Maghreb, au bout,
sert de vestibule. Il est couvert de ces fameux carreaux
de céramique rapportés d'Orient par ce grand peintre
trop oublié qu'était Horace Vernet, à l'époque où il
était directeur. Balthus avait fermé les fenêtres et
allongé son jeune modèle sur un divan. Il avait peint
les volets intérieurs en vert. Derrière, c'est la plus belle
vue de Rome, il faut beaucoup de snobisme pour les
maintenir fermés. Achille se souvenait de Balthus, il
revit en une seconde une image de son inaccessible
chalet de Rossinière, à deux pas de Gstaad.

Achille Novéant, de l'Académie française, ne vivait
que par Venise ; il détestait Rome, capitale pour
bonnes sœurs. Cela lui plaisait de laisser dans la
pénombre sa silhouette de vieillard, de ne pas donner
un regard à l'obélisque de la Trinité-des-Monts ou aux
jardins du Pincio. Mais là, on frappait. Ils l'avaient
trouvé.

Achille et Rodolphe étudiants, Achille et Rodolphe
devenus vieux et respectés, fin du film. Certains soirs
de cette semaine, Rodolphe Lambel était venu le rejoindre pour un peu de conversation, avec une bouteille
de bourgogne. Leurs derniers instants heureux, la
résurrection de leurs ambitions de jeunesse. Ils par-
laient du bon temps, des années de Louis-le-Grand,
quand ils rêvaient tous les deux des concours diplomatiques. Lambel voulait faire une grande carrière, être
un jour ambassadeur à Londres ou à Washington,
Novéant ne voyait que la littérature. Ils avaient tous les
deux réussi : Lambel était resté dix ans à Londres et
six ans à Tokyo, et depuis qu'il était en préretraite,
plutôt que l'ambassade de Lisbonne et sa résidence
avec le grand jardin et les azulejos, on lui avait offert

la Villa Médicis. Novéant, lui, avait connu tous les succès, ambassadeur dans des pays secondaires, mais écrivain majeur, avec une seule devise : « Ne jamais craindre de se répéter. »

Lambel, qui avait encore un peu l'oreille du ministre de la Culture, lui donnait des nouvelles politiques. Il lui racontait des bêtises, comment il avait logé avant lui, dans l'appartement turc, le jeune prince de Venise, héritier du trône d'Italie, en secret, car la famille de Savoie n'avait pas encore officiellement le droit de rentrer au pays – Achille Novéant était friand de royalties. Comment Madonna, qui y avait passé un week-end très secret, avait déclaré en partant que c'était « la plus belle chambre d'hôtel qu'elle ait jamais eue ». Elle avait cru, la pauvre enfant, que la Villa Médicis, siège de l'Académie de France à Rome depuis Napoléon, était un cinq-étoiles.

Rodolphe Lambel est assez *name-dropping*. Mais comme il a des trous de mémoire, il passe son temps à demander les noms qu'il veut citer. Un vieux mondain qui continue par réflexe à vouloir saupoudrer la conversation avec des noms d'amis, et qui n'arrive pas à les retrouver tout de suite. Ça serait un tic pour un personnage, à réutiliser, dans un roman, si… C'est fou de repenser à toutes ces fadaises au moment de se faire égorger. Ça rafraîchit. Achille, comme ça, ne tremble pas – à quoi bon.

Le bruit n'a pas été très fort, mais net et sourd : la première porte vient de céder.

2

Pas un mot à l'ambassadeur

Ils avaient conclu un pacte, l'année de leurs vingt ans : entraide, sans discussion. Achille Novéant avait secouru Rodolphe Lambel, trente ans plus tôt, en le faisant exfiltrer d'Ouganda où il n'était que conseiller d'ambassade et en lui obtenant son premier poste d'ambassadeur « dans une région peu sensible », à Sanaa, très paisible dans ces années-là, contre l'avis du directeur du personnel du Quai.

Vingt ans après, Lambel « couvrait » son ami, ne lui posait aucune question, le logeait comme un prince sans jamais avoir reçu la moindre explication. Officiellement, l'académicien avait un livre à finir. Lambel raillait comme il avait toujours raillé :

« Mon pauvre Achille, ton vingtième livre sur Venise, tes lectrices, tes tortues, tes douairières en voudraient encore, vraiment ? C'est pour leurs petites-filles que tu écris maintenant, la nouvelle génération est peut-être un peu moins avide de découvrir tes sempiternelles histoires sur le pont des Soupirs et la malédiction de la Giudecca. Faudrait te renouveler, après soixante-quinze ans, c'est pile le bon moment. Venise grouille de jeunes à sac à dos, faut leur causer, faut parler d'eux ! Tes bouquins, injecte-leur du Viagra… »

Achille n'avait pas répondu. Les jeunes filles, aujourd'hui, lisent les livres à l'eau de piment du petit Gaspard Lehman. C'est fou que ce nom, ce visage lui reviennent en mémoire maintenant. Il parasitera tout, même sa dernière minute. Ce faiseur écrit sur Venise. Il a trente ans, en paraît vingt-deux. Il a la mèche, les yeux verts, de l'aplomb, il caracole, sale tête à claques. Au moins Achille, s'il meurt aujourd'hui, n'assistera pas au triomphe de ce freluquet sans talent.

Achille avait fini, au bout de dix jours, par commencer à dire la vérité à Rodolphe Lambel, son vieux frère, une nuit où ils avaient ouvert les volets et que la coupole de Saint-Pierre brillait comme une publicité pour un téléphone portable. Il était traqué. On voulait le tuer. Il savait qui. Et pourquoi.

Rodolphe ne demanda rien.

Achille ne lui dit rien encore à propos du cheval. C'était trop dangereux. Moins ils seraient à savoir…

Rodolphe Lambel n'avait pas été trop surpris, il aidait son ami, il se présenterait peut-être, l'année prochaine, à l'Académie. La chambre turque c'était une cachette parfaite, tellement voyante.

L'entrée se fait par cet escalier indépendant, qui débute dans le vestibule de la Villa. Par un palier, il communique avec l'appartement du directeur. À ce niveau, il y a une grille en fer forgé, une serrure Renaissance compliquée comme une machine de Léonard de Vinci. Toute personne qui veut s'engager dans l'escalier doit passer par la porte principale, sous la caméra de sécurité et devant la loge du surveillant.

Pour monter, il faut dix bonnes minutes, un peu moins pour descendre en courant, mais à peine.

Le bruit du bois qui cède a été plus net que la première fois.

On avait enfoncé la deuxième porte. Achille s'était réfugié dans la chambre du bout. Il avait verrouillé les trois serrures des portes de communication, celle de la première chambre, qui venait d'exploser, celle de la salle de bains, celle de la deuxième chambre, ils allaient les faire sauter l'une après l'autre. Le bruit ne s'entendra pas, les plafonds des appartements qui sont au-dessous sont si hauts.

Dans sept ou huit minutes, s'il ne sautait pas par la fenêtre, il baignerait dans son sang, ici, sur cette banquette recouverte d'une tapisserie des Gobelins au chiffre de Louis XIV, avec les deux L entrelacés. Son cadavre aura grande allure, mais la banquette sera foutue. S'il était plus respectueux du patrimoine, il sauterait, il lui faudrait un peu de courage, pour s'écraser quarante mètres plus bas, devant la vasque qu'a peinte Corot. En esthète blasé, Achille Novéant, qui savait qu'il méritait sa fin, hésitait encore un peu entre ces deux apothéoses.

3

Seule à Venise !

Venise,
mercredi 24 mai 2000, dans la matinée

Seule à Venise ! Si au moins ça avait été pour des vacances !

Le colloque commence et Pénélope déjà n'a qu'une envie : s'échapper. S'enfermer ici, dans cette mythique et poussiéreuse « salle des Quarante » de l'Istituto Veneto, devant un unique Tintoret, alors que l'Accademia, avec ses chefs-d'œuvre, est de l'autre côté du pont de bois, que la ville irradie et que le soleil flambe, c'est un supplice. Et ça va durer jusqu'à lundi ! Jamais vu un colloque aussi long, d'habitude ça se passe en trois jours, là il y a au moins trente interventions ; heureusement, dans le programme, le dimanche est libre…

Écouter les discours de bienvenue, supporter le vieux velours rouge des fauteuils, république sérénissime des acariens : la tentation est grande de sortir et d'aller boire un espresso au soleil. Sans compter

l'obligation de répondre à mi-voix aux coups de téléphone professionnels, toute une farandole de casse-
pieds, la conservation de Versailles – elle y a été
nommée il y a un an déjà –, le Centre de recherche
des monuments nationaux – installé au château de
Champs-sur-Marne dont un plafond vient de s'effon-
drer, ça fait bon effet – qui la consulte à propos d'une
restauration en cours, une broderie très fragile. La
spécialité de Pénélope, ce sont les tissus anciens.

Pire, dès la pause de dix heures, les appels des amis :
« À Venise pour un colloque, ça va ! », il y en a eu une
rafale de quatre ce premier matin, ceux qui s'ennuient,
ceux qui sont en premier poste à Limoges ou à Clermont-Ferrand. Bertrand, ami de promotion de l'École
du patrimoine, expert en paléographie notariale du
XVe siècle, qui est numéro trois aux archives départe-
mentales du Puy-de-Dôme, lui a fait la blague fameuse :
« Que préférez-vous : un week-end seul à Venise ou
avec la femme aimée à Clermont-Ferrand ? » Participer
à un colloque scientifique à Venise c'est attirer les
ennuis, les envieux, les ricaneurs.

Si Venise est un cauchemar pour les historiens de
l'art qui s'y réunissent, ce doit être surtout, pense
Pénélope, le calvaire des amoureux. Rien qu'en traî-
nant sa valise à roulettes le long de canaux, la veille,
Pénélope s'en est aperçue. Elle fredonnait la *Marche
turque* en suivant les panneaux jaunes qui aiguillent
les touristes vers le Rialto et San Marco, à la recherche
de la chambre d'étudiant que l'Istituto Veneto lui a
réservée, dans une annexe des bâtiments de l'université. L'architecture de la ville est faite pour les dis-
putes. Elle imaginait le babil de son grand dadais de
Wandrille : « Je t'ai dit que c'était par là ! Tu vois,

on revient au Canal ! On aurait dû tourner après le petit pont, tu n'avais qu'à m'écouter ! J'appelle un taxi ! »

Seuls certains couples, aveuglés par la passion, résistent à la topographie. Cette ville est une torture quand on s'y perd à deux. D'où l'idée d'en faire la capitale des voyages de noces. C'était la seule manière de sauvegarder cet urbanisme absurde. Heureusement, Wandrille n'a pas voulu s'incruster pour ce colloque sur « Gondoles, galères et galéasses : les instruments de la conquête vénitienne ». Sans doute les logements proposés en cité universitaire n'étaient-ils pas à son goût. Et puis, pour lui, Venise, ça sent trop les vacances en famille. Jusqu'à lundi, il faudra ne parler que des gondoles, de toutes les formes, à toutes les époques, et l'organisation n'a même pas prévu d'embarquer tout le groupe des conférenciers pour un défilé sur le Grand Canal, trop cher !

Wandrille aurait été intenable, il serait resté trois minutes au colloque, aurait appelé son journal dix fois, proposé des sujets d'articles, pris des photos, calé des interviews avec des starlettes au Lido. Il aurait tout visité sans elle, il l'aurait laissée parquée, casque sur les oreilles, dans cette salle trop grande, à écouter les âneries du traducteur et les pontifications des collègues. Ce Wandrille, son Wandrille, tête de mule mais grand cœur, fatigant comme un groupe scolaire en voyage de fin d'année, Pénélope a d'ailleurs de moins en moins envie de l'épouser. Il l'amuse moins qu'au début. Il cherche moins à la faire rire.

Elle, conservatrice à Versailles, a de moins en moins de temps à lui consacrer, noyée dans les dossiers de convoiement d'œuvres, les constats à faire avant les départs en restauration et autres joyeusetés inventées par les compagnies d'assurance, le public ne soupçonne pas que cela puisse constituer la vie quotidienne d'une historienne de terrain. Elle a des amis qui rédigent des notes de bas de page pour des catalogues d'exposition dont les visiteurs ne regarderont que les photos. Elle est fatiguée de cette vie, Wandrille est toujours aussi beau. Elle n'a plus trop envie de lui plaire.

Il ne pense pas à moi, tant pis ! Seule à Venise, pour cinq jours, au fond, c'est idéal. « *Sei da sola ?* », « Tu es seule ? », lui a dit un collègue du *Museo Storico Navale* de Venise, un grand brun aux yeux bleus, tout sourire, bronzage et lunettes, en la reconnaissant à la sortie du bus de l'aéroport sur le Piazzale Roma. Il était passé en coup de vent, six mois plus tôt, photographier des plans de navire à la bibliothèque municipale de Versailles et avait salué au passage les conservateurs du château. Elle l'avait repéré assez vite.

Pénélope a eu une idée subite la veille de son départ pour l'Italie : elle s'est fait décolorer en blond. Depuis le temps qu'elle avait envie d'essayer. Le garçon vient d'une petite vallée du Piémont où tout le monde a les yeux bleus, mais il est né à Venise. Ses parents sont professeurs de littérature. Pénélope lui a déjà beaucoup parlé. Il s'appelle Carlo. Elle a avoué qu'elle n'avait jamais vu le Musée naval, quelle honte mon Dieu… Il lui montrera le coin de Castello, l'Arsenal, une Venise préservée…

Le secret de Pénélope, cette semaine, est simple et terrifiant. Elle doit s'employer à cacher aux autres participants de ce colloque international organisé par l'Istituto Veneto qu'elle n'est jamais venue dans la ville. Une historienne de l'art, conservatrice de métier, qui ne connaît pas Venise… Personne ne doit savoir. C'est son seul objectif. Il faut ruser, faire semblant de comprendre les noms, s'échapper des conversations au bon moment… Sa communication est prête. Elle parle le deuxième jour, elle n'aura qu'à lire ses feuilles d'un air pénétré, ensuite elle aura trois jours de vacances, il suffira d'arriver un peu en retard le matin, de se montrer, de s'asseoir près de la porte du fond, et de filer à l'anglaise.

Venise, elle en a rêvé, elle veut tout voir, les églises, les musées, les peintures, ne pas se laisser aller à l'émotion, à la sensiblerie, au romantisme. Elle va visiter la ville avec la même application qu'elle mettrait à arpenter Arezzo, Pérouse ou Plaisance, Mantoue ou Ferrare, une de ces cités italiennes qu'elle a pu étudier à l'École du Louvre et qu'elle ne connaît pas encore. Foin des fadasseries, des couchers de lune, Venise est une petite localité italienne sur laquelle elle a fait des fiches. Une ville qui a autant d'habitants qu'Angoulême, et qu'elle va visiter comme on visite Angoulême, autre bijou.

Hélas, Venise n'est pas une petite ville italienne. Venise a commencé dès Roissy. Le ciel impressionniste au-dessus des avions ressemblait à une *veduta* de la lagune peinte par Guardi. Elle a vu venir très vite l'émotion pas chère, la romance pour dentistes allemands.

Dans l'avion, Pénélope a commencé à tout noter mentalement, comme durant ses visites de musées. Les couples en voyage de noces d'or : Italiennes fripées portant des bijoux anciens, vintage sur vintage, vieux messieurs convenables à triple menton, mocassins rouges et chaussettes jaunes, blazers à boutons dorés et montres de commodore, pantalons de toile lilas, cheveux botticelliens à un âge où aucun tableau ne peut plus être restauré, vestes autrichiennes en version estivale, en jean gansé de vert lagune… Pénélope croit entendre les disques de ses parents, un gentil Vivaldi des familles, *Il Gardellino*, *La Tempesta di Mare*, et bien sûr les inusables concertos pour mandolines.

Les enfants se précipitent tous du côté droit de l'appareil : Venise !

Parmi les intervenants, Pénélope n'a pas encore repéré tout le monde, ça fait une trentaine de noms à retenir et à oublier, elle arrivera à faire l'un et l'autre. On lui présente une universitaire monténégrine, espèce rare à laquelle elle n'avait pas encore été confrontée, un jeune maître de conférences de Grenoble avec un Canon numérique dernier cri autour du cou. La grande historienne de l'architecture navale, une Anglaise, Mrs. Drake, lui parle un italien chaloupé, certaine d'avoir encore la maîtrise des mers. Couverte de bijoux anciens, elle a l'air d'un détail dans un tableau de Carpaccio, se dandinant comme une châsse en procession, tous cabochons dehors, au son du *Rule Britannia*. Dans un Agatha Christie on la soupçonnerait avant même que le meurtre ait été commis, et ce serait elle qu'on retrouverait, au chapitre suivant, l'agrafe de sa broche en améthyste piquée dans la gorge.

Pénélope sourit. À côté d'elle, un vieux raseur membre de la Société des amis du Louvre qu'elle a déjà croisé pérore plus haut que les autres. Le programme mentionne : « Hippolyte Charton, chercheur, Paris-Venise. » Pénélope s'est assise à côté de son collègue italien, celui du Musée naval. Le beau

Carlo est plutôt méchante langue : « Vous le connaissez ? Depuis qu'il s'est acheté un tout petit studio ici,
il ajoute "Paris-Venise" après son nom. À la faculté
des lettres, nous l'appelons "l'inconnu du Paris-
Rome". De quoi parle-t-il ? Ah oui, comme toujours,
les barcasses… En même temps, c'est le sujet du colloque, il a de la chance pour une fois… »

La force de Pénélope c'est qu'elle connaît Venise à
la perfection sans jamais y être allée. Au concours des
conservateurs, l'art vénitien était au programme. Tout
le monde savait tout sur la peinture, c'est tombé sur
un sujet de sculpture. Elle a toujours aimé les cours
d'option où il y a le moins d'inscrits : l'histoire de
l'estampe, les textiles, la sculpture, la critique d'art au
XIXe siècle… La première épreuve du fameux concours
est une dissertation en cinémascope dans laquelle il
faut briller, savoir presque rien sur presque tout, de
l'Antiquité à nos jours, puis vient ce redoutable commentaire d'œuvre d'art où il faut être capable de dire
presque tout sur presque rien. À l'oral, on pioche des
enveloppes en kraft qui contiennent des photos. Elle
était tombée sur la statue équestre de Bartolomeo Colleoni, devant l'église San Zanipolo. Pénélope avait mis
ses lunettes : les conditions de la commande de la statue, le tour de force technique, les sources artistiques,
sa place dans l'espace du *campo*, sa dimension symbolique, sa présence dans la peinture de Canaletto à Giorgio De Chirico, sa transformation en mythe littéraire,
sa récente restauration et une dernière vocalise pour
évoquer les problèmes concrets de conservation pré-
ventive qu'elle pose désormais, jusqu'à ce que les

membres du jury, un genou à terre, aient définitive-
ment reconnu une des leurs. Elle avait retiré ses
lunettes à la fin. Le chef-d'œuvre sculpté par Verrocchio avait été son triomphe à elle, un 18, *diva assoluta*,
abracadabra, elle s'était retrouvée « conservateur du
patrimoine » de l'État. Alors, cette statue jamais vue,
ce matin, elle veut la photographier, lui dire merci. En
plus de faire ses baisemains au *Colleone*, elle veut visiter le Palazzo Fortuny, voir les plus beaux tissus du
grand créateur de mode de la Belle Époque. Les tissus,
sa passion.

Gagné, bien joué, elle est sortie. Elle a un plan en
main. Elle file vers celui qui l'attend, son fiancé en
armure. Elle sait qu'il est là pour elle, dans son immo-
bilité de bronze : le *Colleone*, ou « le cheval » comme
on disait dans les tavernes, le redoutable chef de guerre
du XVe siècle, condottiere en voyage, commandeur de
Don Giovanni, la plus altière statue du monde, morgue
incarnée, bride abattue, éperons d'or.

Pénélope aime bien Bartolomeo Colleoni. Au
XVe siècle, il avait demandé aux Vénitiens tremblants
devant sa force de bête brute d'avoir son tombeau à
Saint-Marc. Venise promit – et le laissa mourir, content
et mal payé, dans son château de Malpaga. On joua
sur les mots : le monument au terrible capitaine fut
installé non pas devant la basilique de San Marco mais
devant la Scuola San Marco, qui est aujourd'hui un
hôpital. Pour apaiser la mauvaise conscience qu'on
avait de cette entourloupe, c'est au grand Verrocchio
que le monument à la gloire du chef des mercenaires
de Venise avait été commandé.

Cette promenade à toute allure restera comme le
vrai souvenir que Pénélope gardera de Venise. La ville

défila, elle ne regarda rien en détail, les façades, les ponts, les palais, l'éblouissement des petites églises, la place Saint-Marc en diagonale, le campanile et la basilique, la tour de l'horloge, les promeneurs, les vieux qui lisent les journaux, toutes ces images se sont fixées dans sa mémoire comme si elle ne devait jamais les oublier, sans raison, sans l'avoir voulu, parce que c'était le premier choc, sa vraie découverte de Venise. À laquelle ne prépare aucun cours d'histoire de l'art.

Pénélope arrive enfin sur le *campo*.

Elle n'avait pas fait une erreur, pas un pas de trop. Elle avait traversé carte en main une série de canaux, trouvé le Campo Santa Maria Formosa, erré un peu, et au moment où elle se croyait perdue, elle avait aperçu un panneau jaune, le seul, indiquant « Colleone ».

Le Campo San Giovanni e Paolo – « Zanipolo » en dialecte vénitien – est presque vide : les chenilles de touristes qui vont l'envahir bientôt sont encore à Saint-Marc ou au Rialto. Pour le moment il y a juste quelques habitués au café, un marchand de légumes, une infirmière au téléphone.

Il se dresse face à elle. Son héros, bec d'aigle, sourcils, mâchoire, gantelets. Elle ne pensait pas que le socle serait si haut. En élevant le grand homme au-dessus de la mêlée, on le voit moins, c'est malin.

Elle retient son souffle.

Au pied du socle, dans une mare de sang caillé, les poils marron collés par le sang séché, une tête coupée. Une tête de chat, noire, avec une tache blanche entre les oreilles.

4

Un cheval de Venise à Paris

Paris,
mercredi 24 mai 2000

Wandrille est entré le premier dans la chapelle par la porte latérale, bloc-notes en main, un Leica en bandoulière, car il tient à se distinguer au milieu du lumpenproletariat des pigistes, qui passent, comme lui, au gré des commandes de « papiers », d'un magazine à un autre. Il veut aussi montrer à ce photographe ballot avec lequel il est attelé cette fois-ci qu'ils peuvent parler entre professionnels.

Fasciné, il photographie le cartel gravé dans le cuivre sur le côté de la statue : « Andrea Verrocchio, statue équestre de Bartolomeo Colleoni (1481-1488), Venise, Campo SS. Giovanni e Paolo, moulage fait sur l'original. » Il retrouve ici, à l'École des beaux-arts, à deux minutes de Saint-Germain-des-Prés, la sculpture qui l'avait fait trembler quand il était enfant. La croupe est un peu poussiéreuse, il faudra donner un coup de

plumeau avant la séance de photos, mais ça a de la
gueule, si on peut dire ça d'une croupe.

Le cheval de bronze, se dit Wandrille, c'est un
souvenir de grandes vacances et surtout un des glo-
rieux faits d'armes de sa Pénélope au concours, il a
oublié les détails. Elle aime bien rabâcher, ça ne
s'arrangera pas avec l'âge. Quatre ans ensemble, un
vieux couple ! Elle est gentille, Péné, elle est brillante,
elle a de jolis seins, mais bon, parfois… Elle n'a vraiment peur de rien, la petite chérie, elle est partie hier
pour Venise expliquer aux Vénitiens ce que c'est
qu'une gondole. Elle ne parle pas un mot d'italien,
ou à peine. S'ils la gardent un peu, ou si elle se plaît,
dans quinze jours elle interrompra les marchands de
verre de Murano pour corriger leur accent. Pas de
nouvelles depuis son arrivée à l'aéroport Marco-Polo.
Elle m'oublie, tant pis !

Wandrille explique au photographe ce qu'il doit
mettre en valeur. Chaque détail de la sculpture est
parfait, ciselé comme un bijou, la cuirasse, les gants
de fer, les étriers, le décor de la selle. Il se recule pour
mieux voir pendant que l'autre, qui l'écoute à peine,
cherche l'interrupteur et les prises pour son matériel.
Il ne pense plus que c'est une reproduction en plâtre,
il est à Venise, d'un coup. Que de souvenirs cauche-
mardesques ! Il n'a jamais pu se plaindre à personne :
une semaine à Venise ? À l'hôtel Bauer ? Et toi tu
râles ! Il connaît la ville par cœur depuis son enfance,
la corvée romantique des parents, chaque mois d'avril
depuis des lustres. Ce qui est beau dans cette statue
c'est qu'elle forme un grand triangle : le cavalier sur
ses assises, jambes tendues, le casque qui fend l'air

comme une lame. Il dégage une force surhumaine.
C'est le soudard sublime, envoyé de Dieu pour porter
le fer parmi les hommes.

Et voilà, les bonnes formules lui viennent déjà, sans
réfléchir, quel talent, sous-utilisé ! Son reportage de
la semaine est simple, douze pages à construire pour
le magazine *Air France Madame*, avec ce nouveau
photographe qui lui a tout de suite fait l'effet d'un
mollasson méticuleux. Tout est à rendre pour la fin
de la semaine, textes et images : un portrait de l'académicien Jacquelin de Craonne, le chantre de Venise,
dans des lieux qui évoquent la Sérénissime, mais à
Paris. C'est toute l'astuce. Quand sa rédactrice en
chef a eu cette idée, qu'elle a trouvée très originale,
elle a tout de suite pensé à lui. Et le voici engagé dans
trois jours de pérégrinations, avec un exquis gentil-
homme d'une autre époque, un inusable écrivain
démodé à souhait, portant un nom qui sent la guerre
de 14, et qui, de taxi en taxi, parle de Casanova et de
son évasion de la prison des Plombs, de Cagliostro et
de sa prétendue rencontre avec Marie-Antoinette, du
fastueux Charles de Beistegui qu'on appelait Don
Carlos, de Peggy Guggenheim enterrée près de ses
petits chiens dans le jardin du Palazzo Venier dei
Leoni, de Dominique Vivant Denon, le directeur du
Louvre de Napoléon, qui avait vécu de longues
années en Vénétie. Quand les Français eurent soumis
Venise, le Sénat vota un an de Carnaval. Craonne est
un intarissable champ de cadavres et Wandrille,
d'abord conquis, commence à s'épuiser.

« Ce qui me fait plaisir c'est que vous n'ayez rien
demandé à ce faisan d'Achille Novéant, j'ai fait barrage cinq fois à sa candidature à l'Académie et il a

réussi à se faire élire, une année où je m'étais cassé le pied. Juste retour des choses, me direz-vous, j'ai cassé les pieds à tant de gens, je n'avais pas pu venir voter...

— Jamais rien lu de lui.

— Un jour je vais le buter, vous verrez, il prétend qu'il connaît Venise, mais il n'y vient jamais, l'imposture continue depuis cinquante ans... ça, vous ne notez pas...

— Ma rédactrice en chef avait aussi pensé à Gaspard Lehman, elle voudrait que j'ajoute un encadré sur lui, avec sa photo devant le palais des Doges...

— Elle est folle ! Je l'aime beaucoup, bien sûr, le petit Gaspard, mais bon... son dernier livre sur Venise ne valait pas tripette. »

Tripette ? Bon titre.

« Faut qu'il attende, le greluchon. Un bon écrivain, et il le sera, vous verrez, s'il veut réussir à Venise doit avoir beaucoup lu, ce n'est pas son cas... C'est encore un bleu, un an ou deux de plus en première ligne, dans la tranchée, et ça y sera. Et puis ses scènes de gaudriole toutes les quinze pages, ça vous plaît vous ? Vous êtes jeune, à mon âge c'est d'un lassant... Il ne faut pas confondre la littérature avec la vie... »

Hier, Wandrille a traîné ce boulet dans la rue de Venise, en face du Centre Pompidou, *calle* vénitienne ou plutôt *calletta*, ruelle étroite et noire transportée à Paris. Photos en imperméable et paire de gants. Puis il a fallu s'échouer devant un seau à champagne au Lido, qui n'a pas grand-chose à voir avec la plage de ce nom où Visconti tourna *Mort à Venise*. La revue tout en paillettes et strass a beaucoup diverti M. de Craonne, le poète de la mélancolie. Cela a donné une photographie où il avait sur le genou une danseuse à collants rouges et bibi d'hôtesse de l'air, qui pourrait bien se retrouver en couverture d'*Air France Madame*. Puis, le parcours a été plus classique : au musée Jacquemart-André, flashes devant le grand décor peint de l'escalier dû à Tiepolo et démonté dans un palais de Venise pour décorer cette demeure de banquier devenu musée, avec son ascenseur tout confort et son audio-guide nunuche.

Jacquelin de Craonne, épanoui par ce décor, avait raconté à Wandrille qu'il avait admiré les plus beaux des Tiepolo quand il s'était rendu, avec sa femme, précisait-il, au grand bal que Carlos de Beistegui avait donné dans son palais Labia : le bal du siècle. Beaucoup prétendent y être allés… De fausses cartes d'invitation ont même été imprimées après coup pour donner le change. Craonne, lui, pouvait prêter à *Air France Madame* une photo parue dans *Jours de France* où on le voit déguisé en Chat botté dans le grand salon, superbe preuve. Il rayonne :

« On devait rester au bord du salon, Beistegui avait peur que le plancher ne craque… On se serait retrouvés dans les salons du dessous, on aurait continué à danser ! Rien ne nous arrêtait, c'était la joie de vivre de l'après-guerre. À votre avis, Wandrille, qui donnera le bal du XXIᵉ siècle, vous qui sortez beaucoup ? Valentine de Ganay ? Léone de Croixmarc ? Vous les connaissez ? Frédéric Beigbeder ?

— Heu… Mireille Mathieu ?

— Il est sans doute trop tôt pour le savoir. Plus personne ne donne de bal pour le plaisir, on fait des fêtes maintenant pour la promotion des nouveaux téléphones portables, mais cela reviendra… »

Les deux visites prévues pour l'après-midi sont cette chapelle de l'École des beaux-arts, où se trouve le moulage de la statue équestre de Verrocchio. Puis il restera à traverser la Seine pour aller voir l'arc de triomphe du Carrousel, bibelot posé dans le jardin des Tuileries comme une pendule Empire sur une cheminée. Napoléon avait voulu installer au sommet les mythiques chevaux de Venise, les chevaux de Saint-Marc, volés à la basilique. Il avait fallu les rendre après le désastre de notre cavalerie dans le chemin creux de Waterloo. On en a sculpté d'autres, en remplacement, qui sont toujours là, braves bêtes qui leur ressemblent comme des frères.

Sur le mur de la chapelle, les damnés se tordent, les criminels et les pervers, les voleurs et les assassins crient et pleurent, les ombres noires suintent de terreur et de pitié. La chapelle de l'École des beaux-arts est un rêve : c'est le musée de la copie, un cours d'histoire de l'art dans le plus grand désordre, un tintamarre envoûtant. C'était une chapelle avant la Révolution, elle a gardé sa forme et sa froidure. Des têtes de plâtre sortent de l'obscurité, des gisants prient dans un décor de théâtre, des fresques juxtaposées, comme en désordre, la poussière, la suie, le silence composent une patine qui rend tout authentique. Personne ne connaît plus à Paris ce haut lieu de la formation artistique du XIXe siècle, il est loué pour des cocktails, des prises de vue… Wandrille a réservé une demi-heure. C'est peu, le photographe doit installer un réflecteur, orienter ses parapluies blancs, trouver le bon angle. L'ombre portée du cheval devient immense, diagonale noire au milieu de la nef.

Wandrille s'agite, Jacquelin de Craonne fait la visite comme s'il avait tout son temps : « Les élèves qui avaient obtenu le prix de Rome au XIXe siècle devaient envoyer d'Italie la copie d'un chef-d'œuvre. Cette collection a commencé comme ça, on l'a enrichie ensuite avec des moulages en plâtre, vous voyez ici les tombeaux des Médicis à Florence sculptés par Michel-Ange, regardez les visages de la Nuit et du Jour, sublimes, la grande chaire de la cathédrale de Pise, avec ses personnages qui se débattent pour sortir du Moyen Âge, c'est beau. Le mur du fond c'est une copie immense de la fresque du *Jugement dernier* de la chapelle Sixtine. Le peintre Sigalon y a épuisé ses forces, il est mort à la tâche. Regardez, c'est le vrai Michel-Ange, avec ses horreurs et sa palette sombre. Aujourd'hui, on a confié à une équipe sponsorisée par une chaîne de télévision japonaise la restauration de la Sixtine, tout est devenu criard, bleu, jaune, rose, Michel-Ange est acidulé comme un manga. Le vrai, il est ici, à l'École des beaux-arts, le Michel-Ange romantique et terrifiant… reculez-vous. Cette copie m'est plus chère que l'original. Mais qu'est-ce que c'est que ça ? Orientez votre projecteur, monsieur, s'il vous plaît. Là, juste devant les pattes, pardon, je veux dire les jambes du cheval de Verrocchio. »

C'est ce que Wandrille n'avait pas vu tout de suite : dégoulinant par terre au pied de la statue, une tache marron, comme du sang. Puis il a vu la tête du chat, tranchée. Une tête noire, avec une petite tache blanche près de l'oreille gauche.

À côté, un carton plié en deux, du format d'une carte de visite. Wandrille se baisse, ramasse le petit papier.

Il a cru un instant que Jacquelin de Craonne s'accroupissait lui aussi pour voir ; non, il s'est effondré par terre, sur les dalles, et il reste assis comme ça, les yeux ronds, la bouche entrouverte, au risque de salir son beau costume gris perle.

5

Sur le *campo*, le sang

Venise,
mercredi 24 mai 2000

Un carton plié en deux, du format d'une carte de
visite, juste à côté du cadavre de ce pauvre chat :
Pénélope a le temps de le ramasser, de le mettre dans
son sac, sans trop le regarder, de peur qu'on ne la
voie, avant que les premiers badauds n'arrivent.

Sur la place, face au bien nommé Ponte Cavallo,
les serveurs du restaurant sortent les tables et les
chaises. L'établissement s'appelle le « Snack Bar Colleoni ». C'est une place qui se réveille tard. Personne
n'a vu la mise en scène macabre, le chat tué, ou alors
c'est une tradition locale et on n'y fait plus attention.
Pénélope n'a pas pu bouger. Elle aime les chats. Elle
veut comprendre.

Derrière elle, une voix féminine, pleine d'emphase,
qu'elle ne reconnaît pas tout de suite : « C'est en ces
lieux qu'on prononçait, devant tous les patriciens de

Venise assemblés, l'éloge funèbre des doges qui venaient de périr… »

Rosa Gambara, sur le fond des marbres poly-chromes de la façade de l'hôpital San Marco, découpe son profil de lévrier à lunettes d'écaille, cheveux longs peignés à l'afghane. Tout le monde a parlé de son dernier récit, *Il te faudra quitter Venise*. Elle est écri-vain, elle se débat dans l'autofiction, mais on voit surtout sa tête à la télévision où elle ne craint pas de se démener, là aussi, dans son propre rôle. Pénélope sait que c'est une des rares bonnes émissions qui res-tent, sa mère le lui dit toujours, et elle est professeur de lettres au lycée Raymond-Salignac de Villefranche-de-Rouergue – elle parle de Virgile, des *Bucoliques* et des *Géorgiques* aux futurs cultivateurs, ils en ont de la chance.

Rosa – à la télévision, on l'appelle par son prénom – invite des écrivains une fois par mois sur le plateau de « Paroles d'encre ». Sa légende veut que, le reste du temps, elle s'enferme pour lire dans un palais de Venise que lui a légué sa grand-mère italienne. La semaine passée, *Le Monde* faisait son portrait en pleine page. On évoquait la possibilité de créer une chaîne culturelle franco-italienne sur le modèle d'Arte dont on lui confierait la direction. Les gens n'en peuvent plus, concluait l'article, de la chaîne strasbourgeoise de la Seconde Guerre mondiale et du nucléaire.

Rosa est une célébrité de Venise. La seule célébrité de Venise qui soit connue aussi à Villefranche-de-Rouergue. La voici qui surgit dans la réalité, en tailleur pied-de-poule et sac damier de chez Vuitton, s'agitant comme si elle donnait le départ d'une course. Et elle lui parle à elle, Pénélope, comme si elles étaient

amies, comme si on était dans l'émission, en accentuant chaque première syllabe, un tic d'écran – avec
un très léger accent italien planant sur la fin des
phrases comme flotte l'esprit sur les eaux :

« Un chat à la tête tranchée, c'est une menace de
mort ici. Un langage codé depuis le XVIIe siècle. Reste
à savoir à qui le message s'adresse, peut-être à moi,
j'ai tant d'ennemis, les éditeurs, les attachés de presse,
les auteurs que je n'ai jamais voulu inviter… Les chats
disparaissent de la ville. La municipalité les chasse.
Bientôt on pourra dire : pas un chat à Venise ! Leur
dernier refuge, ce sont les cloîtres à l'intérieur de
l'hôpital San Marco, juste ici, c'est très beau d'ailleurs.
Suffit d'entrer, c'est gratuit, les touristes ne le savent
pas, ils ne regardent que la façade, mais c'est vrai
qu'elle est superbe. Elle va bien avec la statue, vous
ne trouvez pas ? C'est la plus belle place de Venise.
Elle n'est pas si facile à dénicher, heureusement que
vous aviez un plan. Vous avez lu *Corto Maltese*, ma
jolie ?

— Bien sûr !

— C'est pas tellement une lecture de fille. Vous
avez un fiancé ? Hugo Pratt vient de ce coin, sa maison est à l'angle de la Casa della Testa, tout son
univers est né là.

— Vous aussi, vous êtes une enfant du quartier ?

— *Sestiere*, pas quartier, Venise est divisé en six !
Ici, Sestiere de Castello. Je ne suis pas Vénitienne à
quatre quartiers, j'ai eu une grand-mère milliardaire,
en lires, mais c'était déjà bien. Grâce à elle, j'habite
ce palais, celui dont vous voyez le jardin, de l'autre
côté du petit canal. Je donne sur la place, le *Colleone*
de Verrocchio, je le vois de mon lit. Mes trois autres

côtés sont français, et très pauvres. J'écris mes livres
en français. Un français pauvre aussi, minimal.

— Je sais.

— Je ne vous embarrasserai pas en vous deman-
dant si vous m'avez lue et lequel de mes récits vous
avez préféré. Je vous ai vue ramasser un petit papier,
vous l'avez mis dans votre besace, bien imitée d'ailleurs – quand les Français copient les Italiens… En
réalité, c'est pour cela que je me suis permis de vous
aborder. Je suis romancière, curieuse donc… »

Pénélope sort le petit carton de son sac. Le format
d'une carte de visite pliée en deux, elle lit à voix
haute :

« *Tous les écrivains français de Venise seront des
chats si le cheval de l'île noire ne rentre pas à l'écurie.
Première exécution cette semaine.* »

Rosa se saisit du bristol.

« Moi qui aime collectionner les cartons d'invitation, celui-ci me manquait. Vous croyez qu'il faut
prendre ce rituel au sérieux ?

— Ne me le demandez pas à moi, je suis juste…

— Une touriste ?

— J'aimerais ! Je suis conservatrice de musée, je
participe à un colloque…

— Ah oui, tout ce qu'on a toujours su sur les
gondoles sans jamais oser le demander aux gondoliers. J'ai reçu le programme, affriolant. Le directeur
de l'Istituto m'invite à chaque fois, Crespi, il a cent
ans, je suis folle de lui, il est d'un lubrique. Ça
m'amuse bien, cette menace sur les écrivains. Je peux
garder le carton ? Je crois que ça va intéresser
quelques amis journalistes, ici, et à Paris aussi, pourquoi pas… »

Si Pénélope ne regagne pas la grande salle du colloque dans une demi-heure, son absence va se remarquer. Et pas une seconde pour les boutiques. Elle a décidé de se mettre à la mode italienne, elle n'a emporté que le strict nécessaire, elle a prévu d'acheter sur place. Trois mois qu'elle s'abstient, en prévision, de toute acquisition vestimentaire, toujours risquée dans les boutiques de Versailles – où on peut céder à la tentation de repartir avec une jupe bleu marine et des ballerines Repetto assorties au serre-tête.

À l'invitation de Rosa, chaleureuse et directe, elle entre quand même dans l'église. Les urnes funéraires des doges sont là, dès l'entrée. San Zanipolo est un mausolée. Pénélope égrène les noms : Mocenigo, Vendramin, Valier, Morosini, Bragadin, le héros qui fut écorché par les Turcs au siège de Famagouste, ça fait rêver, un livre d'histoire vénitienne. En une minute, c'est une orgie de peinture, Lorenzo Lotto, Cima da Conegliano, Guido Reni, Pénélope se dit qu'il faut qu'elle sorte vite, sinon elle va y rester tout l'après-midi. C'est aussi une écurie de pierre, beaucoup de ces monuments s'accompagnent de statues équestres : le cortège secret du *Colleone*. Quel est ce cheval qui doit rentrer à l'écurie ? Les célèbres chevaux de bronze de la basilique Saint-Marc ? Le cheval de Verrocchio ? Rosa Gambara se considère-t-elle comme un de ces « écrivains français de Venise » ? L'appellation est étrange et ne veut pas dire grand-chose. Les écrivains français qui vivent ici ? Ceux qui ont écrit des livres sur Venise ? Il doit y en avoir un certain nombre. Ils seront « des chats »… La menace est explicite.

Rosa en lui tendant la main lui explique le chemin le plus court pour retrouver le pont de l'Accademia et l'Istituto Veneto sans passer par le Rialto. Elle se drape dans son pashmina bleu roi :

« On a le mois de mai le plus froid depuis trente ans ! Un thé au café Florian vers cinq heures, ça vous tente, rien que vous et moi ? Votre sujet de colloque m'amuse, ça pourrait donner une jolie chronique dans mon émission, vous accepteriez de m'en parler ? Si on n'assassine pas mes prochains invités entre-temps. Vous vous appelez comment, dites-moi ? »

6

Le dernier verre de M. Novéant

Rome,
mardi 23 mai 2000, tard dans la soirée

La peur, Achille Novéant l'avait sentie, crue, saignante, au ventre, la veille de ce dernier jour de sa glorieuse et pitoyable vie, dans la chambre turque. Il n'en avait rien écrit dans son cahier. Cela faisait des semaines qu'il n'arrivait plus à écrire. Rodolphe Lambel était venu le voir, avec son habituelle bonhomie et une bouteille de bourgogne, vestige de sa cave d'ambassadeur – qu'il déménageait de poste en poste –, signalant pour les amis qui venaient dîner dans ses résidences que le vin, il le payait « de sa poche », ce qui lui était resté comme surnom dans le monde des chancelleries. Un ambassadeur doit être un peu fastueux, et Rodolphe « de-sa-poche » était un radin.

Depuis les années de Sciences-Po, leur amitié était faite de controverses et de joutes oratoires. À vingt ans, ils avaient fait les mêmes voyages culturels en Italie et en Allemagne, sur fond de réconciliation et de construction européenne. L'Allemagne était en ruine et l'Italie kaput. Le père d'Achille Novéant était un héros de la Résistance en Lorraine mosellane, il avait été fait Compagnon de la Libération par de Gaulle ; le père de Rodolphe Lambel, fonctionnaire de Vichy, avait été jugé pour collaboration et s'était suicidé en prison en 1945. Leur amitié, ils l'avaient vécue comme une page d'histoire. Ils s'étaient disputés sur l'économie, sur la politique étrangère, sur le New Look, sur le nouveau roman, puis sur la Nouvelle Vague, sur tout et n'importe quoi : une vraie fraternité française. Ce soir, à Rome, le sacrifice d'une bonne bouteille de la cave de Lambel voulait dire que l'occasion était importante.

Le reclus s'était demandé un instant ce qu'ils allaient fêter. Mais rien, c'était juste une attention délicate, pour lui faire plaisir. Rodolphe Lambel se bonifiait en vieillissant.

Il avait parlé de la mort, de la douleur, et Achille avait évoqué son prochain livre. Son ami, en riant, lui avait conseillé d'ajouter quelques scènes un peu chaudes : « Tu vendras mieux, ironisait "de-sa-poche", ça te fera de l'essence dans ta voiture, des nuits dans des palaces, des cravates Hermès, des bonbonnes de Guerlain, du beurre dans les haricots. »

Achille comprit qu'il confondait avec « la fin des haricots » et, malgré lui, trembla. Achille avait en tête un guide du crime à Venise. Avec des histoires vraies. C'est alors que Lambel avait fait naître sans le vouloir, dans la solitude de l'appartement turc, des angoisses que Novéant n'avait encore ni senties ni décrites.

Rodolphe commença par lui échauffer le sang avec des grivoiseries. Des petites histoires encore plus anciennes que sa bouteille de vin. Il regarda les lampes de chevet de chaque côté du lit, en bois foncé avec des abat-jour en papier Canson. Dessinées par Balthus ? Peut-être. Rodolphe imaginait un livre bien racoleur, consacré aux œuvres d'art les plus scandaleuses du monde, mais sur un ton très sérieux, il y aurait Fragonard, Boucher, Courbet, Balthus, le récit des séances de pose de la jeune fille dans cette pièce même. Sur le sol, il lui montra une ou deux traces de peinture.

« Tu imagines ce qui a bien pu se passer dans cette chambre…

— Je ne veux rien savoir. Tu devrais juste faire enlever ce mini-bar. Il est vide et c'est hideux.

— Je vais plutôt te le remplir, ça t'aidera. Tu n'aimes pas l'idée d'un mini-bar d'hôtel dans un décor historique ? Tu as peur que je te présente la note, vieux rapiat ?

— C'est ton excellence qui dit ça ? »

Achille n'avait aucune envie d'entendre des anecdotes chaudes sur la vie des peintres, cela suffisait. Il se resservit un verre. Son comparse continuait, content de parler à son académicien favori de ce livre qu'il projetait, succès garanti. Même chez les peintres les plus calmes en apparence, on trouverait de petites scènes épicées. Peut-être pas Fra Angelico bien sûr, mais chez Rembrandt, par exemple, entre la pulpeuse Danaé, la chaste Suzanne pas si chaste que ça, entourée de deux vieillards voyeurs, la gravure de la femme qui pisse, Ganymède enlevé par l'aigle de Jupiter et qui lance lui aussi son jet d'urine… Achille Novéant, au nom de Rembrandt, prit un air sombre et renfrogné, digne des autoportraits du maître d'Amsterdam, et lâcha :

« Tu sais, Rembrandt, en réalité, c'est plus compliqué que tu ne crois…

— Tu penses que je n'y connais rien, mais viens voir dans mon bureau, j'ai tous les livres sur mon sujet… Je n'aurais qu'à m'y mettre si j'avais le temps, mais ici il faut tout surveiller, entre les jardiniers, les pensionnaires, les architectes des Monuments historiques français qui me proposent des restitutions délirantes… Patron de la Villa Médicis ça ne laisse pas tellement de temps pour écrire, contrairement au cliché qu'on s'en fait. Les journalistes croient que je passe ma vie à fumer des cigares dans les jardins du Pincio… »

Novéant, malgré toutes les gloires qui lui étaient tombées sur la tête depuis quinze ans, avait gardé un fond envieux. Il ne se voyait pas consultant des livres dans le bureau de son ami, qui était un des plus beaux du monde, avec une vue sublime sur la ville. Il aurait aimé avoir un refuge à lui, une vraie grande maison de campagne, en Toscane ou dans le Berry, bénéficier du confort d'un *palazzo* avec des domestiques. Il avait des amis écrivains qui s'étaient acheté des maisons de Prix Goncourt ou des maisons de Prix Renaudot. Lui n'avait eu que le prix des Quatre-Saisons, qui fait beaucoup moins vendre, et il s'était offert une cabane de pêcheur à Stromboli, une maisonnette de prix des Quatre-Saisons, avec des fauteuils en rotin et une télévision, qu'on ne lui avait même pas cambriolée. C'était minuscule, très joli, très sauvage, mais il avait dû y aller dix semaines en trente ans, autant descendre à l'hôtel. Il ruminait tout cela, avec des listes de rivaux et de concurrents, dont beaucoup étaient morts depuis ces cinq dernières années, mais qu'il enviait et haïssait encore, comme on suce un bonbon un peu doux ou une pastille pour la gorge. Il rêvait désormais, non pas de gloire littéraire – en ce domaine, il avait tout obtenu, on l'enseignait même dans les lycées, ce qui n'était jamais arrivé à ce pauvre gâteux de Jacquelin de Craonne –, mais de succès populaire, des ventes à Carrefour, des espaces culturels Leclerc à l'entrée des villes. Il aurait voulu être en piles sur les escaliers du Virgin Megastore des Champs-Élysées, être coup de cœur des libraires de la FNAC et il se retrouvait dans les boîtes des bouquinistes sur les quais. Aurait-il encore le temps pour faire du chiffre, pour s'acheter une vraie maison ? Et pour l'habiter ? Il sentait maintenant qu'il allait mourir envieux.

« Tu devrais, mon petit Achille, te concentrer sur ce que tu ressens ici, ces jours-ci. Si on te traque, si tu crois vraiment qu'on veut te faire du mal, venge-toi par la littérature. Note ce que tu éprouves, utilise la haine de ton adversaire pour faire de ton livre une arme. Ce sera ton meilleur. Tu ne te nourris pas assez de la vraie vie, je te l'ai dit, je suis le seul à pouvoir te le dire, tu vis entouré de flatteurs. Mets en scène l'horreur que ressent celui qui va mourir. Tu vas donner de la chair à tes histoires de Venise. »

Rodolphe n'avait été d'aucun secours, sous couvert de lui remonter le moral, il avait décuplé le stress du pauvre Achille. Ils avaient vidé la bouteille et le chantre de Venise, ce soir-là, après le départ de son camarade d'autrefois, s'était retrouvé seul, essayant d'ouvrir à nouveau les carnets qu'il n'avait pas sortis de sa valise, incapable de tracer quoi que ce fût sur son papier, lui qui avait autrefois la plume si facile. Il ouvrit la fenêtre. C'était vraiment haut. Il jeta le cadavre de la bouteille par-dessus bord pour voir combien de temps elle mettrait à s'écraser. Il compta. Entendit le bruit. Il était seul dans cette prison – seul avec la peur, pour la première fois, de souffrir au moment où il allait se faire tuer.

7

Dans la chambre secrète du Louvre

Paris,
mercredi 24 mai 2000

Jacquelin de Craonne, aidé par Wandrille, titube dans l'escalier en colimaçon. On ne voit rien. Ce n'est plus de son âge. Ça sent le cadavre d'araignée et la chauve-souris décomposée. Il arrive presque à en rire. Ce qui l'aide à combattre ses angoisses. Une tête de chat coupée, le message est clair.

Il n'avait jamais remarqué cette porte étroite en fer sur la face intérieure d'une des jambes du petit arc de triomphe de Napoléon dans le jardin du Carrousel, l'entrée cachée de ce monument tellement photographié. Wandrille éclaire les marches, il ne sait pas quoi lui dire pour le réconforter.

Le convaincre de traverser la Seine pour passer de l'École des beaux-arts à la cour du Louvre a été un calvaire, il a fallu trouver un taxi rue Bonaparte, pour faire cent mètres, payer le tarif de la course minimale :

« Merci d'avoir accepté de finir ce reportage, c'est notre dernière prise de vue, la plus spectaculaire. Je vous raccompagnerai chez vous ensuite…

— Le devoir avant tout. Et puis, c'est pour *Air France Madame*, c'est très lu.

— Nous allons arriver à un premier palier, baissez bien la tête… »

Personne ne sait que l'arc de triomphe du Carrousel est creux. Wandrille a dû passer prendre les clefs chez le capitaine des pompiers, au poste de sécurité du Louvre. L'arc dépend du musée, qui le tient entre ses bras comme pour le mettre en valeur, la seule œuvre d'art qui était trop grande pour entrer et qu'on a dû laisser dans les jardins. Une pensée pour Pénélope : le Louvre, c'est son rêve, elle veut travailler à la conservation des tissus coptes sur lesquels elle avait soutenu son mémoire, mais au rythme des nominations, dans son métier, elle n'y arrivera pas avant vingt ans. À Bayeux, il avait fallu tenir bon, puis Versailles depuis deux ans, promotion inespérée qui ne lui a pas apporté que des amis parmi ses confrères, ensuite elle aura le droit de passer par la case Roubaix, puis Lille, puis Lyon et vers la soixantaine peut-être le Louvre… Et comme elle est spécialiste des tissus anciens, elle peut même amorcer un parcours thématique : le musée des Beaux-Arts et de la Dentelle d'Alençon, ou celui de Calais, puis rétrogradée au musée du Mouchoir de Cholet, avant le musée de l'Impression sur étoffes de Mulhouse, puis, enfin, le musée des Tissus de Lyon, ou le musée du château d'Angers, pour s'occuper de la tenture de l'Apocalypse, et en fin de carrière, Paris, le musée Galliera, les crinolines, jamais de Louvre,

jamais d'Égypte copte... Quand Wandrille plaisante
sur ce ton, Pénélope hurle.

Un pompier les accompagne, c'est la règle, le photographe suit à son rythme avec son parapluie blanc
et sa sacoche. Tous les arcs de triomphe sont creux,
Wandrille vient de l'apprendre et il est assez fier de
donner un cours d'architecture à l'académicien. Ils
sont creux, ça les rend plus solides. Craonne murmure : « J'en connais d'autres... »

Au centre de l'Arc de l'Étoile, on a même aménagé
un petit musée. Wandrille se demande du coup ce
qu'il y a, sur le Forum de Rome, à l'intérieur de l'arc
de Titus, de celui de Constantin, de celui de Septime
Sévère, on y trouverait peut-être les trésors des empereurs, la Menorah du temple de Jérusalem, les bijoux
d'or de Cléopâtre... Et, dans l'arc de Gallien à Thes-
salonique, des armes barbares en métal rouillé.

« Vous savez tout sur les arcs de triomphe, jeune
homme !

— Ici, c'est Napoléon qui a voulu aménager une
chambre secrète. Comme un petit appartement, trois
pièces en enfilade, sans fenêtre, avec des meurtrières
qui donnent un peu de jour aux oiseaux et aux
chauves-souris. »

C'est ici qu'il aurait fallu installer au moment du
retour des cendres de Napoléon, sous Louis-Philippe,
la dernière demeure de l'Empereur, plutôt qu'aux
Invalides. On aurait pu y cacher les trésors pris à
Vienne et à Milan, y dresser le lit de camp du musée
de l'Armée, accrocher les portraits de famille du
musée d'Ajaccio. C'est le vrai centre du Louvre. Le
centre vide de la France. La pyramide de Pei n'est
qu'un leurre.

« Pei, mais c'est un architecte nul. Vous connaissez ce reportage sur Arte qui passe la nuit quand ils ont besoin d'occuper l'antenne, un programme pas cher. Il est interrogé chez lui, dans un fauteuil hideux avec un napperon au crochet. Wandrille, comment a-t-on pu confier le Louvre à quelqu'un qui a des napperons au crochet dans sa maison ?

— Ici les architectes sont Percier et Fontaine, plus Gobelins que napperons. Ils ont aménagé pour l'Empereur cette sorte de grand studio actuellement sans locataire, sans cuisine, sans ascenseur, mais dans le Ier arrondissement, entre Louvre et Tuileries, très commode et très chic. L'adresse, personne ne la connaît : rue du Général-Lemonnier. Ici, nul n'habite : cette rue qui n'en est pas une passe sous les guichets du Louvre. Lemonnier était un général de brigade, j'ai oublié à quelle époque. Faites très attention, le sol est inégal. Je vais vous donner le bras.

— On gèle chez vous. Vous savez trop de choses, mon petit. Vous aimez l'histoire, hein ? »

Wandrille rêve. Pénélope lui manque un peu. Ici, ils se lanceraient ensemble dans une séance de spiritisme délirant. Dans ce sanctuaire invisible, en plein Paris, Napoléon aurait pu faire aménager son poste de commandement, au bord de la Seine, au milieu de ce musée et de ce palais qu'il a tant aimés. Au cœur du Louvre, le point de croisement de toutes les perspectives, son centre de gravité. Son âme voltige quelque part. Ces pièces sales et noires sont une œuvre d'art, vide, parfaite.

Le pompier qui ouvre la marche vient d'entrer dans la troisième petite chambre, il s'engage sur une échelle métallique et soulève, au plafond, une trappe de zinc.

Wandrille suit, tend la main au vieux Craonne, qui tremble…

Dans un mauvais film, là-haut, au pied des chevaux, il y aurait une autre tête de chat coupée. Wandrille a confiance : ses reportages ne sont pas des navets. Il touche, dans la poche de sa veste, le petit billet trouvé devant la statue, une belle pièce à conviction, qu'il ne reproduira pas dans cet article, mais peut-être dans un autre, si l'affaire devient sérieuse… Craonne passe la tête, regarde, se hisse, poussé par le photographe. Heureusement qu'un muret les protège du vide.

Le ciel s'ouvre, Paris paresse, la roue installée pour Noël tourne toujours dans le jardin, ça doit rapporter. C'est une des plus belles vues qui soit. Le musée ouvre ses grands bras vers le monde, et la Seine s'enfuit au loin. Dans l'axe, l'autre arc avec la flamme du soldat inconnu, puis la Défense… Les photos seront magnifiques, les chevaux verts se découpent sur le bleu, le char semble immense, les statues de femmes drapées qui l'accompagnent ont l'air d'être en or massif.

Craonne a poussé un cri. Wandrille a dû le soutenir. En haut, la tête sous un des sabots de bronze, à côté des majestueux chevaux du quadrige, un jeune homme attendait – avec l'air de Rastignac contemplant Paris.

C'est le pompier qui a parlé en premier :

« Ah oui, c'est vrai qu'on a déjà quelqu'un ici ce matin. On vous a laissé là tout seul ? Vous saviez que vous étiez enfermé, on a verrouillé en bas…

— Que faites-vous là, vous ? Vous m'attendiez ? C'est un drôle d'endroit pour des retrouvailles », dit Craonne.

Le jeune homme se lève, sourit, montre une liasse de feuilles et un carnet. Il fait tout pour signifier qu'il était en train d'écrire depuis plusieurs heures, inspiré sans doute par ce décor. Wandrille, qui s'y connaît, se dit que certains n'usurpent pas leur réputation de petits poseurs. Mais comment a-t-il fait pour se retrouver là ?

Au-dessus de la terrasse, en se hissant à la force des bras, on peut atteindre le quadrige. Les touristes l'aiment, même si, eux, ne peuvent le voir que de loin. Ce sont bien des chevaux copiés sur ceux de Saint-Marc. Des chevaux que les Vénitiens avaient eux-mêmes pillés, à Constantinople, lors du sac de 1204, où ils ornaient la loge impériale de l'hippodrome, et que les souverains byzantins avaient, dit-on, volés au sanctuaire de Delphes, à moins que ce ne soit à Rome… Si Pénélope était là, elle dirait qu'on n'en sait rien. Sous Louis XVIII, un gentil sculpteur qui deviendra le baron Bosio avait fabriqué des chevaux de remplacement, verts et racés, une statue de la Restauration bien dorée rentrant au Palais, avec deux allégories portant des palmes, la Victoire et la Renommée en chemise de nuit néo-grecque, œuvres de Lemot – et non de Lemont, comme c'est écrit par erreur sur le panneau explicatif en bas.

Cela n'explique pas ce que ce freluquet fait là. La coïncidence est un peu forte. M. de Craonne, redevenu maître de lui, fait les présentations :

« Nous parlions justement de vous il y a moins d'une heure. Wandrille, je ne sais pas si vous avez déjà eu l'occasion de rencontrer Gaspard Lehman, je ne me souviens plus trop qui me reprochait, en riant, de ne parler que de moi, mais je vous ai dit du bien de son dernier livre… »

Ce qui frappe Wandrille c'est que ce Gaspard, qui fait des effets de mèche brune, pire qu'un mauvais pianiste, a une petite tache de cheveux blancs près de l'oreille gauche, qu'il ne cherche pas à cacher.

8

La perte de son plus célèbre écrivain n'affecte pas vraiment Venise

Venise,
mercredi 24 mai 2000

Dans la loge du concierge de l'Istituto Veneto trône la seule télévision du lieu, ornée d'un napperon au crochet sur lequel est posée une tour Eiffel. La porte est ouverte. Le directeur la bloque avec son pied. Le concierge, un grassouillet, est assis et regarde. Deux étudiants sont là, médusés. Pénélope s'arrête. Les images sont terribles : un cadavre, dans une mare de sang, sur le bitume. Elle ne comprend rien au commentaire. La RAI montre avec complaisance toute la crudité des meurtres. Mouvement de caméra : Pénélope reconnaît la façade de la Villa Médicis. Les voitures des carabiniers bouclent la zone. Si ce cadavre est dans cet état, c'est qu'il est tombé, qu'on l'a jeté.

Dans le vestibule du palais de l'Istituto Veneto, sur un grand mur fraîchement peint en rouge sang, les bustes de marbre des illustres Vénitiens forment un cortège de fantômes qui accompagnent ce mort. À l'instant où Pénélope est entrée sous la voûte, fascinée par ces images, en haut de l'escalier monumental, les portes de la grande salle se sont ouvertes. Un flot d'étudiants, de chercheurs, a envahi l'entrée. Pénélope a envie de raconter ce qu'elle vient de vivre. Wandrille ne répond pas ; elle a laissé sur son répondeur un message très anodin, pour le punir. Elle cherche Carlo des yeux. Il a dû lui aussi fuir le colloque. La première journée de ce symposium sur les gondoles s'est achevée avec l'intervention de « l'inconnu du Paris-Rome » et l'auditoire, crucifié, sort en titubant. Les raseurs exagèrent, vraiment.

Le directeur, lui-même un grand ancêtre au profil de César, qui marche avec des béquilles, fait signe à Pénélope, la fait entrer dans la loge, referme la porte. Il a la bouche de Voltaire, l'air d'un vieil enfant qui s'amuse de tout :

« Je ne sais pas si vous le connaissiez. Un de vos compatriotes. Un grand homme. Il vient de mourir à Rome. On l'a tué, je pense. Le pauvre, un chien écrasé en pyjama de soie. Achille Novéant, ça vous dit quelque chose ? Un académicien français. Il écrivait des livres sur Venise, des livres de conteur, un peu impressionnistes. Vous, vous êtes historienne, sérieuse, vous n'avez jamais dû lire ça.

— On sait qui l'a tué ?

— Rien du tout. On l'a trouvé au petit matin. Les journaux n'en parleront que demain. Mais je ne veux pas vous attrister. Regardez, ils passent aux matchs de football, Juventus contre Lazio, le *Calcio* c'est plus important que tout dans ce pays. Si on avait assassiné un joueur, même un joueur de l'équipe de France, on aurait eu trois quarts d'heure d'édition spéciale. Allez, n'en parlons plus. Que le vieil Achille Novéant repose en paix ! Comme je suis impatient de vous entendre demain, mademoiselle Breuil. Votre Versailles me passionne.

— Vous parlez le français sans aucun accent.

— Vous savez que vous êtes presque en terre française, ici, c'est Napoléon empereur des Français – et roi d'Italie ! – qui a fondé notre Institut le 25 décembre 1810, la seule bonne chose qu'il ait faite à Venise. Depuis 1840, nous nous occupons des études scientifiques au sujet de la lagune, mais aussi d'art et de littérature. Nous avons eu, et nous avons toujours quelques grands Français parmi nos académiciens : André Chastel, vous avez j'imagine fait vos études d'histoire de l'art avec ses livres, Fernand Braudel, personne n'a mieux parlé que lui de la Méditerranée, un ami merveilleux. On n'avait pas élu Jacquelin de Craonne, trop précieux, ni Achille Novéant, je ne me souviens plus pourquoi. Ce sont ses compatriotes qui ne voulaient pas, ils enviaient sa bonne mine, il se promenait en pantoufles de couleur, persuadé que c'était très vénitien…

— Aucune femme française ?

— Nous vous attendons !

— Dans quarante ans ?

— Mais non, voyons, vous me trouvez si vieux ? Suivez-moi. »

Le *professore* Crespi, laissant le concierge prendre des notes devant le tirage du loto, entraîne Pénélope dans son bureau. Il lui fait admirer une photographie du président de la République Émile Loubet, un immense portrait de Dieu sait quel roi d'Italie tout en moustaches que nul n'a pris le soin de faire porter au grenier, puis les grandes salles remplies de livres, des vitrines pleines des décorations des anciens directeurs et un meuble conçu pour exposer des truelles commémorant au moins quarante poses de première pierre – dans cette ville où, depuis des années, il ne se construit pourtant plus grand-chose.

« Regardez cette clef, avec elle je peux entrer de nuit dans la basilique Saint-Marc. Personne d'autre n'en possède à Venise, à part le patriarche, notre cardinal, nous nous la transmettons de directeur en directeur. Si j'étais plus jeune, je veux dire moins handicapé, je vous ferais moi-même la visite. J'ai tellement aimé vivre la nuit, autrefois ! On prendrait le petit escalier qui mène jusqu'aux quatre chevaux de bronze. Bon, ce colloque, quelle barbe ! Je vous ai vue fuir par la porte du fond...

— J'avais une visite à faire. Un ami vénitien, en armure... Dites-moi, vous avez beaucoup d'écrivains français à Venise, qui résident ?

— Pas assez ! Je les aime beaucoup, alors que nous devons subir toute une colonie française qui est la pire qui soit, pas vraiment des intellectuels, un troupeau de bons à rien chic, agglutinés dans trois palais, toujours les mêmes, qui dès qu'ils croisent un autre Français veulent savoir à quel hôtel il est ou dans lequel des deux autres palais, et là-dessus, ils se jugent, ils se débinent. Ils ne nous aident jamais à organiser nos conférences et nos concerts, et ils viennent ensuite comme des mouches à miel. Je les redoute presque autant que les membres des comités.

— Les comités ?

— D'autres plaies de Venise ! Vous les avez vus s'infiltrer ce matin au colloque, pour l'insipide discours du maire : Wanda Coignet, Lady Smokedtruit, le général Samuelson, vous croyez qu'ils s'intéressent aux gondoles ? Ils s'insinuent partout, s'installent aux places réservées des premiers rangs, ils viennent se montrer, voir si par hasard il n'y aurait pas parmi les intervenants des invités qu'ils pourraient agripper, ce sont des pieuvres mondaines…

— À quoi servent ces groupuscules, je ne comprends pas ?

— Chaque pays civilisé se croit obligé d'avoir un "comité pour sauver Venise", dont les représentants logent en ville à l'affût des dîners, des déjeuners, guettant les altesses et les stars de cinéma.

— C'est utile, non ? Venise se noie, il faut de l'argent.

— C'est un des grands ridicules de la cité et cela ralentit beaucoup l'action de notre gouvernement en matière de patrimoine. Les vrais Vénitiens fuient comme la peste ces faiseurs de ronds de jambe qui prétendent voler à notre secours. Ce qui est drôle, c'est de les voir se mépriser entre eux, comme des petits Français, une *commedia dell'arte* qui nous enchante. Cela vous concerne, vous qui êtes une spécialiste des gondoles et des bateaux, ils ont envie je crois de refaire notre *Bucentaure*, le navire des doges, que Napoléon a détruit. »

Sur ce sujet, le *professore* Crespi est cinglant. Pour lui, la palme du ridicule revient à celle qui depuis quinze ans est la présidente du comité français, une dogaresse de la gaffe. S'il y a un nom à ne jamais prononcer à Venise, c'est celui de Napoléon, qui a mis fin à dix siècles d'indépendance et à cent ans de galanterie. Et la présidente de la Société française pour sauver Venise n'a que lui à la bouche. Elle est la sœur de cette baronne Sidonie Coignet, que Pénélope a rencontrée autrefois faisant manœuvrer des bataillons de grognards à bonnets à poils dans les bosquets de Versailles, c'est une des dernières familles de bonapartistes activistes. Sidonie ressemble à un sergent-major, poignée de main virile, argot de cantinière, elle passe ses nuits à peindre des armées de soldats de plomb. Elle s'est tardivement mariée à un Japonais richissime qui a trouvé en elle une part de légende.

Sa sœur Wanda, bonapartiste également, est le sosie de Louis XIV : le nez, la coiffure en grande cascade de perruque, l'air supérieur, mollet galbé et hauts talons. « Vous verrez, dit Crespi, elle a deux mots favoris : stratégie et projet. Quand elle a dit "un projet" c'est comme quand le prophète Jérémie disait "le messie" ou quand Abraham parlait à ses enfants de la Terre promise. "Je suis sur un projet", dans son langage, est l'exact équivalent de "très bien et vous". Je la vois toujours comme une très grosse poule assise sur son œuf, son "très beau projet, très fédérateur" dont elle est la seule à parler. Quant à ses stratégies, je m'y perds un peu. Pendant longtemps elle construisait des financements européens, un exercice très sportif qui lui faisait un bien fou. Puis elle a réussi à soutirer une fortune à son beau-frère nippon pour que le comité français devienne un des plus riches. En ce moment, elle triomphe. Imaginez Louis XIV à Austerlitz, ça fait froid dans le dos, non ? »

À Venise, cette Wanda Coignet a repéré tout de suite les appartements de Napoléon dans l'ancien palais de la place Saint-Marc, elle imagine de restituer devant le palais des Doges la statue de l'Empereur qu'une poignée de Vénitiens « collabos », dit Crespi, avaient voulu pour fayoter offrir à celui qui les avait conquis. Wanda suscite une émulation redoutable parmi les comités internationaux qui se lancent dans les projets les plus coûteux et les plus inutiles pour « sauver Venise ». Tous cultivent le nationalisme : le comité autrichien veut restaurer en priorité le boudoir de Sissi où l'impératrice résida moins de temps que Romy Schneider quand elle vint tourner la fameuse scène où elle court, éperdue, sur la place Saint-Marc. Pendant ce temps, victimes de l'*acqua alta*, ces secousses marines qui surgissent souvent dès octobre et jusqu'en mai, les vieilles maisons d'artisans, les échoppes de boulanger qui n'avaient pas bougé depuis deux siècles clapotent et se fissurent.

Pénélope écoute Crespi. Elle sait exactement où elle veut l'amener. Il va pouvoir l'informer mieux que personne. Il continue, ravi d'avoir une auditrice plus jeune que d'habitude.

On dépense des fortunes pour des monuments qui n'étaient pas en si mauvais état, mais où on va pouvoir ensuite se faire photographier ; et toutes les petites maisons modestes de la Venise populaire du XVIIIᵉ siècle sont en train de disparaître dans l'indifférence absolue. Qu'importe, Wanda Coignet a réuni le mois dernier, pour un dîner à la Ca' Rezzonico, le musée du XVIIIᵉ siècle vénitien, un vaste club de milliardaires venus écouter la princesse de Courlande donner une conférence dont le titre indiquait par avance qu'ils n'apprendraient rien : « Pourquoi il faut sauver Venise ».

« Pourquoi en effet, Pénélope ? Mais pour se rencontrer entre milliardaires et aspirants milliardaires. Certains n'arrivent pas à trouver ce qu'ils peuvent restaurer. Le comité norvégien, à peine créé, s'est intéressé aux inscriptions en caractères runiques qui figurent sur les lions de l'Arsenal. Personne n'a su les lire, mais pour les restaurer les armateurs d'Oslo, jouant les amateurs, ont réuni au moins dix fois la somme nécessaire. On amasse tant d'argent, et tout s'écroule ! »

Ces lions, Pénélope, parce qu'elle a lu *Corto Maltese*, les connaît déjà. Elle fait comme si elle les avait vus. Cette action leur a donné l'idée de ce nouveau chantier, encore plus merveilleusement inutile que tous les précédents, mais qui rendrait à l'Arsenal ses anciennes fonctions, selon Crespi : reconstruire à l'identique, avec les techniques de l'époque, le vaisseau de parade du doge, une montagne de bois doré et de velours rouge, du haut de laquelle il célébrait chaque année la cérémonie de ses épousailles avec la mer « en signe de perpétuelle domination » – normal que la mer, aujourd'hui féministe, se révolte et déborde partout. En France, à Rochefort, on fait visiter le chantier de l'*Hermione*, reconstruction à l'identique du bateau de La Fayette lors de la guerre d'Amérique, et c'est un immense succès.

« Versailles a été dévasté en décembre dernier par cette épouvantable tempête, j'ai suivi tout cela sur ma télévision qui date des funérailles du bon pape Jean XXIII. Vous devriez, avec ce bois tombé, fabriquer une flottille, restituer les gondoles de Louis XIV et organiser des soirées naumachiques et des fêtes des lanternes avec les financiers du comité américain.

— Ça nous aiderait à replanter.

— Et ils nous ficheraient un peu la *pace*. Vous n'imaginez pas l'agitation élégante et tellement dévastatrice qu'a provoquée l'incendie de La Fenice, notre catastrophe à nous ! »

Les Vénitiens, qui rient sous cape de ce cirque mondain, ont fini par trouver que Wanda Coignet avait un certain panache à vouloir sauver tout ce qui touche à Napoléon. Elle tourne en ridicule ceux qui veulent refaire le *Bucentaure*, que son Empereur a coulé.

« Vous la rencontrerez forcément, et si vous êtes une amie de sa sœur, elle va vous aimer tout de suite. Aucun des écrivains français de Venise, comme vous dites, ne la fréquente. Ici, il n'y a que des sectes. Les épiciers qui ont inventé le commerce inéquitable, les gondoliers qui se prostituent aux Américaines, ils les font payer bien trop cher... Les pires ce sont peut-être les pêcheurs de *vongole*.

— Les *vongole* ?

— Les coques ! Les touristes raffolent des pâtes aux *vongole*, on doit importer des sacs entiers de coques surgelées du Maroc. Mais on en pêche aussi encore, dans nos eaux polluées. Les pêcheurs de *vongole* sont les mieux informés de Venise. À côté d'eux, vos écrivains français sont des gentlemen excentriques... »

9

La littérature française est un trésor

« Vous les connaissez bien ?

— Tous ! Ils m'amusent. Vos écrivains, nous les choyons. Il y a Jean d'Ormesson, qui est toujours le bienvenu ici, à l'Istituto Veneto. Il y a aussi les fameux deux radoteurs qui se détestent, Jacquelin de Craonne et le regretté Achille Novéant. Je les trouvais divertissants. Ils ne séjournaient jamais à Venise en même temps. Je me demande ce que va devenir Craonne avec la mort de son rival, son existence va se trouver vide. J'espère surtout qu'il a un bon alibi. Tout l'accuse !

— L'alibi de Jacquelin de Craonne, je crois qu'un jeune journaliste de mes amis va pouvoir le lui fournir, il était pris toute la journée pour un reportage, il est à Paris, pas à Rome...

— Mais on a tué Novéant dans la nuit d'hier, ou très tôt ce matin, si ce n'est pas un suicide. Entre eux, c'était une guerre picrocholine qui durait depuis un demi-siècle. Je montais à cheval au Lido avec lui, il y a quarante ans, vous imaginez. J'ai connu Morand, j'ai fait entrer Sartre pour la première fois à la Scuola San Rocco, où il a découvert les sublimes peintures du Tintoret. Si vous continuez à me regarder avec ces yeux émerveillés, je vous raconte que j'ai connu Proust, et Anatole France, et Théophile Gautier, et Chateaubriand, ne me poussez pas trop… Vos écrivains sont les gardiens d'un trésor.

— Notre littérature…

— Non, un trésor réel, figurez-vous. Ils se le transmettent, ils ont une sorte de… comment dirais-je, de local, où ils cachent Dieu sait quoi, un manuscrit de Casanova ou des lettres de Proust, le second volume des *Cent vingt journées* du marquis de Sade, je ne sais pas, ils finiront par nous le dire.

— Vous pensez que c'est lié à la mort de Novéant ?

— Vous savez pourquoi je vous ai tout de suite prise en affection parmi les intervenants de ce soporifique colloque ? Parce que je suis merveilleusement et fantastiquement vieux, hors d'âge, hors compétition, et que je puis donc me permettre de vous dire que ce matin vous êtes la plus jolie. Vous avez la flamme dans l'œil. Pénélope, dans quelque temps, je serai dans ma caisse, et vous penserez à moi ! »

Au détour d'une phrase de ce badinage, Crespi lance une révélation comme on envoie une balle à un chat, tout sourire :

« C'est depuis la dernière guerre que les écrivains français ont mis la main sur une pépite, un des trésors de Venise. Du temps de vos poètes symbolistes, d'Henri de Régnier et de José Maria de Heredia, ils faisaient de jolis vers, plus personne ne les lit. À l'époque de Proust et de son ami Jean-Louis Vaudoyer, le critique d'art qui écrivait sur Vermeer, il n'y avait qu'un lieu de rendez-vous, ouvert à qui voulait, c'était le café Florian, rien de plus, alors que, depuis, cette amicale d'écrivains s'est structurée...

— Vous croyez donc qu'il existe vraiment un cercle des écrivains français de Venise ?

— Mais oui. Ils ont des statuts, une liste de membres, et réellement une cachette, un étage sous les combles d'un palais, ou une chapelle, à ce qu'on m'a dit, ce n'est pas un fantasme, une légende urbaine.

— Une salle de réunion pour écrivains ? C'est invraisemblable, ou si ça existait ça se saurait, il y aurait déjà eu quinze reportages sur le sujet et ils se seraient tous fait tirer le portrait dans la salle du club, Philippe Sollers avec une cigarette à la main, Jean d'Ormesson faisant son yoga...

— Personne n'en parle ! C'est le contraire absolu du Harry's Bar, un lieu plus que discret, m'a-t-on dit. Paul Morand avait failli m'y emmener une fois parce qu'il avait besoin d'un livre qui s'y trouvait. Je vous promets que cela existe. Aucun Vénitien n'en a franchi le seuil, c'est interdit par les statuts. J'ai cherché longtemps, je n'ai jamais pu savoir où se trouve la cachette, il faut être initié.

— C'est ridicule.

— Venise est plein de clubs très fermés, de l'École biblique à l'équipe d'aviron, tous ont leurs caches, leurs planques, leurs parrainages, leurs codes... Vos écrivains nationaux, ils ne sont pas très féministes eux non plus, il n'y a qu'une seule femme parmi eux.

— Je la connais !

— Excellente introduction, Rosa ! Une vraie grande dame. Si cela vous intrigue, essayez de la faire parler.

Elle aime faire marcher la solidarité féminine, je crois même qu'elle est un peu portée sur les demoiselles, je vous préviens, vous faites ce que vous voulez. Elle vous montrera peut-être où se trouve la cachette…

— Et cette "pépite", ce manuscrit, leur trésor ?

— J'ignore de quoi il s'agit, c'est tombé entre leurs mains à la Libération. Une prise de guerre des fascistes, m'avait dit Morand, ils l'ont planquée.

— Un acte de résistance ? Ou alors c'est qu'ils étaient mussoliniens ?

— Allez savoir… Avec les écrivains français… Un peu des deux… Pendant quelques mois, ici, dans l'Italie du Nord, beaucoup de biens, de collections, d'œuvres d'art même, n'avaient plus vraiment de propriétaire certifié. Mussolini avait réuni, à la fin, un trésor colossal, personne n'a jamais rien revu… Mais venez, je bavarde et vous allez m'aider. J'ai du mal à marcher, je voudrais m'assurer que tout est fin prêt pour le concert de ce soir. Un colloque scientifique sans concert, c'est comme des pâtes sans *vongole.* »

L'étrange professeur Crespi, qui perpétue l'ancienne politesse des grands seigneurs de Venise, a prévu une soirée lyrique pour marquer le début du colloque et permettre aux intervenants de mieux se connaître, autour d'un buffet et de coupes de *prosecco.* Depuis quinze ans, il fait toujours jouer à peu près le même programme : tout sauf Vivaldi. Pas de musique dite vénitienne, pas de barcarolle, pas de pseudo-romances de gondolier. Il demande Chabrier, Reynaldo Hahn, Satie ou Berlioz. Comme il a beaucoup aimé les cantatrices, il a gardé l'habitude de faire préparer pour les bis *Les Chemins de l'amour* de Francis Poulenc, entrée en matière idéale avant d'aller dîner avec les artistes.

Maintenant qu'il alterne fauteuil roulant et cannes anglaises, par nostalgie, il continue de réclamer qu'on bisse pour lui *Les Chemins de l'amour*.

10

Les infortunes de Gaspard

Wandrille et Jacquelin de Craonne, leur séance de photos terminée – comme ça le dossier pour *Air France Madame* sera bouclé –, ont dû s'encombrer du jeune Gaspard Lehman qui ne voulait pas les quitter. Craonne s'est cru obligé d'avoir un mot aimable pour l'inviter. Le petit intrigant souriait à une des statues dorées qui représente la Victoire et semblait déjà lui tendre sa palme de bronze. Il s'est empressé d'accepter avec, selon Wandrille qui raconta tout à Pénélope, des yeux de caniche à qui on montre un sucre. Craonne du coup s'est senti un peu mieux. Il a repris sa posture de grand homme de lettres, ce qui finalement n'était pas plus mal – Wandrille n'avait guère envie de s'occuper toute la soirée d'un vieux monsieur apeuré.

Wandrille est surtout exaspéré. Il a compris tout de suite. Gaspard Lehman avait joué fin pour réussir

à entrer dans le jeu. Il devait être fier de sa ruse.
Wandrille avait eu l'imprudence, deux jours auparavant, de lui téléphoner dans l'idée d'ajouter un encadré avec une photo dans son reportage centré sur
Craonne, style « trois questions à un jeune auteur
passionné par Venise » et Wandrille, comme souvent,
avait été trop bavard. Il lui avait donné son idée, et
lui avait parlé de ces faux chevaux vénitiens en plein
ciel de Paris posés au sommet de l'arc de triomphe
du Carrousel. Du coup, le petit courtisan s'était
arrangé pour se trouver là au bon moment, sans doute
pour tenter de séduire Jacquelin de Craonne – qui
avait fait face, lui qui n'avait qu'une envie, après le
choc reçu à l'École des beaux-arts en découvrant cet
avertissement sanglant : rentrer s'enfermer chez lui.

S'il était revenu chez lui, il aurait sans doute allumé
la télévision, qu'il regarde beaucoup sans trop s'en
vanter. Il serait tombé sur un flash spécial, à la fin du
Journal. Et les images qu'il aurait vues lui auraient fait
froid dans le dos. On a beau détester ses ennemis, les
cadavres broyés ça produit toujours un certain effet.
Et si Wandrille avait écouté le répondeur de son téléphone, il aurait trouvé un message de Pénélope, gen-
tillet, calme et rassurant. Il ne lui manque pas, c'est
certain, et Venise lui plaît – comme à la première des
midinettes, décevant, ça, elle a plus de sens critique
d'habitude. Elle ajoutait : « Et tu embrasses pour moi
ton écrivain qui a un nom de biscotte ! »

Sur la banquette du café, Jacquelin de Craonne
répond aux dernières questions de Wandrille qui veut
boucler ce long papier dès ce soir, et aurait assez envie
de boxer cet écrivaillon qui les écoute et fait l'avan-
tageux.

« Vous pouvez évoquer pour la centième fois le bal Beistegui, ça plaira, mais personne ne l'a jamais vraiment raconté comme je l'ai vécu. C'est une vieille affaire, classée depuis quarante ans. »

Le « Café des deux Académies », rue Bonaparte, est un établissement enfumé, aux murs jaunes et sales, le plus discret du quartier. Ils ont retraversé la Seine, à pied cette fois. Craonne ne veut plus montrer son trouble, ou alors il se sent un peu rasséréné. Wandrille lui a promis de le raccompagner chez lui ensuite – reste à se débarrasser de ce Gaspard, captivé d'entendre du nouveau sur ce bal célébrissime, de la bouche d'un de ceux qui y avaient participé.

Ce bal était un prétexte, il cachait autre chose, susurrait Craonne, une réunion inavouable…

« C'est cette nuit-là que tout a commencé. Tous les chats étaient réunis… Et voilà que des années après, cette histoire resurgit, avec cette tête de chat coupée, et ce message. Il faut que vous m'aidiez, je n'ai plus personne, vous, vous êtes jeunes, vous pouvez me secourir.

— Mais ce message, sur ce petit carton plié, que veut-il dire ? Je l'ai dans ma poche, lisez : "*Tous les écrivains français de Venise seront des chats si le cheval de l'île noire ne rentre pas à l'écurie. Première exécution cette semaine.*" Quel cheval ? La statue du *Colleone* ?

— Mais elle caracole sur son *campo* fière comme un presse-papiers sur mon bureau, personne ne l'a jamais volée, elle pèse trois tonnes, je ne comprends pas… Rien dans ce billet ne laisse penser qu'il s'adresse à moi. Je n'ai pas une âme de voleur, j'ai toujours eu peur des chevaux. Je suis monté trois fois

dans ma vie sur ces monstres préhistoriques, le temps
de faire faire trois photos... »

Wandrille n'arrive plus à capter le regard de Jacquelin de Craonne. Il ment. Il doit raconter ce
qu'étaient ces « chats », le soir du bal donné à Venise
par Carlos de Beistegui.

Si Gaspard n'était pas là, il poserait à Craonne des
questions plus directes. Il suggère, sans conviction,
pour le faire parler :

« Celui qui a fait ça n'était pas censé savoir que
nous viendrions pour cette séance photo. J'avais
appelé seulement ce matin et peut-être le pauvre chat
est-il là depuis la veille... N'écrivez rien sur ce sujet
dans votre article, ni vous Gaspard, restez dans votre
veine réaliste et contemporaine.

— Vous vous réservez ce morceau de bravoure ?
Ou vous voulez qu'il soit traité par Achille Novéant ?

— Novéant, coupe Craonne avant de se taire, il
rime avec Néant ! »

Gaspard, remis à sa place, n'ose plus parler. Il
acquiesce, fier d'occuper enfin, depuis quelques mois
déjà, mais jamais autant qu'aujourd'hui, le strapontin
de ses rêves. Face à Jacquelin de Craonne, le vieux
maître, il se sent une sorte de dauphin frétillant des
nageoires. Wandrille rit sous cape et supprime déjà
par la pensée, dans sa dernière page, les « trois questions à... ». On mettra une photo à la place, une de
celles prises avec les danseuses du Lido en bas résilles.

« Écrivain français de Venise », c'est un statut. Ils
sont une quinzaine, plus quelques satellites occa-
sionnels. Tous sur le même sujet, cherchant l'effet
original dans un décor de canaux battus – à la rame –
comme aucun sentier ne le fut jamais par aucun gros

sabot. Chacun veut épater l'autre – « épatant » est
d'ailleurs un de leurs cris d'extase préférés. Depuis
une dizaine d'années, ils commençaient tous à se sentir un peu vieillir, distillant Giorgione, Titien et Tiepolo pour un public qui, de plus en plus, réclame de
l'art contemporain. Novéant a un peu osé s'engager
dans cette voie, il a glissé un Paul Klee dans son
dernier opus, mais sous couvert de Peggy Guggenheim et tout s'était très bien passé, il n'avait pas reçu
de lettres de plainte de ses fidèles.

Le public branché de la biennale d'art contemporain, pour qui Paul Klee est une vieille lune, ne l'avait
pas rejoint. Personne n'imaginait Craonne ou Novéant
parlant d'installations, d'art vidéo ou de webcams. À
l'inverse, la nouvelle école littéraire n'était plus tellement vénitienne, si on excepte les autofictions de Rosa
Gambara qui publie des listes de courses d'alimentation néo-durassiennes et le journal de ses lectures.

Le club risquait de s'éteindre et tous en avaient
conscience. Rien de plus fermé que leur cercle. Vou-
laient-ils vraiment qu'il s'agrandisse et s'ouvre à la jeunesse ? Pour « le petit Gaspard », explique Craonne,
se faire si vite « un début de nom » dans cette amicale
de sympathiques esthètes est un exploit qui mérite
d'être salué. Avant lui, Yvan Caroux avait essayé, il
était vite sorti de scène après un article intitulé « Yvan
le pas terrible » dans *Le Figaro littéraire*.

Dès son premier roman, Gaspard Lehman les a
braqués – comme on braque une banque. Chaque chapitre portait le titre d'une pièce religieuse de Vivaldi :
« *Per la solennità dell'immacolata concezione* », « *In
furore* », « *Longe mala umbrae terrores* », c'est un peu
facile tout de même. Une des règles tacites du club

veut que tous respectent plus ou moins certains interdits : pas de lion de Saint-Marc, pas de pigeons, pas trop de Vivaldi, pas de reflets dans l'eau, pas de pittoresque facile.

« Et un mot comme *cheval*, demande Wandrille, vous avez le droit ? »

« Cheval » ça va encore, même si Paul Morand dans *Venises* a déjà un peu exploité le filon. Le pire c'est « carnaval », et « masque » bien sûr, surtout quand on se croit malin, pour faire joli, de glisser « bergamasque » dans la même phrase. Tous ces crimes, le petit Gaspard les avait commis. Il avait mis les pieds dans tous les plats. Mais joyeusement.

Son secret, c'est de ne pas faire de style avec ces mots-là, pas de lyrisme. Il a su servir à la sauce Duras les poncifs de bon papa. Son premier roman vénitien, du gibier présenté comme de la nouvelle cuisine, a plu à tous les publics : écriture blanche et sèche, sujet verbe complément, pas de métaphore, de la vie réelle et sans art, une petite ville avec ses misères et ses trois fois rien, pas de grand amour, surtout, ni sentiment ni architecture. Pas un mot sur Vivaldi, juste la bande-son : *Gloria*, *Magnificat* et basta ! Prix des lectrices de *Elle*. Rage des vieux. Sauf Craonne et quelques autres, qui dressèrent l'oreille. Si c'était la relève qui arrivait ?

Un an après, le chaton en refaisait un, puis un autre, et encore un roman plus tard il ne leur restait à tous qu'une issue : le revendiquer. Gaspard fut invité au Florian, célébré, adoubé, il prit vingt ans en quelques semaines. Certains jouaient à lui parler en langue vivaldienne, Frédéric Leblanc lui susurrait : « *Quia fecit mihi magna* » – « parce qu'Il a fait pour moi des merveilles » – et Gaspard sans sourire répondait : « *Deposuit potentes de sede* » – « Il déposa les puissants de leur trône ». Ils s'envoyaient des motets à la figure. La confrérie désormais compterait sur lui pour durer encore dans les cinquante ans qui viendraient. Il était la garde montante, l'un des leurs déjà... De là à l'initier tout de suite à tous les mystères...

Wandrille d'un coup n'en peut plus. Il appelle un taxi, jette son manteau à Gaspard, laisse un bon pourboire au café et s'emballe devant un Craonne qui retrouve son sourire de la matinée :

« Venise, puisque vous ne me demandez pas mon avis, je vais vous le donner, mais c'est grotesque, ouvrez enfin les yeux, tous ces masques de carnaval moulés en série en Turquie, ces Japonais pitoyables avec leurs chapeaux de Triboulet qui agitent leurs grelots, ces joyeux turlurons pathétiques avec leurs loups en fausse dentelle, même mes parents ont fini par s'apercevoir que c'était nul. Kitschouilleries, prétentions intellectuelles, extases fabriquées, hôtels de luxe mal tenus vivant sur leur réputation, gondoliers racketteurs et garçons de café qui surtaxent les pigeons de touristes, Venise me fait horreur !

— Mais non, cher ami, vous confondez, c'est le *sconto veneziano*. Les Vénitiens ont une réduction. Ce ne sont pas les touristes qui payent plus cher, c'est donc exactement l'inverse... »

Craonne affiche sa joie de se voir piétiné. Il vient d'adopter Wandrille. Gaspard vaincu par surprise tente un sourire fin. Wandrille, napoléonien jusqu'au bout, lance une seconde canonnade :

« Une ville ancienne, allons bon, mais c'est la ville la plus restaurée du monde. Comme tout se patine à toute vitesse avec votre climat pourri, un balcon sculpté en 1970 avait déjà l'air d'être Renaissance en 1973. Je voudrais bien savoir combien il y a de pierres vraiment médiévales dans Venise. Une fois qu'on a visité les musées et les palais, les églises et les collections, ça fait quand même une vingtaine de week-ends à prévoir, calvaire qu'on peut échelonner sur quinze ans de mariage, on fait quoi à Venise ? Promenez-vous une journée nez au vent, vous vous flanquerez dans les amis que vous évitez à Paris, vous reconnaî-trez le soir les groupes piteux que vous avez croisés le matin, l'été ça empeste, l'hiver c'est froid et gris, le reste du temps il pleut vaguement, vous aimez, vraiment ? C'est la seule ville du monde où on a rem-placé les rues par des égouts à ciel ouvert, et ça vous plaît ! Urbino, Mantoue, ou même Padoue et Vicence sont mille fois plus attachantes, plus authentiques. Pire que Venise, mais je ne vois que Bruges ! »

11

Les Japonais sous le Chinois

Venise,
mercredi 24 mai 2000

Pénélope fonce vers le Florian. Dans les *calle*, pour montrer qu'on est vénitien, et pas touriste, plusieurs accessoires sont possibles : se promener avec un cartable plein de dossiers, une raquette, un chien, un chariot de courses... Deux orchestres l'agressent en même temps : l'un diffuse des viennoiseries pur beurre, l'autre distille un Vivaldi poisseux comme un sirop de fraise. Pénélope commence à se demander si Venise ne va pas la décevoir. Au fond, c'est peut-être plus beau dans les livres d'histoire de l'art.

Sur la place Saint-Marc, des couples valsent et des grappes de bonnes sœurs se donnent la main. Des crétins du monde entier lancent du grain à des pigeons obèses. C'est le pôle touristique le plus éprouvant du monde. L'architecture est d'une sévérité désolante. Le campanile massivement reconstruit vers 1910 bouche la vue. Personne ne se rend compte que tout cet ensemble est plutôt laid parce qu'au fond de cette scène de théâtre la basilique Saint-Marc fait jouer toutes ses mosaïques. Pas le temps de s'en approcher.

Les Japonais ne se sont pas aperçus que désormais, au café Florian, il n'y a plus qu'eux. Ils sont les derniers à se retrouver « sous le Chinois » comme on disait au temps du Club des longues moustaches. C'était vers 1900, à l'époque du poète Henri de Régnier, qui a ouvert la voie à cette jolie scie littéraire. Avant lui, Chateaubriand, Gautier, Musset avec son fameux « Venise pour le bal s'habille » avaient traité le sujet de manière occasionnelle. Lui, avait décidé de se fixer sur le motif. Tous les Français passionnés de Venise se donnaient alors rendez-vous là, dans ce décor de boiseries peintes avec ces miroirs piqués qui font rêver à tous les visages qui s'y sont reflétés.

Leur table préférée était celle qui est surmontée par une peinture montrant un Chinois aux moustaches fines, et comme des moustaches, à cette époque, ils en avaient tous, ce cercle de conversation et de rencontre s'était trouvé baptisé. Pénélope se souvient vaguement de cette histoire.

Le plus insupportable à Venise, c'est évidemment, se dit-elle, l'épaisse soupe de Vivaldi, gluante et farineuse, âcre et sucrée, au goût agressif qui nappe tout et qui reste en tête : on vous la jette à la figure dans les églises, on vous inonde dans les halls d'hôtels, on se croit dans un mauvais documentaire télévisé, les violons scient, les bassons savonnent, une clavecinade continue achève les nerfs des plus résistants. Qui a dit que la musique de Vivaldi allait particulièrement bien avec Venise ? Sous prétexte qu'il y a vécu, le prêtre roux, au milieu de ces Filles de la Charité qui devaient confondre ces ritournelles toutes semblables... Si Vivaldi avait été de Prague, on aurait trouvé que sa musique était faite pour le baroque de Bohême. À Varsovie, y a-t-il autant de Chopin dans les magasins ?

Il pleut un peu, c'est tolérable. Rosa Gambara s'est déjà installée, en tailleur-pantalon gris clair. Elle a reconstitué son bureau sur la table du café : des livres, des carnets à couverture de cuir, deux téléphones posés devant sa tasse. Pénélope arrive en retard. Elle a glissé ses lunettes de petite brune dans ses tout nouveaux cheveux blonds, irrésistible.

« Vous n'êtes pas en retard. Ici, à Venise, tout le monde s'attend, on finit toujours par se croiser. C'est le seul endroit d'Italie où personne ne se téléphone. On s'assied à une terrasse et on regarde si la personne qu'on veut voir ne va pas passer. Je vous ai suggéré le Florian pour que vous ne soyez pas perdue, et cinq heures pour que vous vous souveniez. Les étrangers se perdent et sont en général beaucoup plus en retard que vous... Pour nous, les Vénitiens, San Marco, on n'y va jamais. C'est la Venise des touristes. Je vous donne le mode d'emploi : vous vous promenez, vous vous égarez, quand vous entendez parler allemand reculez immédiatement, évitez l'axe place Saint-Marc Rialto-gare Santa Lucia et Venise sera à vous, vous serez seule, vous aimerez... Mais vous devez déjà bien connaître ?

— Vous séjournez ici tous les mois ?

— Sauf au moment de la biennale d'art contemporain. C'est la semaine prochaine. Venise se remplit de Français, ils n'aiment pas Venise, ils n'aiment pas

l'art contemporain, ils ne s'aiment pas entre eux, et
ils n'ont qu'un but : venir chez moi. Et pas pour moi,
pour pouvoir dire à Paris qu'ils sont venus chez moi.
Alors je vais en Alsace, j'ai une jolie maison du côté
du Haut-Koenigsbourg, cette année, je change, je vais
aller chez des amis en Bavière. »

Très vite, Rosa Gambara s'apaise. Elle baisse les
yeux pour parler. Elle a été plus émue qu'elle ne l'a
montré ce matin. Heureusement, dit-elle, que Pénélope s'est trouvée là, elle aurait eu du mal à supporter
la scène, seule.

« Ce que nous avons vécu est extrêmement violent.
Nous avons résisté parce que nous sommes fortes,
vous et moi. »

Elle serre le poignet de Pénélope – qui se dit qu'elle
a trouvé la scène de ce matin curieuse, pas gentille
pour le chat, mais surtout pittoresque, pas dramati-
que.

« Cette manière de tuer les chats, Pénélope, est typiquement vénitienne, une recette ancestrale. On appelait cela "le jeu du chat". Il se pratiquait pour la
Chandeleur. On attachait les pauvres petites bêtes à
des poteaux et on les lapidait. Avec un nombre de
points à marquer par caillou, une pétanque qui tue.
Les Vénitiens sont cruels depuis longtemps, et joueurs,
et pas toujours subtils. Ce sont les Florentins qui sont
subtils, mais il n'y en a pas ici. Comment ferait-on pour
être florentin à Venise ? Les chats finissaient par mourir en hurlant. Et au moment de l'extrême-onction,
comme pour la mise à mort des taureaux en Espagne,
on leur portait l'estocade. On ne leur coupait pas les
oreilles et la queue, pauvres chéris, il suffisait de leur
trancher la tête avec un canif, pour séparer le petit

corps brisé et tuméfié. Je croyais qu'on avait oublié cette tradition !

— J'aime les chats, vous savez…

— Moi aussi, Pénélope ! Je miaule ! Je minaude ! Je bats des cils ! Ce petit chat torturé, abandonné sur le *campo*, je l'ai enterré de mes propres mains dans mon jardin, je vous montrerai sa tombe. Et les écrivains, vous les aimez aussi ? Vous avez vu les images du cadavre d'Achille Novéant ? Une flaque de sang et de chairs…

— Arrêtez !

— On l'a trouvé ce matin lui aussi, quand les poubelles sont passées, à l'aube, devant la Villa Médicis. Ce sont les éboueurs qui ont donné l'alerte aux carabiniers. C'était leur premier académicien. Quelques heures plus tard, nous avons trouvé notre chat…

— Avec le message qui était sous la tête du chat, ce billet écrit en français ? Quelqu'un devait savoir que vous passeriez… Il vous était adressé ? Vous en avez parlé à la police de Venise ?

— Non, tout le monde parle français ici, ce message est fait pour être entendu de Venise tout entière. Je vais évidemment aller le déposer au commissariat. Mais j'avais d'abord envie d'une tasse de thé, avec vous.

— Cette île noire ?

— C'est la seule chose qui ne soit pas claire, qui laisse penser que ce message est fait pour une personne capable de comprendre.

— Je ne sais pas moi, l'île noire, c'est dans *Tintin* ?

— C'est aussi dans le titre d'un recueil de poèmes de Pablo Neruda, mais vous avez l'air de mieux connaître *Tintin*… »

Le rire de Rosa fit se retourner une famille japonaise. Elle choisit pour Pénélope le meilleur des thés, un lapsang souchong qu'on ne trouve qu'ici. Pénélope commence à avoir envie de s'en aller, d'entrer dans Saint-Marc avant six heures. C'est la bonne lumière pour les mosaïques.

Rosa sait tout des chats. Elle fait partie du conseil d'administration de ce qui est devenu un des clubs les plus chic de la ville : le Centre d'adoption international des chats vénitien. Si Pénélope voulait, pour Paris, ce sont les chats les plus doux et les plus indépendants. Son ami Jean Clair, mais il invente peut-être, lui a parlé d'un chat surdoué que les employés du vaporetto voient tous les matins vers dix heures s'embarquer à la Salute, qui va jusqu'à San Samuele, fait son tour et revient…

« L'île noire, c'est aussi l'île des morts, non ? À Venise on y va en barque, à l'île de San Michele. Vous aviez quelqu'un qui vous parlait des gondoles funèbres dans votre colloque ? Dans le premier roman du petit Lehman il y avait un gondolier des pompes funèbres, qui vivait chez sa mère … ça ne vous dit rien ? Vous connaissez Gaspard Lehman ? Je l'aime beaucoup…

— Vraiment ?

— Il en est à son quatrième roman, mais c'est un as ! Quand il vient à Venise, il rôde, il sait fureter, il note tout, vous verrez, il vient en février, il revient pour le Carnaval, il est là en avril, je l'ai même vu sortir de San Moisè en plein été. Il va venir pour la biennale. Il s'installe avec ses feuilles, ses carnets. Je vais finir par l'inviter à l'émission. J'étais justement en train de monter un plateau d'écrivains en direct de la Villa Médicis pour mon prochain "Paroles d'encre", figurez-vous, j'avais eu du flair, avec ce meurtre je vais crever tous mes plafonds d'audience ! J'ai déjà appelé la chaîne pour qu'on me trouve trois minutes d'archives sur Achille Novéant, je lui ferai un hommage, le cher vieux, sur les lieux mêmes où on l'a viandé, ça sera chic. Le directeur, un diplomate qui est la prudence même, va être effrayé par tout ce battage, le pauvre, on tentera de se passer de lui, Rodolphe Lambel si ça vous dit quelque chose.

— Pas vraiment…

— Un ancien ambassadeur, rasoir, pédant, avec des prétentions littéraires extraordinaires et plénipotentiaires ! Gaspard serait parfait dans le décor romain, ça le changera de nos canaux pourris. Je crois qu'il a une petite copine ici, ou quelqu'un en tout cas, peut-être un gondolier, j'ai senti ça. Ils ne sont musclés que d'un seul côté, les gondoliers, vous aviez déjà réfléchi à ce problème ? Biceps d'un côté, arête de poisson de l'autre, vous me direz votre avis de femme.

— Pas lu ses livres.

— Vous allez le voir, il arrive demain, vous avez tout pour vous entendre, il est passionné par l'art, mais il perd son temps à raconter en détail des histoires d'amour absurdes et à lire de mauvais livres. Vous allez l'aider, ma petite, au moins pour sa bibliographie. »

Pénélope a bien compris que ce petit Gaspard, d'instinct, Rosa Gambara l'avait détesté. Et qu'ensuite elle avait fait des efforts.

12

La grande peur des écrivains

C'est l'article de *La Gazzetta*, repris par *Le Figaro*, *Le Monde*, *Libération*, qui a tout déclenché. Toutes les informations, Pénélope le sait, viennent d'une seule source : Rosa, « la » Gambara, dont les mauvaises langues disent que la seule vraie rivale dans la région est la tour d'information de l'aéroport Marco-Polo avec sa batterie de haut-parleurs.

La menace pèse sur les écrivains français qui vivent, se rendent à Venise ou qui lui ont consacré des œuvres. Le grand massacre des chats annonce celui des auteurs. Achille Novéant est le premier cadavre. Le jeu est d'établir la liste de ceux qui suivront.

C'est que les écrivains français de culture vénitienne sont légion ! Leur engouement a produit des milliers de pages... Tous les articles l'expliquent, détaillant à l'envi les noms, les œuvres... Venise attire en moyenne un écrivain par nation, la France fait exception, elle a produit depuis deux siècles l'équivalent de la population d'une petite commune rurale composée d'auteurs amoureux de la Sérénissime. Les États-Unis, qui ont donné Henry James puis Ernest Hemingway, peinent à trouver leur grand Vénitien contemporain, et c'est Woody Allen qui en tient lieu.

Ce que révèlent ces articles, c'est qu'une vingtaine d'entre eux, quinze peut-être, sont regroupés en une sorte de confrérie, où on entre par cooptation. *Le Monde*, qui dévoile clairement l'existence du réseau, sans citer ses sources, se garde bien de donner une liste précise. En apparence, il ne s'agit que de se passer les clefs de quelques appartements mis en commun, en réalité ce serait un vrai système. Il y aurait depuis les années vingt quelques étages de palais, des chambres sous les toits, une bibliothèque enrichie avec soin. Certains n'ont pas joué le jeu : Sartre après ses textes sur les Tintoret de la Scuola Grande di San Rocco avait été approché pour entrer dans le cercle des « écrivains de Venise ». Il avait demandé si cet honneur pouvait se refuser, et il avait refusé – sans que cela fasse grand bruit. Aragon, malgré ses poèmes vénitiens et *Les Dames de Carpaccio*, n'avait pas été coopté. « Écrivain français de Venise », c'est un statut, c'est être membre d'un club. D'un club aujourd'hui visé par des tueurs.

Jean d'Ormesson, sur qui pèse désormais d'avoir écrit *La Douane de mer* et *L'Histoire du Juif errant*, romans dont l'action est en partie vénitienne, aurait été vu, pieds nus dans ses mocassins de bateau, cravate bleu marine impeccablement nouée et boutons de manchette en avant, quittant Neuilly-sur-Seine au milieu de la nuit ; il se serait réfugié en Corse dans le golfe de Saint-Florent. Une manifestation de soutien spontanée de lectrices s'est formée devant sa maison. Son éditeur a fait savoir qu'il avait prévu de longue date de prendre des vacances, que ce départ n'avait rien de précipité, et n'avait aucun rapport avec les têtes de chat coupées – qu'il n'hésitait pas à condamner absolument, au nom de l'amour des animaux.

Stéphane Zancan a redit, dans une interview à la télévision, qu'il n'est en rien concerné, il est Vénitien de souche, même s'il vit beaucoup à Paris ! Hortense Schneider, qui a déjà sorti douze volumes de sa saga *Venise au temps des doges*, dit qu'elle n'interrompra pas et que dix autres volumes sont en chantier, on murmure qu'elle ne peut pas mettre au chômage le petit atelier d'écriture qui tartine tout cela pour elle, chaque été, dans sa maison de Saint-Tropez.

Philippe Sollers serait gardé discrètement à son domicile, face au jardin des Plantes. Il se murmure qu'il serait le premier de la liste à cause de *La Fête à Venise* et surtout de son *Dictionnaire amoureux de Venise*. Personne ne sait où se trouve Jacquelin de Craonne, dont les *Fables vénitiennes* viennent de ressortir en poche avec une énième nouvelle couverture. Frédéric Leblanc donne une interview au site lesnouvellesdelalitterature.com : il a écrit sur Venise, et aussi sur les chats, il se sent une cible mais cela le fait rire. Roger Grenier, qui a plutôt écrit sur les chiens, chercherait, selon l'attachée de presse de sa maison d'édition, à vendre son appartement de Venise. Aucun de ses amis n'en veut. Michel Saint-Georges, qui a écrit de belles pages vénitiennes, n'a pas quitté son presbytère irlandais et a dit au site Internet du magazine *Lire* qu'il était prêt à partir à cheval dans la forêt si des tueurs se présentaient à sa porte et qu'il se réjouissait d'avance de cette occasion de faire un peu de sport. Jean-Paul Renard déclare qu'il reprend l'écriture de sa biographie du peintre Léopold Robert, *Le*

Suicidé de Venise, et que le livre comme prévu sortira pour la rentrée.

Rosa Gambara a décidé d'enregistrer sa prochaine émission littéraire, pour la première fois depuis sa propre maison face au Campo San Zanipolo et à la statue du *Colleone*. Le thème : écrire contre tous les terrorismes, avec le soutien de Salman Rushdie et du cardinal di Falco, deux autorités intellectuelles. L'information se trouve, cette fois, dans le supplément du *Monde* qui donne le programme télévisé, avec une photo du palais.

Régis Debray, qu'on aurait pu croire protégé grâce à son pamphlet *Contre Venise*, aurait reçu lui aussi une tête de chat, dans un sac en plastique des surgelés Picard : les assassins n'ont pas été dupes de ses déclarations de désamour lagunaire. Mais l'information, que seul *Libération* reprend, semble un peu sujette à caution. L'article indique qu'il n'a pas porté plainte, et qu'il n'a pas voulu exhiber la tête du malheureux félin.

Charles Dantzig annonce dans *Monocle* qu'il part justement pour Venise braver la menace. Il est photographié dans un *motoscafo* en pleine *acqua alta* brandissant un parapluie dans une tempête digne de celle de Giorgione, le ciel plein d'éclairs. Il donne le bras à une jeune beauté genre Filippino Lippi, qui tient à la main son dernier recueil de poèmes. Alain Juppé, auteur de *La Tentation de Venise*, s'est fendu d'une déclaration, où il rappelait son amitié avec le défunt Achille Novéant et son admiration pour « cette œuvre pleine d'audace et de beauté », ce qui a aussitôt suscité une surenchère de la part de Domi-

nique de Villepin, qui parle de la « poésie rimbal-
dienne » de Novéant.

À la dernière page de *Libération*, Donna Leon, qui
est américaine – et a toujours refusé, pour avoir la
paix, que ses enquêtes policières à Venise soient tra-
duites en italien –, témoigne : les écrivains français de
Venise, elle les connaît bien. Ils se haïssent tous plus
ou moins et elle trouve cela très drôle. Comment
croire qu'on en veuille à ces vieux messieurs indignes
avec leurs cravates tricotées de chez Charvet ? Et une
seule femme parmi eux, cette formidable Rosa Gambara, une amie, est-ce bien raisonnable ? Ils se croient
encore au XIXᵉ siècle ?

13

Les quatre cavaliers de l'Apocalypse

Venise,
jeudi 25 mai 2000

Pénélope, ce matin, a mis dix bonnes minutes à se
maquiller. En robe noire et collier de corail, sans trembler, elle a pris place devant la table drapée de velours
où s'alignent les quatre « cavaliers » en plastique portant les noms de ceux qui doivent s'exprimer cet après-
midi-là. Apocalypse : elle est en dernier et va donc
devoir écouter d'abord les trois autres en mimant, sous
les yeux de tous les participants qui depuis la première
matinée se sont raréfiés, l'intérêt le plus vif – politesse
élémentaire de tout intervenant de colloque.

Elle tient à la main ses dix pages d'intervention :
« Du Canal Grande au Grand Canal, les gondoliers
de Versailles. » À côté d'elle la Monténégrine, air
féroce, casque de traduction sur les oreilles, sentant
l'eau de Cologne, va d'abord parler des « Gondoles
et esquifs dans les bouches de Kotor au temps de la
domination vénitienne » avec le ton revanchard de

celle qui se souvient que Venise, pendant des siècles, exploitait et colonisait son peuple. Un jeune maître de conférences de Grenoble-II défendra les couleurs des historiens de l'art de l'université dauphinoise, le gratin des passionnés par le baroque : « Musiques et chansons des gondoliers, de l'âge classique au romantisme. » Ensuite, ce sera Carlo, rayonnant dans un polo Lacoste bleu clair – quand les Italiens veulent affirmer leur amour de la France... Il a apporté des diapositives et parlera du « *Bucentaure*, navire de parade ou nef des symboles ? ».

Lui, Pénélope va l'écouter. Ça changera du visage déformé d'Achille Novéant, avec la mâchoire détachée et la dent en or qui brille, que la RAI diffuse en boucle.

Le sujet de recherche de Carlo rejoint le sien, la transition sera facile : les Vénitiens n'auraient-ils pas inventé une symbolique de la grandeur dont le célèbre navire rouge et or était la plus belle manifestation, chargé d'emblèmes et d'allégories très comparables aux ornements politiques qui triomphent à Versailles ? Par la fenêtre, le Grand Canal, qui a depuis des siècles entendu tant de belles choses inutiles, miroite doucement...

Pénélope a retrouvé, au colloque, un groupe de conservateurs encore en formation à l'École du patrimoine, ses futurs collègues, quel coup de vieux ! Ils font un stage à Venise : de son temps, ce luxe aurait été impossible, mais le directeur a signé une convention avec l'Istituto Veneto. La promotion s'est donné le nom de l'archéologue Antoine Quatremère de Quincy, promotion Q de Q, disent-ils, ça promet ! Où les mènera l'amour des vieilles pierres ! Pénélope

revoit les silhouettes de ses amis, les « conservateurs
stagiaires » d'il y a cinq ans : les échalas, les mignon-
nettes, les chemisiers à rayures de l'École du Louvre,
les jeans mal coupés des archéologues, rien n'a
changé, ce sont les mêmes, elle sourit avec tendresse.
Pénélope n'a pas fini de les voir : ils sont logés comme
elle dans les chambres pas plus grandes que des
cabines de bateau du bâtiment moderne qui dépend
de l'université, la Ca' Foscari. Parmi eux, trois ou
quatre restauratrices – depuis 1996 l'École du pat',
comme on dit, a absorbé l'Institut de formation des
restaurateurs d'œuvres d'art –, il est bon que ces deux
corps de métier appelés à travailler ensemble apprennent à se parler et cessent de se mépriser réciproque-
ment. Les voyages scolaires doivent se faire en
commun. Il faudra fêter le premier mariage. Ici, à
Venise, tous doivent aller visiter quelques vieux restaurateurs très connus qui œuvrent pour les musées
et les grands collectionneurs.

En 1687, le doge de Venise avait offert à Louis XIV
quinze gondoliers républicains, ils avaient passé les
Alpes sous la neige, on avait fait construire pour eux,
au bord du « Grand Canal » et du « Tapis vert » dans
les jardins du château, ces bâtiments qui s'appellent
encore « la petite Venise » : Pénélope avait retrouvé
les documents, les témoignages, étudié l'architecture,
ramé parmi les mémoires du temps et les correspon-
dances de la cour, pendant trente-cinq minutes pas
une de plus, elle avait redonné vie à des fantômes…

À la pause, Pénélope se sent en vacances. Son tour
est passé, elle a été très écoutée, elle a pu tout dire,
on lui a posé des questions. Elle danse sur le Campo
Santo Stefano, devant la longue façade orangée de

l'Istituto Veneto qui s'ouvre en une loggia ornée de fines colonnes blanches. Elle vient de payer son séjour avec son intervention, maintenant elle est libre. Elle mérite un verre.

L'agitation sur la place, sur le pont de bois de l'Accademia, est sans commune mesure avec les révélations que contenait son excellente communication en trois points. Tout le monde parle de Novéant, chacun a une anecdote à rapporter, un autre nom d'écrivain croisé dans les *calle* à citer...

Carlo est sorti derrière elle.

« Venez, on va fêter votre talent, c'était brillant ! Pas ici, le café des vrais Vénitiens c'est celui qui est au fond de la place, en face de l'église, il leur reste deux chaises en terrasse. Je dois brosser mon français. On se dit tu, je veux travailler un peu la deuxième personne du singulier, si tu permets ? »

Il est direct, ce Carlo. Il y a du nouveau à propos de la mort d'Achille Novéant. L'horrible photo du cadavre est en une, dans le *Gazzettino* et dans *La Nuova Venezia*. Tout Venise lit, commente, un voisin moustachu détaille chaque phrase à haute voix et donne son avis. Le directeur de la Villa Médicis, le dernier à avoir vu la victime, vient de publier sa version des faits.

« Je crois, dit Carlo, que ça va plaire ! C'est la première fois qu'un tueur en série décide d'opérer dans le milieu littéraire, ça risque d'être plus intéressant que d'habitude. Les *serial killers* qui s'attaquent aux filles de seize ans, on n'en pouvait plus, enfin un tueur de vieux messieurs ! »

Pénélope hésite à rire. Achille Novéant, raconte le *Gazzettino*, a été battu à mort, selon un des employés de la Villa, avant d'être jeté du dernier étage. Son témoignage va bien plus loin que ce que les enquêteurs ont dit à la presse. Le système de sécurité aurait été désactivé, la caméra de l'entrée tout simplement débranchée. Que faisait-il à Rome ? Pourquoi était-il dans la chambre turque ?

Un des élèves de la promotion Q de Q, plus dessalé que les autres, un jeune conservateur de la spécialité Monuments historiques qui ne quitte plus une restauratrice de photographies anciennes, premier vrai succès du rattachement administratif, est allé acheter *Le Monde* et *Le Figaro* au kiosque en face du café, qui a la presse internationale. Il s'installe, va vers le bar pour commander un verre, Pénélope l'arrête au passage et l'invite à s'asseoir avec eux. Carlo ne manifeste aucun déplaisir mais évite d'adresser la parole à l'intrus.

En une du *Figaro* : « Le directeur de la Villa Médicis raconte la fin d'Achille Novéant. » Sous le titre, l'ambassadeur Rodolphe Lambel est photographié dans son bureau devant un tableau que Pénélope reconnaît tout de suite montrant *Chateaubriand recevant la grande-duchesse Hélène de Russie à la Villa Médicis* – Chateaubriand, l'enchanteur, cheveux au vent, elle adore.

Pénélope lit à haute voix. Lambel déclare : « Il était mon ami, je suis bouleversé. Il était venu passer quelques jours à la Villa pour finir son prochain livre. Je ne sais pas s'il a laissé un manuscrit suffisamment avancé pour espérer que nous aurons le bonheur de le voir paraître. Par les temps qui courent, je ne surprendrai personne en disant qu'il s'agissait d'un livre sur Venise, ce qui explique sans doute pourquoi il

vivait sous cette absurde menace. Il avait trouvé devant
sa porte, chez lui à Paris, rue de Rennes, un chat mort
avec une lettre, que malheureusement il ne m'a pas
montrée. On la retrouvera peut-être dans ses affaires.
Cela lui avait fait peur. Je l'ai trouvé très abattu, décou-
ragé, je dirais même dépressif, prêt à faire n'importe
quoi. J'avais essayé de le rassurer et je l'avais abrité
chez moi, à Rome. Il ne voulait donner aucune publicité à cette affaire. Il m'avait parlé de son roman,
Venise sous un angle neuf, qu'Achille n'avait jamais
abordé : Venise capitale de la violence. »

Suivait un long article, une « viande froide »
comme on dit avec poésie dans le jargon des journalistes, écrite sans doute il y a dix ans au moins, retra-
çant la vie et l'œuvre du défunt. Pénélope survole :
Venise, Venise, Venise, il ne connaissait que ça.

Si ce n'est pas un suicide, qui revendique cet assassinat ? C'est la question que le journal ne pose pas,
parce que sans doute personne n'a encore de réponse,
et que nul n'a pris la peine de se lancer dans des inves-
tigations. Dans quel but a-t-on tué Achille Novéant ?
Le faisait-on chanter ? Qui avait intérêt à cette mort
et, de manière plus générale, qui a quelque chose à
gagner à menacer ainsi de mort cette bande de paisibles
auteurs ? Quel fou peut vouloir s'attaquer à des écrivains non pas à cause de leurs idées – les écrivains de
Venise ne sont pas vraiment ce qu'on appelait autrefois
des « écrivains engagés » – mais parce qu'ils sont amoureux de cette petite ville envoûtante et fragile qui en a
vu passer tant d'autres avant eux ?

Pénélope lance le sujet, et son jeune futur collègue
conservateur se passionne. Carlo imagine ce qui se

passerait si une affaire parallèle menaçait les écrivains italiens qui vivent à Paris.

Les journaux n'ont pas fini d'en parler, l'affaire va se corser si, dans les jours qui viennent, il y a d'autres têtes de chat qui tombent au voisinage des Deux Magots ou de la rue Bonaparte. Carlo approche sa main de celle de Pénélope. Il la regarde. Elle ne parle plus.

Pénélope sursaute en voyant le numéro de Wandrille s'afficher : elle avait presque pris l'habitude de se passer de lui. Elle sourit. Il a toujours eu un sixième sens pour téléphoner au meilleur moment. Elle se lève pour parler tranquillement, sans risquer d'être entendue, devant le porche de l'église voisine.

« Enfin tu réponds ! Si tu savais ce que je…

— Je viens de donner ma communication, je devine que tu appelles pour me demander si ça s'est bien passé… »

Wandrille résume sur un ton saccadé son équipée avec Jacquelin de Craonne. Carlo, qui regarde, sent que Pénélope explique, donne des conseils, il enrage de ne pas arriver à tout entendre. Puis, le correspondant doit donner une foule de détails, Pénélope se contente d'opiner.

Wandrille exulte et jubile : il est devenu, en deux jours, le meilleur ami du vieillard, son seul confident, son fils – Craonne est veuf et son unique rejeton est mort il y a dix ans à un âge très avancé, précise Wandrille. Il n'a pas l'intention de capter l'héritage, les droits d'auteur posthumes de ses romans ne seront pas un pactole, mais ce qui l'intéresse, c'est la peur qui, d'une seconde à l'autre, s'est mise à habiter le charmant vieux monsieur. La mort de son rival honni l'a plongé dans un gouffre. Il a murmuré : « Novéant tué, je serai le second… Je sais trop de choses… Nous n'aurions jamais dû nous occuper de cette affaire… »

Pour le moment, il n'en dit pas plus. Il est évident, dit Wandrille, qu'il sait tout, et peut-être même connaît-il le nom de l'assassin. Il lui a demandé de l'aider, de le protéger. À Paris, il va s'enfermer dans sa maison de la Butte-aux-Cailles. Wandrille sera son bras armé. Craonne lui a fait un plan d'action. Il a besoin qu'on le défende là où il ne se trouve pas, qu'on lui sauve la vie à distance… Il a même proposé à Wandrille de le rétribuer. Wandrille a refusé, grand seigneur. Il lui suffit d'avoir mis la main sur la seule piste qui s'ouvre dans cette affaire, et d'avoir l'exclusivité.

Pénélope n'a rien lu, ni Novéant ni Craonne, ni Gambara ni Sollers, elle se sent une fois de plus inculte, mais se rassure en se comparant : ni Wandrille ni la grande majorité des lecteurs de *Libération*, du *Figaro* ou du *Monde* de ce matin n'en savent plus. En France, on n'a pas besoin d'avoir vraiment lu les écrivains pour les aimer, pour connaître leur tête, pour savoir vaguement de quoi ils parlent et pour avoir envie de se battre pour eux, on les aime les yeux fermés. La moyenne de la culture littéraire des conservateurs de musée est sans doute assez proche de celle de la majorité des Français. Mais qui a lu les œuvres d'Antoine Quatremère de Quincy, que la nouvelle promo de l'École du pat' vient de plébisciter ? Et qui a lu les *Mémoires* de Saint-Simon, Primi Visconti ou les lettres de la princesse Palatine, qui sont ses lectures quotidiennes à elle, à Versailles ? Personne non plus, tout va bien. Chacun son gruyère.

« C'est à Venise, tu comprends, que se trouve la raison du meurtre d'Achille Novéant. Ce n'est qu'en comprenant pourquoi on veut tuer ces hommes qu'on les sauvera. Et nul ne sait qui sera le prochain. Craonne pense qu'il est visé, mais, tu sais, ça peut tout autant être Gaspard Lehman…

— Pourquoi lui ?

— Il a une petite mèche blanche…

— Ton chat mort aussi ?

— Oui. Comment tu sais ?

— Parce que sur le *campo*, pareil, ma pauvre petite bête…

— Je tiens un sujet en or, un scoop.

— Pour *Air France Madame* ?

— Tu m'accueilles à Venise ? Pour le week-end ? J'ai un avion demain dès l'aube…

— Tu… Oui, bien sûr… »

Ce que vient de révéler Jacquelin de Craonne à Wandrille, et qu'il veut dire de vive voix à Pénélope dans un joli décor pour lui faire plus d'effet, est formidable, ce n'est pas la liste des membres du cercle des écrivains français de Venise, ce n'est pas le nom du tueur, ce n'est pas le crime qu'aurait pu commettre le pauvre Novéant, ni les détails de la nuit du meurtre :

« Vous savez ce qu'ils cherchent à nous prendre ? Vous savez ce que c'est que ce cheval ? Un chef-d'œuvre, une fortune, un secret… C'est un tableau magnifique, un des plus beaux du monde qui sera un jour dans tous les livres. Personne ne l'a vu. Notre Rembrandt ! À cheval ! Le seul Rembrandt de Venise ! »

Un consul général en poncho ?

Los Angeles, 23 décembre 1958

————————————————

Personne ne sait mieux que lui porter la Légion d'honneur sur le poncho, alterner smokings blancs et pantalons de cuir noir, accrocher sur un vieux blouson d'aviateur, qu'il ne peut plus fermer tellement il a grossi, avec une chemise de soie écarlate, la croix de Compagnon de la Libération. C'est le héros du groupe Lorraine, le consul général de France à Los Angeles, l'ami du Tout-Hollywood, un gaulliste de la première heure, un hippie des temps héroïques, un dandy de 1830, qui aime qu'on le confonde avec Gary Cooper. C'est Romain Gary. Il s'ennuie.

Quand ses fonctions officielles l'obligent à organiser des soirées avec des députés français, des diplomates néerlandais, des chefs d'entreprise américains, il lui arrive de partir avant le dessert. C'est « la tentation au dessert », dit-il en prenant la pose de Jésus-Christ. Il écrit de longs articles bien payés

pour *Life Magazine*. Il trouve des prétextes pour
aller passer la Semaine sainte au Mexique, suivre ces
processions de pénitents encapuchonnés qui enchan-
tent sa femme Lesley – il ne sait pas encore à cette
époque-là qu'il vivra un jour avec Jean Seberg. Ces
escapades, c'est aussi cela la routine des consulats et
cette vie ne lui suffit plus. Il a la nostalgie des aven-
tures, des escadrilles, des espadrilles, des combats,
du courage.

Le coup de téléphone de Malraux, devenu cette
année-là ministre des Affaires culturelles, l'a réveillé.
Son ami Gérard Gaussen est consul général à Venise
depuis maintenant cinq ans et ne rêve que de changer de poste. Lui, c'est sa femme qui n'en peut plus,
elle connaît tout le monde. Malraux voudrait que
Gary quitte Los Angeles pour Venise.

Il aimerait lui confier une mission. Seul Gary
peut arriver à débrouiller une affaire complexe : le
richissime Carlos de Beistegui, nabab parmi les
nababs, qui a un goût fou et met un sérieux absolu
à satisfaire toutes ses fantaisies, murmure qu'il pourrait vendre le palais Labia. Gary pense un instant
que Malraux va lui demander de négocier l'achat.
La France sera mieux là que dans les derniers étages
avec vue sur le Grand Canal, où elle s'est logée tant
bien que mal. Le prend-on pour un agent immobi-
lier de luxe ? Il se tait.

Venant de tout autre, la suggestion le vexerait, il
raccrocherait. Malraux insiste, au nom de leur amitié, des années de guerre, mais surtout de l'art. La
mission n'aurait rien à voir avec le palais du richissime. Il faudrait surtout ne pas en parler au Quai
d'Orsay. Juste s'entendre avec Gaussen pour per-

muter leurs postes, à l'amiable, « roquer » comme
on dit aux échecs. Il s'agit simplement de récupérer
un tableau de provenance douteuse – que Beistegui
aurait acheté en toute bonne foi sans en connaître
l'histoire – pour le compte du Louvre.

Quand Malraux parle de peinture, Gary, malgré
lui, est subjugué. Avec ses hommes, à la fin de la
guerre, Malraux est allé récupérer dans la citadelle du
Haut-Koenigsbourg le retable d'Issenheim, le chef-
d'œuvre de Grünewald volé par les nazis, pour le
rendre au musée de Colmar. Gary se souvient de ce
fait d'armes. Il se souvient aussi de la manière dont
Malraux lui avait parlé des poupées des Indiens
Hopis. Il en avait acheté une dizaine depuis, qu'il
exposait fièrement chez lui. Ça lui plaît : se battre
pour un tableau, il n'a pas encore ce genre de victoire
dans sa glorieuse panoplie.

Tout dépend, poursuit le ministre sur un ton
qui cesse d'être amical, de la direction du personnel
des Affaires étrangères et de l'ambassadeur à Rome,
Jacques Fouques-Duparc. Malraux ajoute qu'il a
pris la liberté de lui en parler, sans dire un mot du
tableau, en faisant comme si l'idée venait de Gary :
un écrivain à Venise, pour représenter la France, un
Prix Goncourt, ce serait évidemment l'idéal. Malraux conclut, avec le tutoiement en usage chez les
barons du gaullisme :

« Les écrivains français de Venise, il faut les
connaître, ils ne sont pas exactement ton genre, mon
vieux, ils forment une sorte d'aristocratie littéraire,
selon eux du moins, tu devras les séduire…

— Rien à foutre.

— Si, c'est essentiel pour cette opération. C'est
eux qui savent où est le tableau.

— Un tableau du musée...

— Un tableau de musée. Un Rembrandt, biblique, capital. Car je sais, Romain, que tu aimes toi
aussi la compagnie de ces grands lambeaux de nuit,
cette lumière insoumise au soleil, qui brille chez
Rembrandt comme l'âme du monde au fond d'une
crypte, cette lueur que semble susciter la dorure sans
or de *Bethsabée* et tous les crépuscules de l'*Enfant
prodigue...* »

Au téléphone, surtout quand on est mal réveillé,
une phrase comme celle-là, dite par la voix la plus
célèbre de France, ça secoue. Gary comprend que
Malraux a lancé le mot « biblique » pour le séduire,
lui le Juif de Wilno, et qu'il lui propose en cadeau
la clef pour faire tomber un des bastions littéraires
qui lui résiste, le cercle des auteurs sérieux qui
prennent Gary pour un bateleur, un montreur d'éléphants – comme son héros dans *Les Racines du
ciel* – un « métèque », un rastaquouère, un paria.

Malraux est un des amis pour qui il ferait tout.
Il va envoyer Lesley à Venise prospecter un peu. Sa
femme lui dira si le palais où est établi le consulat
de France est arrangeable à son goût – elle adore
décorer, apporter ses icones arméniennes, ses tapis
indiens, ses coussins en soie de Bursa, elle sera
conquise.

Venise renaissait à cette époque, la ville avait été
si vieillotte dans les années trente – c'était un rêve
pour les Parisiens de 1910. Personne n'y allait plus.
La première guerre avait tué les folies vénitiennes et
on aurait dû élever à Saint-Marc un mausolée au

gondolier inconnu, celui qui avait chanté *O Sole Mio* à la mère de Marcel Proust. À Venise, depuis le début des années cinquante, tout bougeait, l'Europe élégante se donnait à nouveau rendez-vous sur la Piazzetta. Peggy Guggenheim était venue s'y nicher, elle n'était pas du genre à se tromper...

Gary, dans son bureau de Los Angeles, est moins attentif à la suite de la conversation. Il regarde son ventilateur. Malraux donne trop de noms. Revient comme une antienne dans ce flot de paroles « le Rembrandt de la collection Klotz ». Gary note en diagonale sur son bloc que la toile a disparu pendant la guerre dans les environs de Munich, à moins qu'elle n'ait figuré dans la collection privée du comte Ciano, le gendre de Mussolini.

Pour Gary, c'est encore très abstrait. Il ne sait rien de cette collection Klotz, il ne comprend pas comment un tableau volé à une famille juive allemande peut se retrouver sous le contrôle d'écrivains français à Venise. Gary, en revanche, se souvient fort bien d'avoir entendu parler de ce Carlos de Beistegui, un somptueux Sud-Américain qui avait donné, quelques années plus tôt, un bal délirant dans sa demeure vénitienne, où Lesley et lui n'avaient pas été invités alors que tout ce qui comptait dans l'ancien et le nouveau monde s'y était retrouvé. Pour qui se prend-il, celui-là ? C'est lui, ce Carlos, qui est un rastaquouère ! Le bal avait été un monument d'ennui et de prétention.

Gary retient une chose : ce Rembrandt, Malraux veut qu'il soit au Louvre. Et si lui, « le métèque », peut aider la France à acquérir un chef-d'œuvre, une toile biblique importante ; s'il peut laver de

toute souillure une œuvre que les Boches avaient
volée à des Juifs, il fera tout. En plus, il aime Rembrandt, les cuisses de son *Esther*, les seins de sa
Danaé, les joues rouges de sa femme, *Saskia*, *Le
Retour de l'enfant prodigue* et *Le Sacrifice d'Abraham*.
Il vénère, sans le bien connaître, ce fou qui aimait
tant se déguiser, comme lui, porter des uniformes
de fantaisie, des caftans turcs et des kriss malais
glissés dans de larges ceintures de soie, d'extravagantes pelisses et des bonnets de meunier, des cui-
rasses et des casques – et se peindre lui-même, lui
seul, encore et toujours, dans des couleurs d'or et de
nuit. Au Metropolitan, à sa dernière virée à New
York, il avait acheté la carte postale d'*Aristote
contemplant le buste d'Homère* – un tableau que les
amis du musée s'apprêtent à acheter, déjà exposé en
salle, en vedette –, et l'avait posée sur son bureau.
Pendant que Malraux parle, il est tellement ému qu'il
sent que des larmes lui viennent.

Rembrandt, à Venise, ce sera lui : dans un mois,
dans un an, et on le photographiera au Louvre avec
Lesley, avec Rembrandt, avec Madeleine et André
Malraux. Et Madeleine, cette chère Madeleine Malraux, si intelligente, si fine, premier prix du Conser-
vatoire, jouera pour lui au piano les musiques de
Russie qu'il lui demandera, et ce sera la plus belle
des récompenses, quand ils viendront les voir sur la
lagune. On ouvrira toutes les fenêtres sur le Grand
Canal. La musique flottera, Madeleine jouera du
Bach, pour Dieu, et du Rameau, pour la France.

« Il représente quoi, ce tableau ?

— Un grand cheval. On n'en a pas de photo.
C'est gênant, tu sais, l'histoire de l'art est devenue

l'histoire de ce qui est photographiable. À toi de le faire entrer dans l'histoire. Pour le reste, je ne te dis rien, ce sera ta surprise. C'est un sujet qu'aucun artiste n'a représenté. Un sujet pour toi. Tenté ? Alors ? »

Il est probable que ce fut à la suite de manœuvres menées au début du mois suivant auprès de l'ambassadeur de France à Rome par des diplomates jaloux que Romain Gary n'obtint pas, ni cette année-là ni plus tard, le poste de consul général de France à Venise. Et plus personne ne parla de ce tableau de Rembrandt pendant plus de quarante ans.

—————————————

DEUXIÈME PARTIE

Les chevaux de Venise

« Nous allons entrer dans Venise dans une minute !
répondit Bond en manière de protestation.
Tu ne veux pas voir Venise ?
— Ça ne fera jamais qu'une gare de plus.
Je peux voir Venise un autre jour. Maintenant,
je voudrais que tu me fasses l'amour.
S'il te plaît, James ! »

Ian Fleming,
Bons baisers de Russie,
traduction d'André Gilliard, 1957.

1

Retrouvailles à la Douane de mer

Venise,
vendredi 26 mai 2000, un peu avant midi

« Mais tu es devenue blonde, ma pauvre, tu es folle ! Et ce déguisement, ces lunettes de soleil, cette robe archi-moulante, Péné ? Ce rouge à lèvres ! Un sac Gucci, bien imité, bravo d'avoir évité le faux Vuitton, tu tromperais même un douanier italien…

— Tu n'aimes pas ?

— Si, si, tu n'as jamais été aussi sexy, fais attention en revenant à Versailles. Tu es devenue italienne en trois jours ! Je vais avoir l'impression de te tromper. »

Pénélope sent qu'elle ne va pas beaucoup suivre la fin des débats du colloque. Le vent souffle à la pointe de la Douane comme à la proue d'un bateau, elle a noué un carré de soie dans l'idée d'imiter Grace Kelly. Elle se dit qu'elle va aimer Venise.

Elle a séduit l'auditoire – dans ces colloques, qui expédient à longueur d'année aux extrémités de l'Europe une troupe d'universitaires et de conservateurs bafouilleurs avides de séjours gratuits, l'enjeu est toujours de l'emporter sur les autres, plus rarement de s'unir pour faire progresser la connaissance. Il lui reste encore trois ou quatre jours pour profiter de la ville avant de rentrer. Elle se serait d'ailleurs assez bien passée de son chevalier servant. Malgré tout, elle le regarde, avec en toile de fond la coupole de la Salute qui protège Venise contre les pestes.

Elle le trouve beau, elle lui sourit. Il a chaussé des Superga, mis des lunettes de soleil, personne ne le prendrait pour un touriste. Serait-elle en train de céder au vague à l'âme vénitien ? Cela faisait longtemps qu'elle attendait l'occasion de voir ce qu'elle donnerait avec des cheveux blonds, l'effet semble positif.

Wandrille est nerveux, il ne parle que de rester le plus longtemps possible. Il lui a demandé de le retrouver à midi à la Douane de mer. Il a le sens des rendez-vous. Elle est arrivée en retard. Elle l'a trouvé faisant des pompes, comme s'il n'était pas entouré par les touristes. Pourvu que leur histoire ne finisse pas comme les amours de George Sand et d'Alfred de Musset, qui était quand même moins sportif. Il a déjà laissé pousser une barbe de trois jours, qui tend dangereusement vers la mode des années romantiques, il l'embrasse pour lui montrer que ça pique, et attaque :

« Je dois suivre cette affaire jusqu'au bout. Je prends soin de mes pectoraux et de mes abdos pour te protéger. Tu sais, les assassins sont là...

— Tu inventes, ça sent le canular cette histoire. Ces écrivains qu'on menace, Dieu sait pourquoi, tu y crois ? Quel est l'enjeu ? C'est une blague...

— On en a tué un...

— C'est peu pour un *serial killer*. Il était en pyjama, il est tombé d'une fenêtre, il avait peut-être trop bu...

— Les écrivains sont entraînés, avant d'en saouler un... Selon les journaux, c'est un meurtre. On l'aurait frappé à plusieurs endroits. Il a été défenestré.

— La perte pour la littérature est limitée.

— Tu as déjà lu du Novéant ? *Les Bijoux du lion* ? *La Vie comme à la Salute* ? *Cantate profane* ?

— Ben...

— Alors ne parle pas sans savoir. Je te prédis un second cadavre dans les vingt-quatre heures. Ici, à Rome, ou à Paris. Et il faut retrouver un Rembrandt, voilà l'enjeu, je ne sais pas ce qu'il vous faut, mademoiselle la conservatrice. Jacquelin de Craonne ne m'a pas encore tout avoué, mais je peux te dire qu'il s'agit bien d'un Rembrandt, un vrai, dont le cercle des écrivains français de Venise a la garde. Il a été formel.

— Mais es-tu certain de ce qu'il t'a dit ? Tu sais, les romanciers... De mon côté, les informations concordent : un vieux Vénitien qui a été ami de Paul Morand, le professeur Crespi, tu vas l'aimer quand je te le ferai rencontrer, m'a parlé d'un objet caché. Un Rembrandt ? Tu crois ? Mais lequel ?

— C'est toi, l'historienne de l'art. Je ne sais pas combien il peut y avoir de Rembrandt dans la nature aujourd'hui.

— Tu crois qu'on va sacrifier un nouveau chat innocent ?

— Mais un par semaine, ma pauvre, ça va te faire un choc, ça va être le calendrier des petits chats ! Il

a fallu que tu tombes sur une de ces innocentes victimes, pendant que moi j'en trouvais une autre, et à
chaque fois entre les pieds de ce grand cheval, le
Colleone. Tu crois que ce n'est pas un peu gros
comme coïncidence ? Je pense qu'on me surveillait.
Et que tu es en danger. Et moi aussi. Je suis venu
exprès pour veiller sur toi.

— Tu crois vraiment ? Je n'ai vu aucun rôdeur,
aucun assassin, je suis entourée d'historiens de l'art
toute la journée, plus une poignée de conservateurs
en formation à l'École du patrimoine, je croise ici
quelques chats, tous en pleine forme. Tu sais, c'est
tranquille…

— Tu n'as aucune conscience du danger. Une fois
de plus.

— Écoute, c'est forcément une coïncidence. Un
vrai hasard, comme il en arrive dans la vie. Pour une
simple raison : personne ne savait, trente minutes
avant que je ne me décide, et pas même moi, que
j'aurais envie d'aller voir la statue du *Colleone*. Il
aurait fallu qu'un cinglé, qui nous connaisse tous les
deux, sache que tu étais devant ce moulage aux
Beaux-Arts et devine que j'allais me décider, au même
moment, sur un coup de tête, à aller voir l'original. »

Jacquelin de Craonne depuis le reportage de Wandrille et ces deux jours de cavalcade à travers Paris
est terré chez lui. Il a téléphoné aux bureaux d'*Air
France Madame* pour demander qu'on lui donne les
clichés où il pose avec une danseuse du Lido nommée
Mlle Fifi. Était-ce pour en interdire la diffusion étant
donné les tragiques circonstances ou pour en avoir
un beau tirage sur papier à encadrer, la secrétaire n'a

pas réussi à comprendre tellement il bégayait, lui qui d'ordinaire a le verbe si précis.

Il a juré à Wandrille, qui l'appelait de Roissy, qu'à son âge il ne remettrait plus les pieds à Venise. Il connaît la ville, à quoi bon y revenir, même pour la promotion de son prochain livre. Il donnera les interviews chez lui.

Wandrille a découvert, rue de la Butte-aux-Cailles, un appartement plein de livres et, en piles autour du grand lit à baldaquin style haute époque-brou de noix des années soixante, des dizaines de paquets non ouverts de livres envoyés par les éditeurs. Beaucoup de photos de son fils disparu. Des cartons de surgelés périmés dans une poubelle, qu'il lui avait demandé de descendre en partant, en lui précisant qu'il devait faire attention aux bacs de couleur pour le « tri ». Le décor jadis somptueux présentait plusieurs symptômes de dépression. Il fallait aider ce pauvre vieux pourri de talent. Wandrille agirait.

« Mais toi, Wandrille, tu as lu les romans de ce Jacquelin de Craonne ?

— *Dans Venise la rouge*, 1972, *Le campanile est tombé cette nuit*, 1983, *Venise City*, 1998, je peux t'en prêter, c'est toujours sympathique et chic.

— Supérieur à Achille Novéant ?

— Là, tu poses une question gênante. »

Le fameux Rembrandt, Craonne a été incapable d'en trouver une photo pour que Wandrille puisse bien comprendre de quoi il s'agissait, une toile de grand format, il ne sait pas ce qu'elle est devenue, il n'a même pas pu expliquer à son nouvel ami où elle se trouvait dans Venise, ni pourquoi elle était liée au sort des écrivains. En revanche, il lui a offert un billet d'avion.

« Il voulait t'écarter, tu es tombé dans le piège comme un bleu. S'il est membre du club des écrivains qui cache le Rembrandt, alors il sait où se trouve la planque.

— Il m'a dit : "Notre cachette était autrefois sur l'île noire. Je serais incapable d'y retourner."

— Il y a des dizaines d'îles sur la lagune.

— Je sais. Il m'a dit que si je l'appelais de Venise, ça l'aiderait, qu'il arriverait peut-être à me guider.

— Il te ment.

— Le pauvre, tu plaisantes ! Je suis ses yeux, tu comprends. Il a besoin de ma connaissance de Venise pour que je puisse agir à sa place. Il va me donner des instructions, je dois l'appeler ce soir. On va la trouver, cette île noire.

— Tu sais, il faut garder ce que tu sais pour nous. Craonne a parlé de ce Rembrandt aux journalistes ? À la police ?

— Bien sûr que non, il est persuadé, si j'ai bien compris, il est très confus, que l'œuvre, pour une part au moins, lui appartient. Je veux me réserver le scoop, tu penses.

— Pour lui, tu es important : tu es son alibi.

— Non, je l'ai quitté vers sept heures du soir à Paris, il pouvait prendre un avion pour Rome et revenir le lendemain matin. Son vrai alibi, c'est sa tremblote et la police des aéroports. Je suis certain qu'il est innocent. Il court des risques et je peux l'aider ici, pendant qu'il se barricade à Paris. On va trouver ce tableau, c'est toi qui l'offriras au Louvre. Tu seras nommée par acclamation conservatrice dans le plus

beau musée du monde. Tout cela grâce à qui, Péné ?
Embrassons-nous dans ce décor kitsch, s'il te plaît. »

Pénélope sourit avec commisération. Son Wandrille croit qu'il connaît Venise sous prétexte que ses
parents l'ont emmené chaque année, pour le sacro-
saint anniversaire de leur mariage, passer un week-
end au Danieli, au Gritti, au Cipriani, au Bauer,
pauvre naïf ! Il y a surtout appris à faire des cocktails
au shaker. Elle en a plus vu depuis trois jours en se
promenant au hasard. Wandrille croit que tout le
monde ici circule en Riva laqué, boit des Bellinis et
bronze au Lido.

Pénélope a mis de nouvelles lunettes de soleil. Il
faut juste qu'elle arrive à calmer l'agitation de Wandrille, sinon la fin de son séjour, dont elle se réjouissait, risque d'être abominable.

« Je pourrais en faire un livre, Péné ! L'histoire
commencerait vers 1900, une traversée du siècle dans
la Sérénissime. On irait jusqu'au bal Beistegui, et à la
vague d'assassinats qui va frapper les écrivains dans
les semaines qui arrivent… Depuis le temps que je
veux sortir quelque chose, arrêter l'enfer des piges de
trois feuillets dans dix magazines à la fois, tu te souviens de mon projet d'une biographie du duc de
Windsor…

— Bien sûr, c'était quand j'étais à Bayeux, tu avais
fait des fiches à la piscine du Ritz, ça t'avait bien
occupé…

— Quand je vois ce petit Gaspard Lehman, il a
déjà produit trois romans…

— Alors que toi, avec ton talent naturel… Viens
plutôt par là, à l'extrême pointe de la Douane, Zoran
qui est ma référence pour l'art contemporain, m'a dit

qu'il ne fallait pas manquer une œuvre sublime. Quelle idée de mettre de l'art contemporain à cet endroit… »

La Douane de mer abrite encore des entrepôts. Le regard vogue du palais des Doges à l'île de San Giorgio, c'est l'endroit où le Grand Canal s'ouvre et devient comme la mer. Les yachts se croisent, c'est beau comme Genève.

L'installation de Bill Viola n'est pas une sculpture. Il faut s'allonger, à l'extrême pointe du quai, au pied de la statue de la Fortune dédorée qui présidait à l'arrivée des navires marchands prêts à déballer leur cargaison, à la grande époque, du temps où sa dorure était neuve. Au premier regard, rien n'apparaît. Aucun visiteur ne semble savoir qu'une œuvre d'art se trouve là. Douze haut-parleurs, disposés en cercle, forment une sorte de discret Stonehenge de l'âge technologique. Pénélope, à qui Zoran a tout expliqué, s'allonge sur les pavés. Bill Viola a conçu un espace sonore, fait de sons captés en direct sur douze places de Venise. À midi, le mélange de tous les campaniles qui éclatent presque en même temps donne le vertige. Le reste du temps, la rumeur de la ville se superpose à la clameur des flots. Pénélope ouvre les yeux, les ferme, les ouvre. Wandrille lui a pris la main. Ils sont allongés l'un à côté de l'autre, ils écoutent.

Pénélope ferme encore les yeux. Les lèvres de Wandrille se posent sur les siennes, style amour courtois. Elle marche bien, cette installation de Bill Viola.

« Écoute, Wandrille, c'est merveilleux l'art contemporain pour ton enquête…

— Notre enquête.

— Si on égorge quelqu'un sur le chantier de reconstruction de La Fenice, on entendra le cri ici, Bill Viola a truffé Venise de micros. Attends, je crois que j'entends un Rembrandt qui arrive...

— J'ai cherché, par Internet, ce que ça donne quand on lance Rembrandt et Venise. Les moteurs de recherche n'ont presque rien rapporté dans leurs filets. Pas de Rembrandt dans les musées de la ville, pas de séjour de l'artiste ici... Un Rembrandt à Venise, c'est comme un Fra Angelico au Texas.

— Ta manie d'Internet fait de la peine. Si tu crois que c'est fiable ! N'importe qui écrit n'importe quoi, je te prédis que dans dix ans plus personne ne parlera de ce truc ! Un Fra Angelico au Texas, pas besoin d'ordinateur, il y en a un seul : au musée Kimbell de Fort Worth.

— Tu es mon ordinateur.

— Rembrandt à Venise, tu as raison, ça ne me dit rien. Tu veux te faire passer pour un historien de l'art menant l'enquête ? Tu veux aller voir le conservateur du musée Correr et celui de la Ca' Rezzonico ?

— Tu crois que je serais crédible ? Il me faut une couverture, pour fureter dans la ville sans attirer l'attention...

— J'ai une idée de reportage pour toi : les comités de défense de Venise. Tu en as déjà entendu parler ?

— Oui, mes parents sont sollicités à longueur de temps pour des dîners de charité. Une fois maman est revenue avec une turista du diable, on en a plaisanté pendant des mois, un gala trop chic à Dorsoduro. Le caviar était rance.

— C'est le titre d'un roman de Craonne ou de Novéant ? Dis à tes parents de garder leur argent ! La présidente du comité français est une certaine Wanda Coignet. C'est la sœur de Sidonie Coignet, tu te souviens, qui a épousé un richissime Japonais. Cette Wanda s'est rendu compte que sa fortune fondait plus vite que sa graisse, et elle passe sa vie à faire des dîners de milliardaires à Venise. Je te conseille d'aller la voir, elle est très bavarde, elle te donnera les noms de tous les autres, ses rivaux qu'elle méprise et qui la méprisent, tu verras défiler tout ce qui compte dans Venise...

— Un bon article.

— Tu raconteras comment les autorités municipales leur font en apparence bon accueil et s'ingénient à les décourager : on les aiguille vers Padoue, vers Vicence, vers les villas de Vénétie. On les envoie restaurer les anciens comptoirs vénitiens, Piran en Slovénie, Kotor au Monténégro, Hvar perle de la Croatie, le Saint-Tropez sans vedettes d'un pays sans cinéma, on leur dit que c'est bien plus charming, et ils courent là-bas, après avoir organisé ici un dîner diapo avec la princesse de Kent ou la reine de Thaïlande. C'est tout pour toi...

— Adjugé ! »

2

Ce que Pénélope ne raconte pas

Venise,
dans l'après-midi du vendredi 26 mai 2000

Pénélope s'était bien gardée de tout raconter à Wandrille – quand son curé lui avait expliqué le mensonge par omission l'année de sa première communion, elle avait trouvé ça génial. Elle se sentait heureuse de le retrouver, c'était vrai, elle ne voulait pas gâcher ces beaux moments. Elle s'était dit qu'il était trop stressé, qu'elle allait attendre un peu pour lui glisser qu'elle avait failli le tromper, et puis qu'elle devait garder quelques armes si jamais, dans les jours qui venaient, il se faisait trop pénible. Maintenant qu'elle lui a trouvé, grâce au badinage du professeur Crespi, un bel os à ronger, les comités, et qu'il a l'idée de découvrir un Rembrandt, elle va avoir à peu près le champ libre pour continuer à vivre sa vie vénitienne comme elle l'entend, advienne que pourra.

Ses secrets de surcroît sont bien minces, enfin pour le moment. Elle n'a même pas jugé utile d'appeler son amie Léopoldine pour lui en faire le récit. La veille, elle avait mis une robe rouge pour aller au concert organisé par le *professore* Crespi. Dans la glace de sa chambre, elle n'était pas si mal. Les musiciens, croyant bien faire, avaient glissé un Vivaldi dans les bis, juste avant le Poulenc, le pauvre Crespi avait eu besoin d'un cordial pour se remettre et avait attiré dans son bureau Pénélope, sa chouchoute. Et comme le jeune Carlo, qui se trouvait assis à côté d'elle, avait engagé avec Crespi une aimable conversation, il lui avait suggéré de les suivre. Rosa Gambara était partie avant la fin.

Parmi les in-folios de la bibliothèque, sur les grands canapés de soie, l'atmosphère était douce comme dans un tableau de Pietro Longhi. Crespi leur a servi ce vin français qui s'appelle muscat de Beaumes-de-Venise, qui n'a rien de vénitien et qu'il affectionne pour cette raison. Pénélope se laissa aller à avouer qu'elle n'était pas encore allée à la basilique Saint-Marc – depuis son arrivée, car elle continuait avec talent à faire croire qu'elle connaissait la ville depuis toujours –, il leur avait proposé une visite nocturne. Ses rhumatismes allaient mieux. Il avait ouvert une armoire de fer et sorti une ancienne boîte de médicaments datant des livraisons de l'armée américaine, fermée par un élastique : à l'intérieur, sa fameuse clef…

Quand elle y repense, Pénélope se trouve toutes les excuses du monde. Comment aurait-elle pu refuser ? Avec ce vieux monsieur affable et érudit qui avait besoin d'elle pour l'aider dans les escaliers.

Dans l'immense basilique, sorte de caverne du néolithique, vers minuit, Crespi savait où se trouvaient tous les interrupteurs et les maniait avec la virtuosité d'un organiste. De coupole en coupole, il faisait surgir du néant les décors de mosaïque : l'Apocalypse, le Paradis, les scènes de la vie des apôtres, jusqu'à la coupole centrale avec l'Ascension. Carlo énuméra les figures féminines : les Vertus alternaient avec les Béatitudes et Pénélope le trouva très fort. Il portait un pull marin bleu, et avec son bronzage, sur le fond de tesselles d'or, c'était un bon point. Une odeur flottait, une odeur de messe de minuit, de vin chaud, de cadeaux, une odeur absurde en cette saison et que devaient avoir produite des siècles et des siècles de cierges et d'encens.

« Nous avons de la chance, avait murmuré Crespi, il n'y a pas de messe cette nuit. Avec tous ces touristes, vous savez, nos corporations sont obligées de se réunir la nuit. La dernière fois, j'étais tombé pendant la messe secrète des pêcheurs de *vongole*, pauvre de moi, ils m'ont regardé ! Avec mes béquilles ! J'ai cru que ma dernière heure était arrivée. Heureusement c'était le patriarche de Venise en personne qui bénissait leurs filets, un vieux copain ! Il m'a adressé un signe amical que tout le monde a vu, j'ai réussi à m'agenouiller, un miracle avec mon arthrose, j'étais sauvé ! »

Un instant, devant une mosaïque qui devait, disait-il, représenter le Buisson ardent, Crespi n'a pas allumé tout de suite, et Pénélope a senti la main de Carlo qui se posait sur la sienne, son souffle à côté du sien. Cela, elle pourrait le raconter à Wandrille sans rougir, car elle a été héroïque, elle s'est écartée, un vrai marbre antique.

En sortant, elle a tendu la main à Carlo, qui se penchait déjà pour une « bise » à la française, et a raccompagné Crespi clopin-clopant, seule, jusqu'à l'Istituto, tandis que le Vénitien aux yeux bleus, un peu dépité, retrouvait le chemin de son petit appartement sous les toits du côté de San Zaccaria – qu'il avait mentionné en passant avec un sourire que Pénélope avait trouvé lourd. Elle attendait mieux des légendaires techniques de drague italienne.

En fermant les yeux à la Douane de mer, tandis que l'installation de Bill Viola les transporte dans une barque imaginaire, une gondole de Tristan et Iseult, Pénélope revoit ces scènes de la nuit précédente à San Marco. L'éblouissement des ors, l'odeur des cierges consumés, l'humidité douce et chaude sur ce sol inégal, qui inspirait Proust et dont le président de Brosses, au XVIIIe siècle, disait que c'était le plus bel endroit du monde pour jouer à la toupie.

Pénélope et Wandrille se sont relevés. Ils longent maintenant les entrepôts qui forment la pointe du quai. Une des portes vertes est entrouverte. Sur une plaque de cuivre étincelante – les Vénitiens passent leur temps à faire briller leurs cuivres, des boutons de sonnette aux boîtes aux lettres – il est écrit : « *Reale Società Canottieri Bucintoro, 1882 – Museo-Archivio storico.* » Et une autre plaque, un peu plus loin, annonce : « *Compagnia della Vela-Sede nautica* » et une dernière, plus moderne, un club de plongée.

« On entre ?

— Des canotiers ? La Société Bucentaure ? La Compagnie de la voile ? Tu crois qu'on a le droit, Péné ? Je vais faire des photos. »

L'interrupteur, digne d'un sous-marin nucléaire, est à gauche. Une immense salle apparaît. Des bateaux sont alignés dans l'entrepôt, longues barques à huit rameurs pour les compétitions d'aviron. Trois clubs, parmi les plus chic du monde.

« Un club de plongée, ici, dans la lagune, ça doit être dégoûtant ! On est loin de la grande barrière de Corail ou des eaux limpides du lac Baïkal ! On doit avoir le scaphandre poisseux quand on remonte. Tu sais ce qu'il faudrait ici ? Un grand musée d'art contemporain, tu as vu l'espace perdu, dans cet endroit, au cœur de Venise, l'utiliser pour stocker des barques, ils sont fous…

— Tu trouves qu'il n'y a pas assez de fondations d'art contemporain comme ça partout ? Et le musée Peggy Guggenheim est à côté. Quand je pense que je n'ai pas encore trouvé le temps de voir le Palazzo Fortuny, avec tous ces tissus qui font la gloire de Venise !

— Ce que tu es ringarde, ma pauvre Péné ! Ah, je ne t'ai pas tout dit. Bonne nouvelle pour toi. Tu changes d'hôtel.

— Je suis très bien logée en cité U par l'Istituto Veneto. Tu as réservé au Danieli ?

— J'ai pris une suite à la Pensione Bucintoro, c'est Craonne qui m'a donné l'adresse, il va toujours là, il écrit dans ses romans que c'est "un petit hôtel épatant", on va être reçus comme des rois. Il saura où me joindre.

— Tu sais avec les téléphones portables, on n'a plus vraiment besoin de laisser des messages aux portiers d'hôtels.

— À Venise, il faut toujours rester un peu à l'ancienne mode, faire comme dans les films. »

Un grincement de mouette étranglée les interrompit à cet instant. Pénélope eut peur que ce ne fût à nouveau un chat. Elle trembla. C'était la statue au-dessus de leurs têtes qui s'emportait contre le brouhaha de Bill Viola. Elle possède un mécanisme. Elle tourne sur un axe au gré des vents, comme la divinité qu'elle représente, mais elle a besoin d'être restaurée, elle tourne mal. *Fortuna* ? Le hasard, la chance, la bonne ou la mauvaise, la bonne occase, on verrait bien.

3

Promenade dans le vent du soir

Venise,
suite de la journée du vendredi 26 mai 2000

Se promener le soir, vers sept heures, aux environs de la pointe de la Dogana, derrière l'église de la Salute, procure un sentiment de calme et de bonheur. L'installation de Bill Viola s'endort dans la nuit qui se fait, comme un gros chat. À Venise, une première vague de silence s'établit dès huit heures, les rues et les places se vident, ensuite les jeunes ressortent, envahissent le Campo Santa Margherita et les ruelles qui y mènent, tout s'éteint à nouveau vers une heure. C'est tôt pour une cité qui était au XVIIIᵉ siècle la capitale de toutes les débauches.

Le long du quai, aux Zattere, Pénélope pour la première fois depuis son arrivée sent l'odeur de la mer, des algues. La lagune n'est pas un monde à part, c'est un morceau choisi d'Adriatique. À l'aéroport, une vieille dame à peine arrivée se plaignait : « Je trouve que c'est humide, j'ai déjà les coudes qui craquent. » Wandrille rit. Il prétend que c'est la pollution qui attire les moustiques. Ils regardent les vaporetti qui voguent comme des fers à repasser, toutes lumières dehors. Ils écoutent ensemble le crissement des *pontile* au rythme de l'eau.

Pénélope a subi avec héroïsme un après-midi de colloque, dans cette bonbonnière d'Istituto, qui a plus de rideaux rouges et de pompons qu'un théâtre de marionnettes. Elle a quand même pris la précaution de sortir une heure avant la fin, de traverser le pont de bois et de visiter à toute allure les collections du musée de l'Accademia. Elle connaissait presque tout sans être jamais venue. Cela avait été plutôt une inspection, pour vérifier que les œuvres des grands maîtres vénitiens étaient à leur place : Carpaccio, Bellini, Cima da Conegliano, l'artiste préféré de Léopoldine – elle lui avait acheté une carte postale de la *Madone à l'oranger* –, Sebastiano del Piombo, Giorgione, Titien, ça fait drôle de voir en vrai des tableaux qu'on connaît par cœur. Elle a revécu en une heure deux sessions d'examens, un oral de septembre, cinq exposés, une année de cours de prépa, vérifié en prime qu'il n'y avait pas là le moindre Rembrandt. Son cerveau a bien besoin de l'odeur des algues et du bruit du vent.

« Tu sais, dit Pénélope, que la ligne 1 s'appelle l'*accelerata* et que c'est la plus lente.

— Qui t'a raconté ça ? Tu t'es déjà fait des amis chez les indigènes ? Tu dois rester un peu méfiante…

— Tu me fais rire, tu crois qu'on nous surveille ? Tu trouves que c'est joli, ce croupissant crépuscule ? »

Mis à part quelques vieux Vénitiens qui vont dîner chez d'autres Vénitiens, pochettes blanches et lunettes d'or, robes d'été à fleurs rouges et escarpins assortis, personne ne passe ici. Dans les petits canaux, les *motoscafi* ont été bâchés pour la nuit. Les *paline*, ces pieux à rayures que peignit, entre autres, Claude Monet, s'enfoncent dans le noir de l'eau. Pénélope aime cette lumière verte des canaux, cette clarté d'orage qui lui rappelle le tableau de Giorgione dont nul n'a jamais pu déchiffrer le sens, *La Tempesta*, le seul à l'Accademia à ne pas lui avoir rappelé ses angoisses d'examen. Elle l'a trouvé beau, avant de le trouver mystérieux. Heureusement que le métier de conservateur ne tue pas complètement l'émotion devant certaines œuvres... Son condottiere de bronze, sur sa place, il ne l'avait pas déçue.

Le nouvel hôtel choisi par Wandrille, elle a dû se rendre à l'évidence, est parfait. Pénélope aimerait dire qu'elle regrette sa chambre, mais la mauvaise foi a des limites, même dans les discussions de vieux couples. La Pensione Bucintoro vient d'être réinventée. Le fils de la maison, qui a hérité il y a six mois, a placé un zeste d'art contemporain dans toutes les suites, rupture radicale avec les photos que montre encore le site Internet de l'hôtel.

« Ma pauvre Péné, tu vas être malheureuse, tous les meubles dorés en style Louis-Gondole ont été jetés dans le canal ! Bucintoro le Jeune a très bon goût, il a failli être galeriste. Enfin, c'est bien, ils ont gardé les rideaux et les coussins. Tu sais, j'avais appelé la réception pour les prévenir que je venais avec une spécialiste des textiles anciens. On a une courtepointe psychédélique, je ne te dis que ça, rouge et or, achetée chez Rubelli en 1972, *a masterpiece.* »

Une chambre avec vue, de nuit, quand elle est illuminée par le dessus-de-lit, c'est encore mieux. On peut écouter marcher les chats et les rôdeurs sur le canal, entendre les canots qui passent, sans qu'on puisse jamais deviner pourquoi ils s'aventurent ainsi, vers deux ou trois heures du matin, entre les maisons et les palais.

Wandrille, comme prévu, appelle Craonne, chez lui – c'est un écrivain sans portable. Le vieil homme n'a pas bougé de la journée. Il relit Casanova à la Butte-aux-Cailles pour la centième fois. Il est incapable d'écrire un mot. Il n'a pas vu de chat, c'est déjà ça. Sa concierge lui a monté des quenelles de brochet et une part de flan, Wandrille a cru qu'il allait pleurer.

À peine avait-il raccroché, que le portable de Pénélope sonne. Elle répond depuis la baignoire, Wandrille l'entend dire qu'elle n'est pas seule, que son fiancé vient de la rejoindre. C'est Rosa Gambara, elle les invite à venir chez elle, le soir même. « Bon, pense Wandrille, nous voilà fiancés, nous progressons. Quand je vais dire ça aux parents. »

Wandrille ouvre la porte au moment où Pénélope s'est tue. Il aurait bien eu envie de l'embrasser, de la rejoindre dans la baignoire.

« Nous ressortons, tu veux bien me laisser le temps de me préparer…

— Un raccord de décoloration ? On ne peut pas rester ici ce soir ? Il est bien cet hôtel, tu disais que tu étais crevée… Si je fais monter un homard ? Et n'oublie pas qu'on doit encore aller rechercher ta valise dans ton gourbi universitaire, sinon tu n'auras rien à te mettre, je m'inquiète pour toi, tu comprends…

— Je me sacrifie pour ton enquête, pour ton journal. On va chez un témoin important. Elle a tout vu et en plus elle est peut-être directement menacée par ton tueur de chats et d'écrivains. Elle aussi pourrait être angoissée, elle plaisante, pas comme cette poule mouillée de Craonne. Elle a un palais familial avec un jardin, ça m'amuse de le visiter. Et puis je vais te faire un aveu, je crois que je lui plais. Tu vas voir, on sera bien reçus. »

4

La vraie recette du Spritz
et quelques variations

Rosa, en jupe de laine couleur bure et chemisier indien brodé violet et bleu, sandales aux pieds, les accueille au coucher du soleil. L'arrière de son palais donne sur une venelle, un mur de briques noircies qui ne laisse pas deviner que passé la porte de chêne cloutée se trouve une large cour avec quelques abricotiers, un vrai luxe, quatre arbres pas un de plus, un morceau de pelouse, des pots et une sorte de sarcophage brisé. À Venise ce sont les éléments qui signifient « jardin ». S'y ajoute un puits en forme de chapiteau corinthien, sur lequel s'enroule un chat angora, bien vivant, échappé sans doute des cloîtres voisins, il surveille une seconde façade, invisible de l'extérieur, où le crépi couleur framboise se marie avec l'entourage de marbre des fenêtres et des portes. Pénélope cherche des yeux la tombe du pauvre chat enseveli par Rosa. Ce qui compte dans ce genre de palais, c'est ce qu'on ne voit pas encore : l'autre côté, qui est tout en marbre, avec des pierres de couleur comme des cabochons précieux, ouvert sur le petit canal qui longe San Zanipolo devant la statue du *Colleone*. La façade d'origine, avec la « porte d'eau », quand on arrivait en gondole.

Rosa les conduit à un escalier monumental et, à l'étage, les grandes fenêtres donnent sur l'eau. Elle parle comme si elle présentait son émission :

« À quatorze ans, je ne voyais que la littérature. J'avais une correspondance avec Simone de Beauvoir, qui m'appelait mademoiselle. On ne danse pas dans cette pièce, a dit l'inspecteur-architecte du service des biens culturels, ça serait pourtant parfait pour un bal, vous ne trouvez pas... Pour jouer au tennis c'est idéal, on a la place. Quand j'étais petite fille, dans cette maison, il y avait deux gondoles et deux gondoliers sur chacune, ça va plus vite que les actuelles, avec le gondolier unique. C'était la vraie tradition. J'allais faire des pâtés de sable sur la plage du Lido avec ma grand-mère, la traversée durait quand même un temps infini, puis on s'est adaptés au monde moderne, j'allais dire au monde modeste, il n'y a plus eu qu'un seul gondolier, puis on a eu juste une gondole, puis plus rien, une barque à moteur, rouge, et la gondole est restée empaillée dans l'*androne*, à l'entrée, pour la couleur locale, vous êtes passés devant en arrivant, l'espèce de mini-bar laqué noir avec une lanterne dorée. »

Rosa rit d'elle-même, comme les rires préenregistrés à la télévision. Pénélope écoute à peine, elle ne résiste pas à traverser l'immense salon – Wandrille se croit obligé de lui expliquer que ça s'appelle le *portego*, elle le fait taire – pour aller se pencher au balcon, et là, cymbales, trompettes, grand orgue, Venise triomphe devant elle, un Canaletto. Le Campo San Giovanni e Paolo est mal éclairé, le cavalier se détache comme une ombre sur fond d'antennes, la façade de l'église a l'air d'un paravent négligemment ouvert. Tout est donc bien pire que ce qu'elle redoutait : Venise lui plaît, plus que toutes les autres villes. Inutile de faire semblant de résister.

Les fenêtres sont ouvertes. À travers les verres anciens, la lumière joue sur les coussins et les tentures. Pénélope est tout de suite séduite par les aménagements intérieurs de cette pièce immense. Ce palais n'a rien d'un décor. On y trouve le désordre de la journée. Elle imagine cette femme seule, qui y travaille, accumule ses notes à sa petite table, lit les nouvelles parutions sur ce sofa écarlate.

« Regardez, par beau temps, en se penchant, on aperçoit les salons du palais d'en face, de l'autre côté de la rue, des gens qui ont l'air de posséder une jolie collection de tableaux, des Milanais. Je ne suis jamais allée chez eux, mais nous nous saluons à l'épicerie. Ça ne sent pas trop la peinture ? J'ai commencé de grands travaux la semaine dernière, je ne pensais pas que je serais menacée d'assassinat. On repeint tout en bleu ciel. Dans la journée j'ai une garde rapprochée de trois peintres en bâtiment, des Polonais, ils en ont encore pour cinq jours, c'est que j'ai de la surface. Je laisse les portes ouvertes, les fenêtres, c'est le *palazzo* des courants d'air. Faut que ça sèche ! Vous imaginez la panique de l'assassin qui arrive dans un des palais les plus secrets de Venise et qui trouve tout ouvert. Il perd trois minutes. Il se demande ce qui se passe. Et moi je me sauve. Ensuite, mes peintres se jettent sur lui. »

Dans le vestibule, qui n'est pas encore touché par la vague de peinture, le mur écaillé est couvert par un grand panneau de soierie blanche, du XVIIIe siècle, brodé de mille petites fleurs, sous verre, encadré d'une simple baguette noire. Pénélope n'arrive pas à s'en détacher. Les tissus anciens la font vibrer depuis toujours, elle les trouve émouvants. Elle aime qu'on les traite ainsi, comme des œuvres d'art, qu'on les accroche à la place d'honneur, ils valent bien des toiles de maîtres.

Un peu en hauteur et dans un cadre blanc, des chevaux, signés par De Chirico, dans sa période lyrique, celle qui longtemps n'avait pas la cote et qu'on redécouvre aujourd'hui. Le salon, avec des décors en stuc du XVIIIe, a été peint en bleu clair et en blanc. Trois murs sont couverts de hautes étagères rouges. Rosa allume. Des spots éclairent une collection qui se matérialise d'un coup dans l'obscurité, des dizaines de verres de Murano : gobelets, assiettes, personnages de comédie ou de drame, insectes, formes abstraites. Des verres blancs, des verres teintés dans la masse, d'étranges carafes avec des éclats multicolores.

« Vous aimez ? Certains sont très anciens, d'autres sont des œuvres de mon amie Marie Brandolini, vous la connaissez ? Tout cela finira chez les chiffonniers après ma mort. Les collectionneurs se croient immortels tant que leurs collections existent. Vous savez que François Pinault a envie de s'installer à Venise, au Palazzo Grassi. On m'a dit que sa collection n'est pas si belle qu'il croit. Alors que mes verres de Murano, sans me vanter, ce sont les plus beaux, les plus rares, des pièces précieuses comme des antiquités. La meilleure est dans ma chambre. »

La chambre de Rosa est tendue de lin. Son lit, un futon à même le sol, a une couverture blanche, comme un livre du XVIIᵉ siècle. Elle ouvre sur la place par une grande fenêtre, trois ogives. Sur le mur, face au lit, un visage de jeune fille : le seul tableau de la pièce, un petit portrait. Pénélope croit reconnaître Foujita, un artiste qu'elle n'aime guère, mais ici ce visage d'Orient a l'air d'une enluminure de la Renaissance. Elle se tait. Elle regarde. Ce qu'on accroche dans sa chambre ne ressemble pas toujours au reste de ce qu'on a chez soi. Au sol, un vase bleu que Pénélope laisserait passer si elle le voyait au marché aux puces : elle ne connaît rien à l'art du verre. Sous cet éclairage, ainsi placé, il irradie comme un Graal.

Rosa a pris le bras de Wandrille.

C'est commencer à connaître un peu intimement Venise que d'être invité dans un palais. On traverse la façade, les mystères apparaissent.

« Venez, on tient à trois dans l'ascenseur, c'est la bonne heure pour un verre sur les toits, mon *altana*… »

Au dernier étage, là où les vieux palais avaient leur *altana* en bois, comme on en voit sur les tableaux de Carpaccio, une terrasse a été aménagée à une époque où le service des Monuments historiques se laissait aisément corrompre. Un jeté de cheminées, groupées selon les règles d'un hasard calculé au millimètre par un esthète, « mon grand-père », précise Rosa, ajoute une touche picturale supplémentaire. Sur la table, des verres, des bouteilles, des glaçons attendent les invités. Il y a donc des domestiques invisibles dans cette maison enchantée ?

Une discussion s'engage tout de suite entre Rosa et Wandrille au sujet de la préparation du Spritz, l'apéritif vénitien bien connu, heureux vestige de l'occupation autrichienne. Wandrille, qui se vante d'avoir été barman dans une vie antérieure, le prépare avec un tiers de vin blanc sec, un tiers de Campari, un tiers d'eau pétillante. Rosa affirme que ce n'est qu'une version continentale, et que le vrai Spritz se fabrique non pas avec du Campari mais avec de l'Aperol, que tout est là, puisqu'on ne peut pas acheter d'Aperol ailleurs que dans les épiceries de Venise. Wandrille, pour ne pas être en reste, concède ce point mais recommande une autre variante consistant à remplacer le vin blanc par du *prosecco*, et surtout pas du champagne. Rosa bénit la variante, mais accuse aussitôt Wandrille d'avoir omis les deux éléments essentiels qui semblent anecdotiques, alors que c'est très important : le quartier d'orange coupé et l'olive au bout d'une pique en bois. Wandrille renchérit en suggérant que les proportions peuvent aussi varier, et que certains Vénitiens de souche proposent 6 cl de vin blanc ou de *prosecco* pour 4 cl d'Aperol et 4 cl de *gazzata*. Et doit-on préparer le Spritz au shaker ou dans le verre ? Le verre doit-il être glacé ? Faut-il nécessairement de la glace dedans ensuite ?

Un quart d'heure plus tard, sur les divans de la terrasse, une dizaines de variantes étaient prêtes. Tous les trois, au coucher du soleil, commentaient les mérites de ces boissons orangées, une des couleurs de Venise. Les gondoles, en bas, avaient l'air de se déplacer sur une maquette. Trois bougies roses s'agitaient. Au loin la silhouette de l'île de San Michele, l'île des morts, ajoutait une touche romantique. Les bruits étaient assourdis.

Vivre à Venise, pense Pénélope, on s'y ferait. Rosa le menton haut, les yeux perdus, regarde les deux obélisques de pierre qui veulent dire que le palais a été construit au XVIe siècle par un amiral de la République et, sans préambule, telle une reine bafouée de tragédie, crie en direction du *Colleone* :

« Je hais ce Rodolphe Lambel ! Il annule le tournage qui était prévu à la Villa Médicis, j'avais déjà invité tout mon plateau d'écrivains ! Mais je me vengerai, je lui ferai une réputation dans Rome dont il ne se remettra pas ! Ce schnock, mais je le méprise vous savez, et je ne suis pas la seule ! Son essai sur le développement durable, vous avez essayé de l'ouvrir, un tissu d'âneries rebrodé de banalités, comment a-t-on pu nommer cet incapable à un poste pareil. En France, ce sont toujours les pistons politiques, les coucheries misérables...

— Alors qu'en Italie, interrompt Wandrille foudroyé par son interlocutrice...

— Venise n'est pas en Italie, c'est une planète à part.

— Comme Versailles, dit Pénélope, je comprends ce que vous voulez dire.

— Je ne reconnais plus la Venise de mon enfance, je ne suis pourtant pas encore une ancêtre. Vous avez vu toutes ces fenêtres fermées le soir. Plus personne n'habite chez nous, mon *campo* se vide vers huit heures. Les commerces d'alimentation ont tous fermé depuis cinq ans et sont devenus des boutiques de masques. Des masques affreux, en faux cuir, fabriqués en Chine, *una vergogna* ! Bientôt plus d'épiceries, il faudra aller faire les courses dans les supermarchés de la périphérie, qui payeront la restauration de nos maisons, et donc plus d'Aperol, et donc plus de Spritz, et plus de maisons pour nous ! Des Allemands, des Chinois, des Hollandais… Vous voulez continuer avec les cocktails vénitiens ? Vous connaissez la recette du Bellini ? Vous, Wandrille, bien sûr. Et le Rossini, à la fraise ? »

Depuis dix minutes, l'affaire des écrivains n'avait pas été évoquée, ni le meurtre d'Achille Novéant. Rosa a-t-elle vraiment envie d'en parler ? Pourquoi leur a-t-elle demandé de venir la rejoindre ce soir ? Elle continue, alors que le ciel est devenu noir et que les étoiles percent le manteau de pollution de la manière la plus poétique qui soit :

« Le vrai scandale, c'est quand les guides entraînent les touristes dans les *traghetti*. Vous savez, ces gondoles plates qui servent à traverser le Grand Canal, ça ne coûte rien, mais il faut les attendre un peu quelquefois. Au début, ils conseillaient ça à deux ou trois couples pour qui c'était la gondole du pauvre, le bon plan pour faire de jolies photos, mais maintenant c'est une habitude. Quand vous avez devant vous un groupe de quarante pingouins, il faut attendre une heure, il faut quatre ou cinq voyages, mieux vaut marcher jusqu'au pont du Rialto, ça m'agace ! Je ferai mon émission, que Rodolphe Lambel le veuille ou non. On se moquera de lui. Je fais toujours venir un invité surprise à la fin… Vous aimez quand un invité surprise arrive, Pénélope ? »

Et Rosa Gambara, qui se prépare elle-même un troisième Spritz, sans shaker, à la cuillère, conclut :

« La nuit sera calme. Venise est désormais un bourg pittoresque dans la banlieue de la ville industrielle de Mestre. »

5

Les violences les plus courtes
sont les meilleures

Venise,
vendredi 26 mai 2000, un peu plus tard dans la soirée

Un atelier de restaurateur de tableaux, la nuit, c'est toujours vide. Pour restaurer, il faut la lumière du jour. Les restaurateurs, le soir, vont au cinéma. Un grand chevalet est placé à côté d'une fenêtre. Il faut aussi au moins deux pièces. Une où on reçoit les clients, l'autre où ils n'entrent jamais.

Dans celle-ci, les tableaux ne sont pas montrables. Une fois qu'on a enlevé les vernis les plus épais, les jus marronnasses ajoutés au fil des siècles par les bonnes âmes qui voulaient raviver les couleurs, les épais repeints, faits à l'huile, qui parfois s'intercalent entre deux couches de vernis, on ne laisse subsister que les pigments d'origine. Et là, il y a des lacunes, des zones où plus rien ne subsiste, des coins qui ont été tellement mouillés qu'on ne pourra plus jamais rien y voir. Il y a aussi les régions de la « couche picturale » qui ont été grattées intentionnellement, les plus beaux décolletés des portraits sur lesquels on a repeint des cols en hermine ou des dentelles, par pudeur. Et pour que la peinture soit bien égale sur toute la surface, que ça ne crée pas de reflet gênant, parfois, au lieu de recouvrir les chairs avec de la bonne peinture opaque, on a gratté. Surtout, à ce stade, quand les tableaux ont bien été décrassés, qu'il ne reste plus que leur matière originale, les couleurs sont ternes. Comme elles étaient à l'origine, avant que l'artiste ne leur donne de l'éclat avec son vernis à lui, le vernis d'origine, qui souvent a disparu ou a tellement fait corps avec les vernis posés ultérieurement qu'on l'a éliminé aussi, micron par micron, à coup de solvant. Impossible de faire autrement.

D'où cette pièce à part, chez tous les restaurateurs, qu'on ne doit jamais ouvrir au client : celle où les tableaux sont nus, écorchés, décadrés. Ils vont ressusciter, mais ils ont l'air d'être des cadavres. La pièce secrète où les plus importantes œuvres d'art des musées ont l'air de croûtes. Celle où les restaurateurs semblent tous être des assassins ou des médecins légistes.

Pietro Lamberti, dans sa maison du Campo San Giovanni e Paolo, en face du Palazzo Gambara, appelait cette pièce de l'étage « la salle des massacres ». En cinquante ans de carrière, il avait vu passer chez lui tous les chefs-d'œuvre des grands musées de Venise, les toiles de la collection Beistegui, celles de la collection Bagenfeld, les œuvres anciennes que possédait Peggy Guggenheim, des toiles pour J. Paul Getty et pour le baron Thyssen. Ce matin, il a accueilli un groupe de futurs conservateurs de musées français. Il les a reçus en bas. Il ne laisse personne monter. Il avait installé pour eux, sur des chevalets, deux ou trois œuvres presque achevées, qui lui ont servi d'exemples : comment on comble les lacunes, comment on ravive les couleurs, comment on lutte contre le chanci, ensuite il ne faut pas se tromper de vernis. Et le secret, celui qui fait la gloire d'une bonne restauration, c'est de s'occuper du cadre. Le cadre et le spot : alors seulement on montre au client. Avec ses recettes, Lamberti est devenu le patriarche des restaurateurs de peinture. Il est aussi devenu riche et célèbre, avec un carnet d'adresses en or. Il a décrit sans langue de bois quelques grands collectionneurs actuels, ceux qu'il conseille et ceux qui ne viennent jamais le voir, et les jeunes conservateurs ont noté ses formules : « Piero Compagni, sa collection d'art contemporain, c'est une collection faite avec les oreilles. Tous les grands noms sont là, comme partout, mais… »

Cette nuit, sa porte est restée ouverte. Pourtant, il n'oublie jamais de la fermer. Cette nuit, il est à l'étage, seul dans sa « chambre des massacres », dont la porte elle aussi est grande ouverte. Il est entouré de huit tableaux écorchés vifs par ses soins. Mais il est par terre, allongé, et c'est lui qui baigne dans son sang. On a opéré vite et proprement. Peut-être même n'a-t-il pas vu qui était son assassin, s'il a été surpris en plein travail – hypothèse peu probable, à cette heure tardive. À moins qu'il ne lui ait ouvert lui-même, en lui souriant et en lui tendant la main comme à un ami, et qu'il l'ait fait monter. Ce qui expliquerait cette porte béant dans la nuit.

6

Où il est question d'une seconde recette typique : les sardines saur

Venise,
vendredi 26 mai 2000, durant la même soirée

Rosa Gambara n'a pas eu à convaincre Pénélope et Wandrille, conquis, pour les garder à dîner – mais pas chez elle, la cuisinière est en vadrouille avec Anzolo, son amant pêcheur de *vongole* qui, dit-elle en souriant, a une tête de tueur. Elle a préparé de petites boîtes en plastique pour que Rosa n'ait pas à sortir et puisse continuer à travailler. La romancière, qui veut aussi leur faire admirer une grande cuisine du XVIe siècle, ouvre un immense réfrigérateur pour leur montrer fièrement les délices qu'elle ne va pas leur proposer.

Sur une des petites places voisines, à peine une place, un décrochement entre deux arrières de palais sur lequel débouchent trois rues minuscules, des tables ont été dressées sous des parasols noirs. On ne voit pas de restaurant, les plats sortent de la porte d'une maison. Trois tables sont occupées, Rosa s'installe à la quatrième.

« C'est une excellente adresse qui n'existe pas et que personne ne saura vous indiquer, j'y ai mes habitudes, déclare Rosa. Ils lancent des tables sur la scène, comme au théâtre, les serveurs et les plats apparaissent et disparaissent. Pas de carte, Roberto va venir nous dire ce qu'il nous propose ce soir. Je commande déjà une bouteille de vin de Stromboli, vous connaissez, le vin noir du volcan ? Stromboli, pour nous les Vénitiens, c'est comme l'Afrique, mais on aime ça, c'est le contraire de ce qu'on voit tous les jours, une île de rêve sans touristes. »

Pénélope choisit un carpaccio de loup de mer et Wandrille un risotto aux truffes. Les chats commencent à affluer, comme si leur congrès annuel se tenait là. Aucun n'a de tache blanche entre les oreilles, ce qui les protège.

Le serveur, agité de tics, la veste blanche frémissante, apporte le poisson. Il commence à le découper, avec des gestes de prestidigitateur. Rosa ne lui accorde aucune attention. Pénélope observe ses couteaux.

« La prochaine fois, *signorina* Gambara, si tu ne me regardes pas, je le fais à la cuisine.

— Pardon, pardon, Roberto, on n'a d'yeux que pour toi, surtout cette demoiselle, elle est française tu sais.

— Quelle poudre blanche verse-t-il sur son poisson ? »

L'assiette est composée, il la tend à Pénélope, avec deux fourchettes. Pour Rosa, on a apporté des petits

poulpes et des sardines, les fameuses sardines « saur »
de Venise. On les plonge dans du sel, puis...

« Prenez aussi cette purée à l'oignon, divine.
Qu'est-ce qui est le pire, Wandrille, ces artistes qui
se délectent à l'idée de voir mourir Venise...

— Maurice Barrès, Thomas Mann, Luchino Visconti...

— Beaucoup de talent, beaucoup de phrases, beaucoup d'images sublimes, beaucoup de tort. Que vaut-il
mieux, les poètes décadents ou ces hommes d'affaires
à la culture toute fraîche que vous allez découvrir pour
votre enquête, qui s'acharnent à vouloir nous sauver
avec leurs comités ?

— Les pires, selon le professeur Crespi, ce sont
encore les vivaldiens, ajoute Pénélope.

— Quand même, il y a de vraies redécouvertes,
dans les opéras, hasarde Wandrille.

— C'est le pire ! Les opéras ignorés ! On se
demande bien pourquoi ! Le mois dernier on nous a
bassinés avec *La Verità in Cimento*. Une entreprise
de travaux publics de Marseille a même voulu spon-
soriser le disque ; elle croyait que ça voulait dire que
la vérité est dans le ciment ! Méthodes mafieuses tra-
ditionnelles.

— *Cimento*, je sais, mes parents m'ont fait faire
italien en seconde langue : l'épreuve, l'essai. Faux
ami. Ciment c'est *cemento*.

— Wandrille, vous êtes fort, je vous adopte. Les
manuscrits de Vivaldi, c'est comme le pétrole dans
les émirats, on en a encore pour soixante ans d'exploi-
tation du gisement. À moins qu'on n'en invente,
comme pour l'*Adagio* d'Albinoni, intégralement com-
posé en 1945 par un musicologue farceur à partir

d'une demi-ligne de partition prétendument retrouvée et qu'on n'a jamais vue. À l'enterrement de ma pauvre grand-mère Violetta, le curé de San Zeno voulait que l'organiste joue ça, comme si elle n'avait pas assez souffert à l'hôpital. »

Le dessert est une glace fouettée comme un sabayon, une mousse blanche arrosée de grappa. Pénélope trouve que cette femme a une vie formidable, dans sa bibliothèque, prenant des notes, écrivant ses livres. Le soir, vient-elle seule se faire découper des poissons crus devant ses yeux par ce serveur qui la tutoie en français, qui la dévore et qu'elle ne regarde qu'à peine ?

Rosa allait commander des cafés, elle s'est interrompue.

À l'autre bout de la place, sous la lanterne, une silhouette noire se découpe, titubante, fragile, un petit papier déchiré, une silhouette, une ombre chinoise, qui ondule devant un rideau avant de s'envoler. Cette forme sombre, se rapproche, crie, comme un coureur exténué qui n'arrive plus à retrouver sa respiration, un pantin désarticulé.

Wandrille s'est levé d'un bond pour aller vers lui. Pénélope et Rosa l'ont suivi. Le serveur se fige. Les autres tables regardent ce qui se passe. Le silence, sur le *campo*, est total. L'homme en noir se tient le bras gauche avec la main droite, comme s'il voulait se faire un garrot. Il s'effondre.

C'est Rosa qui la première reconnaît Gaspard, du sang sur le visage, un couteau planté dans le bras. Elle crie son nom. Roberto, le serveur, sait quoi faire. Surtout ne pas retirer le couteau. Le jeune homme hurle. Avec une serviette, Roberto serre le bras, fait un nœud au niveau du biceps.

Gaspard Lehman ouvre les yeux, il pleure :

« Il a voulu me planter, je me suis battu, un homme grand, barbu, avec une veste bleue. Ils vont m'avoir, il faut me protéger… »

Wandrille est déjà loin, dès qu'il a vu Rosa et Pénélope soutenir le blessé, il s'est mis à courir en suivant les traces de sang. Pénélope soulève Gaspard qui est resté à terre. Rosa l'aide pour qu'il puisse s'installer sur une chaise.

Les conversations reprennent à voix basse. À Venise, on respecte les mystères, on protège les blessés, on sait ne pas poser de questions. On n'est pas des touristes, on ne réagit pas en badaud.

Pénélope regarde Gaspard, qu'elle ne connaissait que par des photos de magazines feuilletés d'un air distrait. Il n'est pas mal, un peu plus jeune que Wandrille peut-être. Presque plus séduisant que Carlo. Il a l'air si faible. Quand elle entendait dire qu'« en toute femme sommeille une infirmière », elle riait, pas ça, pas elle. Depuis quelques instants, elle comprend ce que Léopoldine, sa confidente de toujours, voulait dire quand elle citait en riant cette phrase de sa mère. Gaspard ouvrait les yeux, la regardait à peine. En toute femme, à Venise, se dit la pauvre Pénélope, s'éveille une midinette.

La course de Wandrille l'a mené à un petit canal, au débouché d'un pont. Puis plus rien. Cinq ou six minutes plus tard, il n'a croisé personne, aperçu aucune ombre, il n'a pas pris à bras-le-corps de tueur fou, n'a vu aucun chat tacheté et il revient penaud, avec une attitude de héros, attentif, mesuré, calme :

« Qui était-ce ? Gaspard ? Tu as pu voir ?

— Un homme de cinquante ans, plus grand que moi, je le reconnaîtrais. Je me suis mis sur le côté quand il a baissé son couteau. J'ai cru qu'il allait me trancher la gorge. J'ai eu de la chance, il a dû glisser, le quai est humide, il a perdu l'équilibre, quand j'ai reçu le coup dans le bras, j'ai crié, je me suis débattu, ça m'a fait mal, il m'a charcuté. Il est tombé sur le rebord du canal. Je me suis échappé. J'ai couru. Il n'a pas essayé de me suivre. Parce que je me suis mis à appeler au secours.

— Quel hasard ! On était là, dit Pénélope en souriant comme une Madone de Gentile Bellini protégeant son nouveau-né.

— Aucun hasard, je savais que vous seriez sur cette place, je venais vous rejoindre. J'avais appelé Rosa vers huit heures, elle m'avait dit de passer pour le café, que je serais comme – il hoquette – l'invité surprise dans son émission… »

7

L'atelier des faux Rembrandt

Venise,
samedi 27 mai 2000

Les cloches du matin sonnent selon une logique étrange, elles ne souhaitent pas indiquer l'heure. Pénélope est encore au lit, vêtue d'un haut de pyjama bleu de Wandrille qu'elle affectionne. Lui s'est levé plus tôt, a ouvert la fenêtre pour faire ses pompes et ses abdos, le pauvre garçon. Elle l'entrevoit dans un demi-sommeil : là il en est au poirier, il aime se mettre la tête à l'envers pour commencer la journée, il dit que ça oxygène le cerveau, grand bien lui fasse.

Les yeux vite refermés, Pénélope écoute le bruit que fait Venise quand elle s'étire : valises à roulettes, cornes des bateaux, diables qui sursautent sur les pavés, chargés de légumes et de fruits, jurons, insultes. Elle cherche la salle de bains : à l'hôtel Bucintoro, elle a une baignoire. Wandrille a eu bien raison d'être autoritaire, la douche de la cité universitaire, ça ne permet pas de rêvasser, de faire des hypothèses, de laisser son cerveau s'assouplir, technique qu'elle défend contre Wandrille, le réveil en douceur, le retour au milieu aquatique des origines…

Vers une heure du matin, Pénélope, qui était sortie titubante du festin tragique de Rosa, était revenue à la cité universitaire. Elle avait dit à Wandrille que c'était l'affaire d'une demi-heure. Elle avait envie d'être seule. Et lui pendant ce temps prenait très à cœur sa mission de sauvetage du blessé : Gaspard désormais lui devait presque la vie, cela changeait un peu son regard sur le jeune écrivain – elle en riait déjà. Il fallait savoir qui l'avait agressé. Qui était prêt à le tuer pour qu'il ne puisse pas rejoindre Rosa, pour l'empêcher de lui parler ? Et surtout, qu'avait-il à lui dire ?

Pénélope avait envie de croiser le tueur dans les ruelles – Wandrille avait cherché à la mettre en garde contre cette ultime promenade, mais elle est têtue –, elle avait surtout vraiment besoin de sa valise. Car dans sa valise, il y a son sèche-cheveux. Personne n'était couché dans l'étage de chambres sans vue de la cité universitaire, le couloir était illuminé comme une gondole de carnaval. Les conservateurs stagiaires, dans la petite salle au fond, où ils avaient débouché des bouteilles de *prosecco*, lui firent bon accueil. Ce grand garçon, conservateur des Monuments histo-riques, avec lequel elle avait parlé le matin, avait la restauratrice de photos anciennes sur ses genoux, leur affaire prenait bonne tournure et ils jouaient au tarot. Pénélope demanda si elle pouvait récupérer les jour-naux français et ils osèrent lui expliquer, avec tout le respect dû à une aînée en poste à Versailles, qu'ils avaient – enfin – déserté le maudit colloque, où

désormais seuls vingt malheureux, dont les intervenants, public captif, continuaient à ramer comme
dans *Ben Hur*, mais pas à la cadence d'attaque, selon
un rythme calme et mou.

Ils avaient eu le droit, sous la conduite de leur
directeur de la recherche, de rencontrer Pietro Lamberti. Ils avaient fait des photos dans son atelier, ils
étaient aux anges. Lamberti est le plus célèbre et le
plus vieux des restaurateurs de tableaux de Venise.
Pénélope fit comme si elle ne connaissait que lui
depuis toujours. Il parle de la peinture vénitienne
aussi bien que les conservateurs de l'Accademia et du
Correr réunis. C'est à lui qu'on avait fait appel pour
pratiquer cette opération anodine en général, mais
capitale quand il s'agit d'un chef-d'œuvre, « l'allégement des vernis » de *La Tempête*, tableau auquel personne n'avait osé toucher. Giorgione ici est aussi sacré
que Léonard de Vinci.

Pénélope pensait encore à ce Lamberti, en faisant
rouler sa valise par les *calle* vers la Pensione Bucintoro, tandis que Wandrille s'était occupé de trouver
une pharmacie pour acheter tout ce qui permettrait
à Rosa de désinfecter la plaie de Gaspard – « c'est
rentré dans le biceps, avait commenté Wandrille, dans
son cas, pas très grave ». Puis Wandrille ne lui avait
pas laissé le temps de réfléchir à la restauration des
œuvres d'art, il s'était jeté sur elle. Il se sentait irrésistible. Épuisée par cette dernière petite marche dans
l'air frais, Pénélope s'était endormie en dix minutes.
Venise, calvaire des couples.

Pénélope n'y pense plus, ce matin-là, dans sa baignoire un peu trop chaude : Lamberti, voilà celui qu'il
faut aller voir. Il doit savoir s'il y a eu, un jour, dans

une collection vénitienne, une collection dont par exemple un écrivain français aurait pu lui prêter la clef, un tableau inconnu de Rembrandt. C'est lui, et pas les conservateurs, pas le vieux Crespi, la mémoire vivante des collectionneurs de Venise. Elle ira l'interroger, ce matin même.

Wandrille, de sa voix la plus flûtée, l'appelle alors dans la chambre.

Wandrille pousse avec délicatesse une merveilleuse table à roulettes et, pour jouer à fond le cliché vénitien, a ouvert la fenêtre sur le ciel. Dès son arrivée, hier, à l'hôtel, il est allé inspecter les cuisines, pour lier connaissance et organiser le petit déjeuner, le repas qui selon lui est le plus important – le résultat de ses efforts vient d'arriver sur ce grand plateau argenté qui roule. Dans sa valise, il a apporté de Paris les éléments essentiels, Pénélope est aux anges. Au pays des meilleurs cafés, il est venu avec les thés Mariage frères sans lesquels ils ne commencent pas une journée à Paris : le Marco Polo pour Pénélope, très vénitien, le mélange fumé Empereur Cheng Nung pour lui. Il a ouvert une boîte de ces délicieux biscuits au gingembre Duchy Original qui viennent des fermes écologiques du prince de Galles en Cornouailles. Les confitures d'abricot et d'orange ont leurs étiquettes de la Grande Épicerie du Bon Marché. Wandrille constate que la cuisinière a suivi à la lettre ses indications pour la confection des œufs brouillés. Sans ses rituels, Wandrille ne saurait commencer à réfléchir, ni à parler.

Comment penser à tromper un garçon pareil, si attentif, se dit en un instant Pénélope – sauf s'il continue à avoir comme ça des manies de vieux garçon.

L'espresso en terrasse avec la *spremuta*, l'orange pressée deux minutes avant, ce n'est pas mal non plus.

« J'ai pris plein de notes pour toi. Quand tu en auras assez de Versailles, je t'ai trouvé des tas de postes possibles hier sur Internet en t'attendant, ils ont la connexion au bar, c'est génial, une jolie liste de petits musées à relancer...

— Dis-moi.

— Alors, nous avons, pour vous, énonce Wandrille en imitant la voix flûtée de la directrice des Musées de France, le musée du Jouet de Poissy, en pleine expansion, fréquenté uniquement au mois de décembre, le musée du Peigne d'Ézy-sur-Eure, très joli, qui rejoindrait je crois vos principales préoccupations, on réfléchit à une salle entière de sèche-cheveux, mais il faudra faire construire une annexe, le musée des Châteaux en allumettes de Treffléan, un de mes préférés, le musée du Bonbon d'Uzès, là tu serais peut-être seulement consultante, ou membre d'honneur du conseil d'administration, le musée du Pain d'épice de Gertwiller, on ira ensemble si tu veux, le musée de la Lunetterie de Morez, plus austère, le musée de la Cafetière de Taizé-Aizie, jamais de visiteurs, on dit d'ailleurs "à Taizé-Aizie c'est tous les jours mardi" ou encore, le dernier, l'extrême-onction, le musée des Corbillards de Cazes-Mondenard... J'en ai noté d'autres, attends...

— Pitié ! Tu n'as aucune pitié ! »

Plus elle vieillit, moins Pénélope se sent prête pour la vie de couple. Son amie Léopoldine s'est mariée avec Marc, un ami de Wandrille, à Florence ; son mari n'est pas mal, elle est heureuse comme directrice de la Fondation Maher-Bagenfeld, mais c'est un peu une exception. Pénélope en a fini avec le temps où elle était invitée chaque été à des cascades de mariages. C'est maintenant l'époque des divorces, des séparations sans tambour ni trompette, des petites tromperies, des doubles vies et des recasages. Elle ouvre avec jubilation le pot de confiture d'abricot.

« Il est gentil, lance Pénélope, ce pauvre Gaspard.

— Il était surtout fier d'avoir été agressé. C'est la preuve que parmi les écrivains français de Venise, il compte autant que les éléphants du parti.

— Tu crois qu'il s'est planté le couteau lui-même ?

— Non, quand il a décrit son agresseur, il ne mentait pas. Je te parie que dès ce matin il va avertir la presse et se faire photographier avec le joli bandage que je lui ai fait. Un coup net, rien à voir avec la boucherie de Rome ni avec le hachis des chats. Il s'en tire bien.

— C'est toi qui as opéré, mon Dieu… Tu crois qu'il va mourir ?

— Merci, trop aimable. Il est en pleine forme. Je l'ai torturé en lui posant des questions pendant que je désinfectais sa plaie au vitriol pur. Il va aller voir la police ce matin, il aurait peut-être dû y aller dès cette nuit, je le lui avais conseillé, qu'il leur montre l'endroit où il a été agressé. C'est Rosa qui a dit qu'il était trop faible pour se présenter cette nuit aux carabiniers. Elle a décidé de l'héberger. Elle est bonne fille.

— Tu plaisantes ! Tu n'as aucune psychologie : elle le déteste, ça se voit, ou plus exactement elle méprise ses livres et le personnage qu'il joue l'exaspère. Elle est mielleuse avec lui, elle le piège. Si elle l'accueille chez elle c'est pour en savoir plus.

— Elle va le tuer, je n'aurai plus rien à faire.

— Tu ne l'aimes pas, il ne t'a rien fait ! Elle a sous la main le témoin principal, qui lui sera redevable et pourra causer dans son émission. Je te parie que la chaîne va avancer la date, il y a une "actu", ça change tout. Surtout, elle veut savoir ce que le petit fait vraiment à Venise, qui il voit, où il habite, s'il dragouille, ça l'intrigue… »

Pénélope et Wandrille franchissent une heure plus tard le vestibule de l'Istituto Veneto. Les conservateurs stagiaires ont dit vrai, les rangs se sont bien dépeuplés depuis les premières séances, le sujet s'épuise et il n'est pas le seul. Wandrille recule. Pas question d'aller s'enfermer là. Il n'entrera pas dans la « salle des illustres ». Crespi sort alors de la loge du gardien, avec lequel il buvait un café tel Napoléon partageant le bivouac des grognards. Il avait aperçu Pénélope et décidé de la sauver de quatre heures d'ennui palpable.

Le vieux *professore* a tiqué quand elle lui a présenté Wandrille, un journaliste, autant dire une pipelette, avec un joli panama et une veste de lin chocolat à peine froissée. Il les entraîne sur le *campo*, c'est le moment calme où les garçons sortent les chaises. D'instinct, il va au café du fond, il y est accueilli avec des égards que seul le Saint-Père doit connaître quand il arrive dans sa résidence d'été de Castel Gandolfo :

« Des Rembrandt à Venise ? Mais il y en a eu énormément, mes enfants ! On en a même fabriqué ! Allez rue de Richelieu, dans le vieux bâtiment de la Bibliothèque nationale qui s'appelle pompeusement désormais Bibliothèque nationale de France comme si on s'adressait à des imbéciles. Quand je faisais ma thèse, on disait la BN et ça suffisait. J'y ai des souvenirs enchantés, vous connaissez cela, ma chère Pénélope, l'extase de la recherche érudite, l'amour des cartons poussiéreux qu'on vous apporte, l'éblouissement des papiers anciens.

— Elle adore ça.

— Figurez-vous, jeunes gens, qu'au département des Estampes, où il finit par y avoir plus de photographies que d'estampes – c'est la marée du XXe siècle qui n'en finit pas de monter –, se trouve un volume caché sous le nom d'auteur de Novelli. J'ai mis du temps à le trouver, mais ce furent des journées de travail merveilleuses, j'avais vingt ans, j'étais amoureux, ma première Parisienne, Laure, qu'est-elle devenue ? Heureusement qu'au moment du déménagement de la Bibliothèque nationale dans ce quartier de Tolbiac où il n'y a rien, paraît-il, un désert urbain, une dizaine d'immeubles ratés, on a laissé les estampes dans le vieux bâtiment de la rue de Richelieu ! Quand je passais devant, le soir, je me disais : ici dorment mes Goya, mes Jacques Callot et mes Rembrandt, ils y sont bien… Dans ces murs, ils ont traversé sans dommage deux guerres mondiales, l'Occupation. Vous verrez, la nouvelle bibliothèque, avec ses quatre grosses tours, dès que la France sera à nouveau en guerre, qu'il n'y aura plus d'électricité pour faire marcher la climatisation et que les avions ennemis seront lancés sur Paris, je ne donne pas cher…

— Mais Novelli, pourquoi ? Un élève vénitien de Rembrandt ?

— Vous n'y êtes pas du tout ! Cette histoire se rapporte à un personnage que vous connaissez bien, j'imagine, Vivant Denon. Philippe Sollers a écrit sur lui une biographie que je vous conseille. Le pauvre

Philippe, je crois que les assassins s'intéressent à lui,
c'est ce que j'ai lu dans *Le Monde*…

— Denon, c'est celui qui, dit Pénélope en se tour-
nant vers Wandrille, avait fait exposer à Paris la
tapisserie de Bayeux pour prouver que conquérir
l'Angleterre on l'avait déjà fait au XIe siècle, l'homme
de génie qui dirigeait toute la vie artistique sous
Napoléon. »

Avant la Révolution, Vivant Denon, qui s'appelait
encore le chevalier de Non, vivait tranquille à Venise.
Un vague poste diplomatique lui permettait de se
maintenir dans ce vaste salon de conversation où il
était choyé. Il achetait beaucoup de gravures, c'était
sa passion, il en revendait aussi. Il gravait lui-même, à
l'eau-forte, à la pointe sèche, il aimait travailler les
plaques de cuivre avec des vernis, des stylets, des bru-
nissoirs pour atténuer les traits, ce travail alchimique
de la gravure qui permettait aux artistes de faire
connaître leurs compositions au monde entier. Il avait
acheté une des plus complètes collections d'estampes
de Rembrandt, réunies par un grand amateur vénitien
qui s'appelait Zanetti. Ce « cabinet Zanetti », en réalité
une série de grands portefeuilles de cuir, était une
splendeur. Denon le laissa intact. Mais il l'utilisa. Il
avait formé à la gravure, dans son atelier vénitien, plusieurs élèves, dont ce Novelli, et il les incita à imiter
Rembrandt puisqu'il possédait tous les modèles. En
racontant cela, Crespi rajeunissait.

« Il faisait des faux ?

— Tout dépend, Wandrille, de ce que vous appelez faux. En gravure, un faux est très difficile à réaliser. Il faut non pas copier, mais dessiner à l'envers
sur le cuivre des formes qui, une fois imprimées, imi-

teront le dessin original, c'est presque impossible à réussir, il y a toujours une ombre en trop, un trait plus foncé…

— On croirait que vous vous y êtes essayé !

— Il y avait dans tout cela une part de jeu de société. Il avait gravé lui-même un pastiche d'après Dürer. La signature ressemble beaucoup au fameux monogramme AD qu'on trouve dans les dessins et les gravures d'Albrecht Dürer. Mais on se rend compte en regardant de près que le A n'a pas de barre et que si on retourne la feuille on lit VD, le monogramme de Vivant Denon. Sur une autre gravure, c'est au premier coup d'œil un autoportrait de Rembrandt comme il y en a tant, mais la facture légère sent son XVIIIe siècle et les traits du visage ne sont pas ceux de l'artiste. Cette physionomie d'esprit, cette bouche rieuse, c'est Denon lui-même, costumé avec une toque et un manteau comme le peintre hollandais aimait se vêtir, dans une de ces extravagantes tenues qui n'auraient pas déplu à un patricien de Venise.

— Denon a fabriqué de faux Rembrandt à Venise ? Il n'a fait que des gravures ou aussi des tableaux ?

— Nous les Vénitiens nous aimons Denon, il nous a pillés, mais c'est un homme élégant, un voyou d'Ancien Régime. C'est lui qui a pris *Les Noces de Cana* de Véronèse. Les Français prétendent qu'ils ne peuvent pas nous le rendre parce que c'est le plus grand tableau d'Europe, il est tellement fragile, un voyage le tuerait. Il ne passe plus par les portes de la salle des États du Louvre : il est bien passé quand vous l'avez fait entrer ! Et quand vous l'avez évacué au château de Sourches pendant la guerre. Ici, comme le nom de Napoléon est tabou, sauf pour Wanda

Coignet qui le claironne, nous parlons de Vivant Denon. C'est le Français qui a le mieux aimé Venise, mais il n'a pas su en parler à l'Empereur, ce soudard.

— Aujourd'hui, Rembrandt à Venise ?

— À Venise, il n'y a aucun tableau de Rembrandt. Mais grâce au cabinet Zanetti et à Denon, il était bien connu dans la Sérénissime. C'est par la gravure qu'il a pu avoir un impact sur Tiepolo, qui aima comme lui les déguisements et le faste, ou une influence sur Piranèse qui maniait ombres et lumières dans ses délirants paysages de ruines avec une maestria qui laisse penser qu'il avait regardé Rembrandt. »

Pénélope se demande alors si Crespi se laisse aller au plaisir de raconter, s'il a décidé de ne pas répondre à leurs questions, ou s'il cherche à les embarquer dans des histoires sans fin pour qu'ils cessent de le cuisiner. Elle attaque alors selon un autre angle :

« Vous connaissez Lamberti, le restaurateur ?

— Qui ne le connaît pas ! C'est un mythe ! Vos jeunes collègues l'ont vu hier, il paraît qu'il a été éblouissant, diabolique, ils sont revenus médusés.

— Il avait restauré un Rembrandt important ?

— Il y a trois mois, puisque vous me posez la question, il est venu travailler à la bibliothèque de l'Istituto. Les livres qu'il a demandés concernaient tous Rembrandt, je m'en souviens très bien, nous avions déjeuné tous les deux sur les Zattere, dans une pizzeria que j'aime bien, en regardant passer les bateaux qui vont à la Giudecca. Vous connaissez cet endroit ?

— Parlez-moi de ce Rembrandt qu'il restaurait, demande Pénélope en le regardant dans les yeux.

— Il pensait que c'était un tableau de provenance douteuse. Il m'avait demandé mon avis, nous étions allés voir le dictionnaire des marques de collection, qui répertorie tous les signes que les grands amateurs ont fait figurer sur leurs estampes…

— Mais pour les tableaux ?

— Justement, il avait pointé du doigt un K majuscule, dans un cercle, la marque de Jacob Klotz, un grand marchand de Munich d'avant guerre, et je lui avais demandé où il l'avait trouvée. Il m'a répondu : au dos d'un tableau. Et le dictionnaire spécifiait en effet que Klotz, pour repérer les œuvres qui étaient passées entre ses mains, leur laissait une marque de collection, ce que les marchands font assez rarement, et il le faisait pour les tableaux, à l'arrière des toiles, à l'encre noire, comme pour les gravures.

— Il y avait un Rembrandt dans la collection Klotz ?

— Une œuvre que Klotz venait d'acquérir, dont on n'a pas de photographie. J'ai retrouvé l'histoire avec Lamberti cet après-midi-là dans un livre sur les pillages d'œuvres d'art en Italie à la fin de la guerre. Klotz a fini déporté, on n'a retrouvé qu'une infime partie de son stock, c'était un marchand très important. Le catalogue de son fonds a été reconstitué, beaucoup de primitifs italiens, mais il venait de "rentrer" un Rembrandt, un grand format…

— Lamberti pensait qu'il était en train de restaurer le Rembrandt de la collection Klotz ?

— Oui, il s'était dit ça, mais je n'ai pas encore pu lui faire raconter qui le lui avait apporté. Il m'a juste dit : un amateur qui n'avait pas compris que c'était un Rembrandt…

— Il y a beaucoup de faux Rembrandt, dit Wandrille, mais ils ressemblent tous à des Rembrandt. Un

Rembrandt, ça se reconnaît. Tous ceux qui apportent un Rembrandt chez un restaurateur sont persuadés qu'il est bon, non ? Vouloir faire restaurer un Rembrandt sans avoir reconnu que ça pouvait être un Rembrandt, ça semble absurde ! »

Quand Wandrille se lance sur des sujets artistiques, Pénélope l'aime. Surtout que cette fois, il a raison. Qui aurait apporté un Rembrandt volé pendant la guerre, de surcroît à un marchand célèbre, chez un restaurateur connu, sans se rendre compte de ce qu'il faisait ? Et des risques qu'il prenait ? Lamberti travaille pour les musées, tout le gratin des conservateurs défile chez lui…

« Vous croyez que ce Rembrandt a quelque chose à voir avec nos écrivains français ? Je vais vous conduire chez Lamberti, nous en aurons le cœur net. Avec moi, il dira tout.

— Jacquelin de Craonne, explique Wandrille, m'a parlé d'un Rembrandt, mais il est un peu perturbé, le cher homme, ce qu'il raconte n'est pas toujours très clair.

— Qu'avez-vous dans vos écouteurs, Pénélope ? Ce n'est pas ce maudit Vivaldi, ça vous donnerait l'impression d'être dans un documentaire de la RAI ?

— Des tangos argentins des années trente.

— Musique idéale pour Venise. Vous avez bon goût pour tout.

— Merci, monsieur le professeur », fait Wandrille avec un sourire vénitien, très Giorgione.

8

« Je suis amoureux d'une historienne »

Venise,
lundi 29 mai 2000, le matin

Depuis le temps qu'on meurt à Venise, le cimetière déborde de célébrités, mais aussi de familles vénitiennes moins connues, et surtout d'inconnus qui ont payé pour reposer avec les célébrités. L'île des morts est un musée, comme certains coins du Père-Lachaise. Wandrille, à la proue du bateau, fait des photos avec son vieux Leica. Il refuse avec énergie le numérique et Pénélope qui a sur elle un appareil dernier cri, impeccable pour travailler sans flash dans les musées – ils ont passé la journée de dimanche à faire des visites méthodiques –, s'étonne toujours :

« Tu seras archaïque pendant combien de temps encore ?

— Je suis amoureux d'une historienne. Je suis resté dans la tradition de Cartier-Bresson, vois-tu, jamais je n'abandonnerai l'argentique. Avec ton appareil, tu élimines tout de suite les photos ratées. Une photo ratée, ma vieille, c'est un chef-d'œuvre trente ans plus tard, parce qu'on y voit la grosse poubelle qui faisait que vingt ans avant on trouvait que c'était une photo ratée. Et les photos où on avait l'air moche, trente ans après, on se regrette, on est content de les avoir, tu verras… Notre époque ne va plus produire que des photos réussies, ça va être un désastre artistique de plus. »

Pauvre Lamberti ! Son enterrement provoque un embouteillage de bateaux. Il s'est mis à pleuvoir, pour la beauté de la scène. La photo de son atelier est dans la presse. Aucun tableau n'a été dérobé. Les policiers de Venise attendaient un écrivain français, ils ne pensaient pas qu'on leur servirait le fameux Lamberti, qui n'avait jamais figuré sur la liste des personnes à protéger, n'avait jamais fait appel à eux, malgré la valeur de ce qui passait par son studio.

Pénélope et Wandrille se sont trompés de bateau, ils sont arrivés trois quarts d'heure en retard, les petits groupes de personnages, jetés au hasard sur le quai comme dans un Guardi, regagnaient déjà les bateaux-taxis ou attendaient sur le ponton. Pénélope a tout de suite repéré Crespi, seul, en imperméable, avec ses béquilles. Elle est venue l'abriter sous son parapluie, au milieu des tombes.

« Un Rembrandt, ça intéresse qui, *professore* ?

— En général, beaucoup de monde. Pour le Rembrandt de la collection Klotz… D'abord ses légitimes héritiers, on comprend qu'ils puissent avoir envie de le récupérer. Si le tableau a été spolié par les nazis, ou par les fascistes italiens, c'est justice. Ce n'est pas si facile, il faut savoir qui hérite, s'il y a des descendants. Souvent des familles entières ont péri dans les

camps, les héritiers sont les petits-neveux de cousins
éloignés qui ne savent même pas qu'ils ont un lien de
parenté avec le collectionneur, c'est un cas de figure
hélas très classique. Ensuite, il faut prouver que le
tableau a été volé, ce n'est pas parce qu'il appartenait
à telle collection en 1935 qu'il s'y trouvait toujours
en 42, il faut vérifier qu'il n'avait pas été vendu. Et
se méfier des ventes fictives, beaucoup de collectionneurs juifs, se sachant menacés, ont vendu à des amis
dans l'espoir de retrouver leurs biens après la guerre,
les pauvres. Souvent tout le monde est mort, et les
"amis" ont laissé les tableaux sur leurs murs... Pour
que les héritiers Klotz récupèrent leur Rembrandt, il
faudra peut-être des années de recherches et de pro-
cédures. Et une fois le tableau récupéré, le garde-
ront-ils, le vendront-ils ?

— Et le détenteur actuel ? Celui qui a apporté le
tableau chez Lamberti ?

— C'est le point capital selon moi. Il sait grâce à
notre pauvre ami restaurateur, qui a eu l'imprudence
de le lui dire – il adorait apporter de bonnes nouvelles
à ses clients –, que son tableau est le Rembrandt de la
collection Klotz. Il sait donc à la fois que c'est un grand
chef-d'œuvre, et qu'il a été volé à la fin de la guerre.
Il a tout intérêt, s'il n'a pas de scrupule, à se taire, le
garder, à ne pas entreprendre de recherches... Et à
éliminer Lamberti. Vous avez vu qu'on a fouillé les
papiers de l'atelier, aucun tableau n'a disparu, mais je
suis sûr que le registre des entrées d'œuvres n'est plus
là. Lamberti tenait un compte méticuleux de ce qui
arrivait chez lui et de ce qui en sortait, c'était normal. »

Pénélope échafaude une première piste. Pour le
propriétaire du Rembrandt, tuer Lamberti était essen-

tiel. Il a repris le Rembrandt, pas pour le vendre mais pour le cacher. C'est sa richesse, mais aussi la preuve et le mobile de son crime.

« D'autres suspects, professeur ? demande Wandrille, en photographiant la tombe d'Igor Stravinski.

— Ils sont tous en train de rembarquer, ils sont venus au bord de sa tombe pour assister à l'absoute, regardez-les, fait Crespi en montrant l'embarcadère du bout caoutchouté de sa canne anglaise. Celui-ci, c'est le conservateur du musée Correr, là celui de l'Accademia ! Les musées de Venise n'ont pas de Rembrandt, le tableau Klotz, s'il représente un jeune Vénitien caracolant dans ses domaines de la "terra ferma", serait à sa place. La présidente de la Société française pour sauver Venise, Wanda Coignet, toujours à l'affût d'un coup médiatique, regardez là, elle a son bateau à elle. Si ce Rembrandt est lié à Denon, ce que je ne sais pas, mais on peut l'imaginer, pourquoi pas, il se rattache de manière indirecte à l'Empire. La Coignet veille. On peut aussi soupçonner un des écrivains français.

— Pour quelle raison ?

— Parce que je n'en ai vu aucun au cimetière. Et que Lamberti entretenait de fort bons rapports avec un grand nombre d'entre eux. »

Pénélope se garde bien d'intervenir. Wandrille et elle sont les seuls à savoir que le meurtre du restaurateur a un rapport sans doute direct avec la menace qui pèse sur les écrivains ; Craonne a voulu lancer Wandrille sur la piste d'un Rembrandt. Depuis ce matin, Wandrille est inquiet à son sujet, il a essayé de l'appeler vers neuf heures, puis vers dix heures, personne ne répondait rue de la Butte-aux-Cailles. Il est peut-être sorti faire des courses. Si jamais ça ne répond pas vers midi, il préviendra la police. Il aurait peut-être déjà dû le faire. Dans les cimetières historiques, on a facilement des pressentiments. Crespi sait-il lui aussi quelque chose ? Veut-il les tester et savoir si eux aussi sont au courant ? Il se tait, puis, devant une tombe de petite fille, ornée d'un bouquet de fleurs blanches en plastique, il murmure :

« Il y a pire, pire suspect encore... celui qui aurait compris ce que représente ce tableau, ce qui en fait la valeur incomparable...

— Mais, dit Pénélope, personne ne l'a vu, on n'en a pas de photo...

— Lamberti ne me l'avait pas décrit. Mais il avait eu une phrase étrange, il m'avait dit : c'est le plus biblique de tous les Rembrandt, une scène des Saintes Écritures qu'aucun peintre n'a osé montrer, même lui, qui a tant représenté la Bible. À mon avis, ce tableau a un sens sacré très original, une valeur pour ce qu'il représente, au-delà de Rembrandt, et pour que Lamberti ne me dise rien, il fallait que ce soit plus qu'un secret, une sorte de révélation.... »

Le cimetière est maintenant désert, ou presque. La gondole funèbre, drapée de noir, est repartie avec les fossoyeurs. Pénélope et Wandrille sont montés avec Crespi dans un petit taxi qui attendait le directeur de l'Istituto Veneto.

« Vous savez ce qui aurait fait plaisir à Lamberti ? demande le vieil homme en s'asseyant, on va profiter de ce taxi, je l'ai loué pour la matinée. On va rentrer par le chemin le plus long, je vais vous faire faire le tour extérieur de la ville. Vous verrez, par ce temps incertain, vous la découvrirez comme jamais personne ne la voit, sauf les pêcheurs, les marins. Vous avez une heure ? On met le cap sur Murano pour commencer... »

L'enterrement de son vieil ami lui a donné de l'énergie, comme s'il menait l'enquête lui-même, décidé à le venger. Pénélope et Wandrille ne lui ont pas parlé des messages trouvés à côté des chats morts, de ce cheval dans l'« île noire ».

Wandrille a cherché, sans rien dire, des indices parmi les tombes, une statue de cheval, une inscription. Il n'a rien trouvé. Le tableau est-il caché quelque part, dans un de ces petits caveaux en forme de chapelle ? Surtout, le tableau représente-t-il vraiment un cheval ? Un portrait équestre ? Quel rapport avec une scène de la Bible ? Crespi a une bonne connaissance des Écritures, et il ne voit pas. Dans la Bible, les Hébreux ne sont pas souvent à cheval. Il est plutôt question des ânes. Contre les armées des Philistins, on parle de leurs chars, mais ce n'est pas un vrai peuple de cavaliers. Quand Héliodore est chassé du Temple, l'ange est à cheval, mais c'est une exception, une image, pas un vrai canasson. Ou alors, il faut attendre la période romaine : après la mort du Christ, Paul tombe de cheval et se convertit sur le chemin de Damas, c'est ça la grande scène équestre dans l'art chrétien. Mais chez Caravage, pas chez Rembrandt. Et à Venise, à San Zanipolo, où l'église est dédiée pour moitié à saint Paul, il n'y a pas une seule œuvre qui représente sa conversion.

Pénélope et Wandrille arrivent à dialoguer par télépathie, quelques échanges de regard leur suffisent à vérifier qu'ils se comprennent. Sur ce bateau, ce

matin, aucun des deux n'a parlé à Crespi de l'île noire.
Mais ils ont fixé ensemble, durant le trajet qui sépare
San Michele de Murano, un point à l'horizon, une
autre île au loin, simple tache noire perdue à l'horizon, sous l'orage.

9

Le secret du septième fortin

Venise,
lundi 29 mai 2000, début d'après-midi

Les journaux publiaient en première page une touchante photographie de Gaspard Lehman, le bras en écharpe et torse nu, sur une chaise longue, installé sur l'*altana*, la terrasse haute du Palazzo Gambara. À Venise, les palais prennent le nom des familles qui les habitent. Derrière lui, dans une lumière grise, on devinait la silhouette du *Colleone*. Plusieurs écrivains lui manifestaient son soutien, parmi les plus grands. Il devait exulter. Rosa avait semble-t-il répondu aux questions avec lui, mais elle n'était pas sur la photo : il se serait battu dix minutes, à mains nues, avant de recevoir un coup de couteau, il avait mis en fuite son agresseur. L'avait-il blessé ? Il ne le pensait pas, l'autre avait dû le croire mort et s'enfuir avant que des promeneurs n'arrivent. On comprenait entre les lignes qu'il avait dû crier comme un bœuf à l'abattoir, le petit héros. La solidarité des écrivains n'était pas

un vain mot : recueilli au Palazzo Gambara, par celle
qui était une amie depuis toujours, la première à avoir
cru à son premier roman – dont elle n'avait en réalité
jamais soufflé mot. Il s'apprêtait à témoigner à la
télévision à l'occasion d'une exceptionnelle soirée de
« Paroles d'encre ». Sur le bateau, le vent pliait le
journal que Wandrille lisait à haute voix avec délectation.

La double page suivante du *Gazzettino* rendait
hommage à Pietro Lamberti. L'enquête commençait.
On publiait les photos des grands tableaux de Venise
qu'il avait restaurés : Titien, Véronèse, Canaletto et
dans un encadré il était photographié devant *La Tempête* de Giorgione. On n'avait pas volé de tableau
chez lui, et pourtant il avait en restauration dans son
studio le *Christ aux anges* d'Antonello de Messine du
musée Correr. On avait fouillé ses papiers et ses
registres.

Pénélope reprit *da capo* le refrain qui avait si bien
énervé Wandrille au petit déjeuner :

« On lui reproche quoi à ce petit Gaspard ? Il écrit
des livres, ils ont eu leur succès, sont-ils pires que les
autres ? Il a une jolie tête, est-ce pour cela que ses
romans devraient être mauvais ? Il est plus bronzé
que la moyenne des auteurs, ses lectrices vont s'en
apercevoir et commenter sa blessure. Mais il a un
torse moins musclé que le tien, mon Wandrille, et ça
je suis la seule à m'en apercevoir, du moins j'espère…

— C'est un frimeur.

— On ne critique que les défauts qu'on connaît
bien. Il est d'un milieu modeste, comme le rappellent
tendrement les journaux, toi tu es un grand bourgeois
né avec une cuillère d'argent dans la bouche…

— Une cuillère, tu plaisantes, toute la ménagère…

— J'ai déjà entendu cette blague. Mais c'est la seule vraie raison, que tu ne veux pas admettre, pour laquelle tu ne peux pas le supporter.

— C'est ridicule. Toi aussi tu es d'un milieu modeste et je t'adore, tu vois bien.

— Je dirai ça à papa, il sera enchanté. Et maman, qui est prof de lettres, très modeste elle aussi comme tu oses dire, espèce de crétin, a lu plus de livres cette année que ta chère mère depuis sa naissance, ta mère qui est si cultivée, depuis sa naissance également d'ailleurs sans doute…

— N'attaque pas ma mère, je te prie.

— On en est là. »

Il y a sur la lagune sept îlots fortifiés. Sur une carte marine, ils forment une constellation, un arc tendu pour protéger la ville sans remparts qu'est la Sérénissime. Ils sont de forme plus ou moins octogonale, avec des constructions de brique et de pierre qui servaient à placer des canons, parfois des créneaux en modèle réduit. Ces fortins étaient des vaisseaux de guerre arrimés en permanence, ils n'ont jamais vraiment servi. Wandrille avait repéré celui qu'on apercevait à l'horizon du côté de Murano, totalement invisible depuis Venise. Il avait demandé à Crespi ce que c'était, le professeur lui avait répondu qu'il s'agissait du dernier fortin de cette ligne de défense, un de ceux qui se tenaient encore à peu près debout, mais que personne n'y allait, on l'oubliait même sur les cartes :

« Ces ouvrages défensifs qui ne furent jamais attaqués sont les vieilles filles de l'architecture ! On l'appelait la *Carbonera*, la charbonnière, quand j'étais enfant, maintenant on dit le vieux fortin, l'endroit n'est pas très touristique vous savez, ça date de la fin du XIXᵉ siècle dans son état actuel, du temps de la domination autrichienne, la construction de la Renaissance n'a pas subsisté, c'est un caillou avec une tourelle. À une époque, on avait voulu y créer une résidence avec piscine, mais la piscine est devenue une sorte de darse qui communique avec la mer, c'est en ruine. Par ce temps, on ne pourrait pas aborder, je ne crois même pas qu'il y ait de débarcadère. Vous ne trouvez pas qu'il commence à faire froid, on pourrait rentrer… »

Sitôt à terre, au pont de l'Accademia, une fois Crespi raccompagné à son institut et installé face à un bon grog, Wandrille s'était mis en quête d'un bateau à louer, sans pilote. Il avait dû payer une fortune sa barque à moteur, mais deux heures plus tard, il attendait Pénélope devant l'hôtel Bucintoro avec à la main la carte de la lagune du Touring Club italien, sur laquelle il avait entouré l'emplacement du fortin. L'équation selon lui était simple : « *Tous les écrivains français de Venise seront des chats si le cheval ne quitte pas l'île noire pour rentrer à l'écurie.* »

Premier point, trouver une île noire, le « cheval » s'y cache, second point, ce cheval est un tableau de Rembrandt magnifique, dont le pauvre Lamberti venait d'achever la restauration – et pour lequel il ne semble pas exagéré, cette semaine, d'assassiner plusieurs personnes.

Ils avaient trouvé l'île noire, il avait suffi pour cela de faire parler Crespi, « *la Carbonera* », c'était facile, cela rimait même avec *nera*, la noire. Ils allaient maintenant chercher le Rembrandt.

Quand Wandrille appellera Craonne, ce soir, pour lui dire que son chef-d'œuvre est localisé et à l'abri, celui-ci ne manquerait pas, par gratitude, de leur raconter l'histoire depuis le début, à commencer par les rapports étranges de feu Achille Novéant avec le cheval en question. Wandrille, malgré Pénélope qui lui a seriné que tout cet enchaînement semblait un peu trop simple, et donc suspect, veut maintenant mettre le cap sur Murano.

Les quais des Giardini grouillent d'ouvriers. Dans quelques jours les pavillons serviront pour la biennale et on y installera des centaines d'œuvres d'art contemporain. Wandrille double en douceur le cap de Sant'Elena, la petite pointe de l'Isola di San Pietro. C'est à cet instant, en débouchant dans cette partie de la lagune plus ouverte, que le vent s'est engouffré. Pénélope fait comme si elle ne doutait pas de son pilote. Il accélère sous la pluie. Le moteur vibre et Murano se rapproche peu à peu. Un gros vaporetto passe. Une fois Murano doublé, au moment où Pénélope se demande s'ils auront assez d'essence, ils laissent à tribord une île obscure.

« C'est là, Wandrille ?

— Non, non, c'est un autre fortin, *Tessera*, ça veut dire ticket, billet d'entrée, c'est dire comme c'est grand, le nôtre est plus loin. Ça t'amuse si j'accélère encore un peu ? Tu le vois ? »

Le foulard de Pénélope ne lui donne plus vraiment l'allure de Grace Kelly. Elle s'est réfugiée sous la bâche, elle est trempée. Si ce petit jeu dure encore une heure, elle est bonne pour l'*ospedale*. Wandrille jubile. Il tient la barre, amorce le ralentissement. C'est l'arrivée. Il saute à terre, sur un mur de pierres. Pénélope, qui a quelques réflexes de survie, lui jette un bout, il attache le bateau, il se sent fort. Quatre colonnes de béton perdues dans la végétation marquent l'emplacement de ce qui a dû être un premier bâtiment d'accostage.

« Tu as vu que nous ne sommes pas les premiers. C'est quoi cette barque jaune ?

— Une barque de l'hôpital, ça tombe bien, ils ont déjà prévu ton rapatriement. Tu crois qu'elle n'est pas là depuis des années ?

— Wandrille, quand on arrive sur une île et qu'on y trouve un canot à moteur encore chaud, il est facile d'en déduire que cette île n'est pas déserte.

— Une rencontre à prévoir, essore ton foulard, faut que tu sois présentable. Si on meurt ici, il pourra s'écouler des mois avant qu'on nous trouve. »

Face à eux, une tour de pierres couverte de mousse et d'algues, avec deux meurtrières en guise de fenêtre, une porte de bois noirci gorgée d'eau, un gros fermoir rouillé. Wandrille s'apprête à la défoncer d'un coup d'épaule viril, se ravise, tourne la poignée, ça s'ouvre.

En un instant, ils comprennent qu'ils ont trouvé. Crespi pourra être fier. Dans la pièce ronde, il n'y a que des livres entre les meurtrières, des étagères jusqu'au plafond.

Voici donc la salle du « cercle » ! Au mur, le long des pilastres de bois et débordant un peu sur les reliures, les gravures ont l'air d'être de Rembrandt. Ce sont peut-être ces faux dessinés par Vivant Denon, peut-être que cette cachette date de cette époque et que ses activités de gentilhomme espion à Venise l'avaient conduit à aménager le fortin. Pour le moment, il n'y a personne, si l'île est habitée, ce n'est certaine-

ment pas dans cette pièce. Il y a peut-être un infirmier
de l'hôpital qui a installé ses cannes à pêche de l'autre
côté.

Pénélope regarde ces reliures en veau fauve du
XVIIIe siècle. La bibliothèque de Vivant Denon, ce
serait beau si c'était vrai, se dit-elle. Elle est frappée
par l'odeur de bois ciré, l'absence de poussière, alors
qu'un tel endroit devrait tout de même sentir un peu
le moisi. Le mur du fond est vide. Il porte la trace
d'un grand tableau, une ombre de poussière sur le
mur bleu. Un gros crochet au centre : pas de doute,
c'est là que devait se trouver l'objet du délit.

On miaula, Pénélope et Wandrille eurent très peur.

« Regarde, un chat, sans petite tache blanche sur
la tête, tout va bien. »

À côté des reliures anciennes s'alignent des
ouvrages du XXe siècle. Partout, des éditions origi-
nales, des « grands papiers », des tirages numérotés,
des dédicaces… Le café Florian sur la place Saint-
Marc n'était que la vitrine. Le vrai cénacle du club
des longues moustaches, c'était ici ! Et ce n'est pas le
Chinois peint qui est le gardien des secrets, malgré
ses moustaches, ce sont les chats dont celui-ci est
l'ambassadeur, toute une famille de gardiens mous-
tachus, fidèles et séduisants. On l'avait dit à Wandrille, qui en avait ri, quand il avait loué son canot à
moteur : le surnom de ce lieu c'est aussi l'île aux chats.
Le loueur lui avait demandé s'il voulait aller là-bas
pour en adopter un.

Un grand fauteuil de cuir noir leur tourne le dos.
Une voix s'en échappe, très douce, qui ne les fait pas
sursauter. C'est une voix connue. Il avait juré à Wandrille qu'il ne remettrait jamais les pieds à Venise. Il

prétendait lui téléphoner de Paris. Dans ce grand
fauteuil club, il a l'air du maître des lieux.

« Je vous sers un whisky ? Dans cette solitude,
j'avais envie de relire *Robinson Crusoé*, j'hésite entre
deux traductions, celle de Thémiseul de Saint-Hyacin-
the, plus belle, plus classique, et celle de Pétrus Borel,
vous savez ce romantique fou qu'on appelait le Lycan-
thrope, l'homme-loup, il faisait peur... Wandrille, il
faut vous réchauffer, vous allez attraper une fluxion,
jamais vu un printemps pareil à Venise, je crois que
c'est le lagavulin que vous préférez, j'ai ici du seize ans
d'âge, de la distillerie de Port Ellen, avec ou sans
glace ? »

10

Les miroirs du Casino Venier

Venise,
lundi 29 mai 2000

« Avons-nous trouvé ce qu'ils cachent, Péné ?

— Pas de manuscrit de Proust, comme l'imaginait Crespi, pas de tableau de prix, quelques gravures, des cigares, des disques vinyle, des caisses de whisky laissant penser que ces gentlemen attendaient le capitaine Haddock. Rien de rien. Si, nous avons trouvé le vieux Craonne, plutôt en forme, qui t'avait dit qu'il se cachait à Paris et ne voulait plus revenir à Venise. Quel fourbe celui-là. Il avait l'air de sortir d'une toile d'araignée. Il ne lui manquait qu'une canne-épée à la main.

— Tu veux dire qu'il s'est laissé trouver… Et qu'il avait l'air content de te rencontrer. Et le lagavulin qu'il m'a servi n'était pas un narcotique.

— Il t'a menti.

— C'est un brave homme, il a eu peur tout seul, je t'assure. Il n'a pas tenu deux jours dans son appartement sinistre à Paris. Ici, il se sent bien, c'est sa ville.

— C'est quand même notre premier suspect...

— Et tu as déjà vu que celui qu'on soupçonne en premier soit coupable, toi ? Et qu'il vienne revoir le lieu où se trouvait le tableau volé ?

— Oui. »

Comme ils n'ont rien mangé depuis le matin, Pénélope dévore plus encore que Wandrille. Craonne avait eu peur, il avait fait savoir qu'il restait à Paris, et pour se protéger, il avait pris le premier avion pour Venise. Ou alors, il avait vraiment besoin de revenir dans le fortin, pour vérifier un détail, prendre quelque chose. Quand il avait dit à Wandrille qu'il n'était pas capable de retrouver l'endroit, il avait clairement menti. Il n'était pas si gâteux.

Craonne les avait pourtant rassurés. Pour une fois, il ne logeait pas à la Pensione Bucintoro, il avait trouvé une cachette digne de Casanova : l'Alliance française de Venise, où il était si souvent venu donner d'impérissables conférences, un petit bâtiment, derrière San Marco, qui s'appelle le Casino Venier. Au XVIIIᵉ siècle c'était un tripot, ou même sans doute pire si l'on en juge par les miroirs qui décorent les murs. Au premier étage, il y a trois pièces. La directrice, une amie de toujours, lui avait installé un lit de camp dans la troisième. Au sol, il savait à quel endroit se trouve le carreau du pavement qui se soulève pour regarder ceux qui arrivent dans le vestibule, juste dessous. Il se sentait ainsi protégé : un dispositif d'espionnage du XVIIIᵉ siècle dans cette bonbonnière stuquée faite pour le libertinage et le plaisir. Aujourd'hui, on y donne des cours de langue, mais en ce moment c'est déjà les vacances et la directrice a laissé les clefs de cette petite maison au grand écrivain.

Il avait prévenu les autorités de son arrivée, la police française et la police italienne. Il était surveillé, par un policier italien aimablement mis à sa disposition et par un infirmier de l'hôpital San Marco, qui l'avait conduit à la *Carbonera* dans la vedette jaune qui avait intrigué Pénélope. Un infirmier sympathique, originaire de Nouvelle-Guinée, qui fumait des cigarettes sous la pluie, abrité par le plus grand arbre de l'île, un beau pin maritime, en attendant que Craonne sorte du repaire des écrivains. Pénélope et Wandrille avaient fait sa connaissance en sortant.

Jacquelin de Craonne, revigoré par la présence de Pénélope, lui a fait promettre de la retrouver pour un dîner tranquille : « Je vous raconterai l'histoire de notre club, de cette salle de réunion qui est très cachée. En réalité, nous n'y allons plus guère, la bibliothèque n'a pas beaucoup évolué en trente ans… »

C'est en s'y rendant quelques mois plus tôt, pour rechercher des éditions rares d'Henri de Régnier, qu'il voulait relire, qu'il avait constaté, sur le mur du fond, l'absence du grand tableau qui était là depuis toujours. Impossible de lui faire dire si c'était un saint Paul tombant de cheval, ou autre.

« Un Rembrandt, je vous le promets, un Rembrandt que personne ne connaît, mais un vrai, un beau. Vous connaissez ce comité international qui a entrepris depuis des années d'analyser scientifiquement les tableaux du maître, je voulais, en ma qualité de gardien du sanctuaire, leur faire examiner celui-là. Même le Louvre n'a pas ça ! Ni le Mauritshuis de La Haye, ni le Rijksmuseum d'Amsterdam ! Je suis certain du verdict qu'ils auraient donné, le restaurateur qui s'en était occupé dans les années cinquante m'avait tout expliqué, c'est la pâte picturale de Rembrandt, son grain, ses coups de pinceau, ça se reconnaît comme une signature en bas d'une lettre… Mais je suis épuisé, je crois que mon infirmier va se fâcher si je parle trop, je vais retourner à l'Alliance française. Il sert à quelque chose ce Casino Venier, vous voyez, quand je pense qu'on parlait de supprimer ces cours de français pour faire des économies. Vous savez où ça se trouve, vous viendrez ce soir me retrouver ?… »

Pénélope se trouve assez forte : personne jusqu'à présent n'a deviné qu'elle n'avait jamais mis les pieds à Venise. Sa méthode est simple : dédaigner tout ce qu'il faut avoir vu, dire que ce n'est plus ce que c'était – à Saint-Marc, tout ce monde, le palais des Doges, c'est comme le métro… – et visiter très vite une jolie petite chose que personne ne connaît, le Musée naval que Carlo lui promet depuis des jours ou le sublime Bellini de l'église San Cassiano, sur laquelle elle est tombée par hasard, une des dernières églises gratuites. Elle en a testé l'effet sur Wandrille :

« Toi qui connais tout, tu aimes le Bellini de San Cassiano ?

— Pourquoi, tu le trouves meilleur que celui du bar de l'hôtel ? »

Faut-il raconter ce genre de bêtises et surtout toute cette journée à Rosa ? Pénélope veut la protéger, c'est une pure intellectuelle, elle n'a aucune notion pratique. Elle pourrait être une des prochaines victimes. Il vaut mieux la prévenir, mais pas tout de suite. Pénélope pense que toute vérité n'est pas à dire. Ils ont caché à Jacquelin de Craonne l'assassinat du res-

taurateur Lamberti, qu'il apprendra bien assez tôt –
Wandrille a plié le journal dans sa poche. Pas besoin
d'être fin limier pour deviner que celui qui, à la fin
des années cinquante, avait restauré le Rembrandt,
c'était bien lui.

Le *palazzo* où Pénélope et Wandrille pénètrent a
l'air de celui de la Belle au bois dormant. La porte
est ouverte, comme la dernière fois. Rosa écrit dans
son bureau, Pénélope l'aperçoit, de dos, traverse le
portego, prend l'ascenseur, Gaspard joue les hussards
sur le toit. Il écrit aussi, comme il peut, avec son bras
bandé. Wandrille à la cuisine fait comme chez lui et
aligne des verres et des bouteilles sur un plateau.

Gaspard blessé, en moins de dix minutes, achève
de faire la conquête de Pénélope, avant que Wandrille
ne les rejoigne. Il lui déclare, sans qu'elle ait eu le
temps de dire plus de trois mots, qu'il écrit sur sa vie
de garçonnet entre quatre et douze ans. Au moins, ça
ne parlera pas de Venise :

« Mes bourreaux, quand j'étais enfant, c'étaient les
profs de gym ! Je veux en parler.

— Comme moi ! Au lycée de Villefranche-de-
Rouergue, j'étais persécutée par un sadique, j'étais
toujours remplaçante, la dernière, il se moquait de
moi devant toute la classe, la corde à nœuds, le troisième plongeoir, les pires stress de ma vie.

— Comme moi ! Le nul en maths, c'est le cancre
sympathique, le nul en sport c'est un sous-homme. Je
vais écrire un livre là-dessus, les souffrances psycho-
logiques infligées par ces tortionnaires qu'on appelle
profs de gym aux enfants qui ne sont pas sportifs.
Surtout aux filles.

— Très bon sujet, personne n'ose en parler. On nous serine un esprit sain dans un corps sain, Coubertin, des fadaises…

— Alors que les vraies valeurs du sport, aujourd'hui, c'est l'amour de l'argent, la compétition mesquine, l'esprit de clocher, les hooligans, les dopés, les drogués, c'est l'école de la triche et du pas-vu-pas-pris, ça apprend la haine de l'autre et le narcissisme, les logos et les sponsors, l'idée que les plus forts piétinent les faibles. Se dépasser, aller plus haut, être plus rapide, plus grand ! L'olympisme a conduit aux JO de Berlin, aux statues du stade de Rome de Mussolini, elles sont toujours là, le stade sert encore. Le sport cristallise tout ce qu'il y a de plus bas chez l'homme.

— Si ce livre est écrit, j'en achète trente, je les offre à tous mes amis. À l'École du Louvre, on avait fondé une ligue anti-sport. Il faut tout de même apporter un correctif, j'aime le sport chez les autres, quand Wandrille fait ses pompes, je l'encourage.

— Mais je réussis aussi les cocktails. Je ne dérange pas trop ? »

Rosa, un instant plus tard, vient les rejoindre. Pénélope lui parle de la réapparition de Craonne. Sa présence à Venise ne la surprend pas, mais tout ce qui l'intéresse c'est de savoir si elle l'invitera ou non à son émission. Elle pense qu'il perd un peu la tête, ce que Wandrille conteste.

Wandrille, jusque-là silencieux, trouve que Pénélope parle trop. Elle est en train de jouer à la meilleure amie de Rosa, elle fait alliance avec Gaspard, c'est beaucoup. Heureusement, elle ne dit rien à propos du Rembrandt, et ne parle pas non plus de l'assassinat de Lamberti. Ils ne disent pas à la romancière qu'ils ont découvert la planque des écrivains français. Si elle fait vraiment partie du club, elle doit connaître. Mieux vaut ne pas avoir l'air au courant, et la laisser parler. Rosa, en professionnelle, jacasse beaucoup mais ne lâche rien.

Wandrille et Gaspard se tutoient, depuis l'accident. À Paris, ils se disaient vous. Ce qui ne veut pas dire qu'ils soient devenus intimes.

« Je croyais, Wandrille, que tu détestais Venise ? Je me souviens encore de ta belle sortie au café, rue Bonaparte.

— Tu sais, je change souvent d'avis. Je haïrai à nouveau Venise quand je serai revenu à Paris. Et toi, tu verras, tu t'inscriras dans une salle de sport. »

De retour à la Pensione Bucintoro, vers six heures, Pénélope, sous sa douche, a l'impression d'être debout depuis quarante-huit heures : le cimetière, l'aller-retour sur l'île noire, les mélanges d'alcool chez Rosa. À Venise, tout va vite. Wandrille note dans un carnet tout en parlant :

« Ce Gaspard, tu le supportes ? Il t'a draguée sous mes yeux, moi qui l'avais soigné !

— Le pauvre, il m'émeut. Tu trouves qu'il m'a draguée ? Je n'ai pas du tout senti ça comme ça… »

Pénélope, sèche-cheveux en joue, hurle :

« Mon colloque ! Il reste une heure avant le cocktail de clôture ! J'ai plein de collègues à saluer, et Crespi…

— Mon Dieu, il faut que tu te montres, ils ne vont pas te reconnaître, depuis le temps, je t'accompagne ?

— Fais ce que tu veux, moi j'y cours…

— Il ne faudrait pas que tu rates la synthèse finale. Si je t'attends sur la place vers sept heures, ça irait ? Je pense qu'il ne faut pas trop que tu te promènes toute seule... On ne sait toujours pas qui a tué Novéant, qui a tué Lamberti, je ne serais pas étonné qu'on nous observe.

— L'inconnu du Paris-Rome, je t'en ai parlé, après sa conférence d'une heure vingt m'a proposé de me faire une visite exhaustive du *sestiere* de Dorsoduro, où il habite (il a bien sûr tenu à le préciser).

— Tu lui as dit que tu préférais qu'il te donne la mort tout de suite ?

— C'est vrai qu'il a une tête de tueur. Trop ennuyeux pour ne pas être malhonnête. »

11

Pour en finir avec les gondoles

Venise,
lundi 29 mai 2000, fin d'après-midi

Le colloque se termine par ce qu'on appelle une table ronde : autour d'une table rectangulaire, des invités d'importance minimale lisent chacun pendant dix minutes un exposé maximal et ne dialoguent jamais entre eux, manière d'évacuer toute une série de sujets pour qu'au moment de la publication des actes on n'aille pas dire que personne n'y avait pensé. La liste de ces passionnants problèmes a été distribuée, Pénélope, qui arrive à la toute fin, y jette un œil compatissant : quelles gondoles étaient réellement utilisées pour les régates ? La *Mascareta* était-elle réservée aux femmes ? La *Caorlina* pouvait-elle avoir huit rameurs au lieu de six ? Peut-on parler d'une esthétique de la gondole funèbre ? À quoi servait vraiment la *Desdotona* ? Quel est le secret de la peinture noire qu'on utilisait au XVIIIe ? Pénélope n'a rien écouté.

Elle pense. Qui a placé un chat à la tête tranchée parmi les moulages de la chapelle de l'École des beaux-arts ? Forcément quelqu'un qui savait que Jacquelin de Craonne y viendrait ce matin-là. Ce pouvait être bien sûr Craonne lui-même. Car la seule autre personne à le savoir, c'était Wandrille. Elle élimine cette hypothèse absurde. Peut-être devrait-elle lui demander de chercher du côté de sa rédaction, de celle qui lui a commandé ce sujet par exemple. Inutile de demander à Craonne à qui, parmi ses proches, il avait fait part de ce rendez-vous aux Beaux-Arts. Elle a l'intuition qu'il ne dira rien.

L'esprit de Pénélope sort du palais par la fenêtre, les reflets du jour qui tombe sur le Grand Canal sont d'un vert très pâle, rafraîchissant. Elle se redresse, le directeur vient de poser ses béquilles sur la tribune et de s'asseoir.

Le *professore* Crespi a offert une conclusion magistrale, il n'a remercié personne et a parlé, sans note, en faisant rire tout le monde, d'un sujet que nul n'avait pensé à traiter : les gondoles au cinéma.

Toute la faune colloquante est alors sortie dans le hall, parmi les bustes et les plateaux de petits-fours. Chacun semble heureux et fier d'avoir tenu bon. L'inconnu du Paris-Rome a annoncé qu'il restait encore deux semaines, puisqu'il a la chance désormais d'habiter Venise, et revenant une seconde fois à la charge, apportant une coupe de Laurent-Perrier à Pénélope : si elle voulait profiter de ses lumières, il tenait à lui laisser son numéro de téléphone.

Wanda Coignet est venue assister à la dernière journée, au premier rang. Son voisin n'est pas un inconnu pour Pénélope : c'est maître Vernochet, le commissaire-priseur qui l'a aidée à débrouiller le mystère de la tapisserie de Bayeux et qu'elle a retrouvé maniant le marteau des enchères à Versailles. Il a acheté un palais à Venise, un bijou d'architecture sur le Campo Santa Maria Formosa, dont tout le monde dit qu'il l'a arrangé avec un goût fou, des coq-à-l'âne d'œuvres anciennes et d'art contemporain, de l'artisanat péruvien et des sculptures africaines, un lit en bronze monumental et des livres partout. Pénélope s'échappe du Paris-Rome pour aller l'embrasser.

Le concert du professeur Crespi a beaucoup facilité les rapprochements des uns et des autres. L'universitaire dauphinois a trouvé, dans la promotion Q de Q, une créature à lunettes qui flatte son goût pour le baroque, et le couple restaurateur-conservateur en est presque déjà à choisir des prénoms. Mrs. Drake, qui a changé de broche, de collier, de boucles d'oreilles, a fait alliance avec Wanda Coignet. Pénélope cherche Carlo des yeux. C'est Wandrille qui entre, lassé sans doute de faire les cent pas sur la place. Pénélope hésite avec gourmandise, va-t-elle s'en servir comme d'un bouclier contre l'inconnu du Paris-Rome ? Elle a mieux. Elle le tire par la manche et le présente à Wanda Coignet comme un important journaliste français qui enquête sur les comités. Au seul mot de journaliste, elle se redresse. Wandrille se lance avec flamme :

« La biennale va vous apporter une nuée de mécènes ?

— Ça nous fait du tort ! Un rendez-vous mondain sans intérêt. Même ma sœur y va.

— Je l'ai déjà rencontrée, c'est une amie d'un collectionneur que je connais, Bagenfeld.

— Ah oui, il est très bien, il a hérité de la vieille
Laura et des aspirateurs. Enfin, je crois. Mais il n'a
jamais rien donné pour le comité. Et pourtant, vous
voyez, il vient à la biennale chaque année. »

12

Comment l'esprit vient à Pénélope

Venise,
mardi 30 mai 2000, le matin

Gaspard s'est installé chez Rosa. Elle le soigne comme un enfant, il a sa chambre, il est heureux. Wandrille est parti avec Craonne dans les *calle*, il va tenter d'en savoir plus sur le club et sur le Rembrandt, de le faire sortir des deux ou trois ornières où il patine, des éternelles salades qu'il lui débite depuis une semaine. Selon Pénélope, cela ne servira à rien, ou plutôt cela n'a qu'une utilité réelle : elle est absolument libre pour la journée.

Elle joue à se dire que si elle le voulait… Quitte à se laisser séduire, qui choisir ? Carlo ? Gaspard ? Carlo est moins beau, plus historien, plus classique et ça serait moins horrible pour Wandrille, qui ne le connaît pas et déteste Gaspard. Une liaison avec Gaspard, si Wandrille l'apprenait, elle serait à l'instant répudiée. Faut-il prendre un tel risque ? Carlo est de Venise et il y restera. Ce sentiment délicat, faire à

Wandrille le moins de peine possible, alors qu'elle est déterminée à ne jamais rien lui dire, inspire le choix de son premier « adultère ». Faute imaginée, faute commise. Il ne restait plus que les détails matériels à régler.

Dans l'entrée du Palazzo Gambara, l'*androne*, grande ouverte comme la dernière fois – les touristes s'arrêtent pour faire des photos, mais aucun n'ose franchir le seuil –, les trois ouvriers polonais posent des bandes de scotch sur les plinthes, et ont ouvert un pot de peinture « bleu nankin ». Comment Rosa accepte-t-elle ce brouhaha et un intrus chez elle ? Pénélope s'attendait à ce qu'elle mette Gaspard à la porte pour cause de sans-gêne au bout d'une journée. Il reste, il l'aide, il lui parle. Pénélope n'en revient pas. À moins d'imaginer que cette perverse Rosa le maintienne à domicile pour faire venir Péné. Ce matin, arrivant à l'improviste, pour le plaisir de saluer ses nouveaux amis et de prendre quelques nouvelles, elle les a trouvés attablés comme un vieux couple devant une montagne de petits pains vénitiens.

Pénélope et Gaspard s'entendent bien. Il est drôle avec ses questions directes. Personne ne l'interroge jamais sur elle. Pénélope, sans défense, répond. Elle ne sait pas si c'est parce qu'elle éprouve de l'amitié pour ce garçon, si elle est en train de tomber amoureuse, ou si elle aime l'idée que ce qu'elle lui raconte sera un jour utile pour ses romans. Pénélope aimerait bien devenir une héroïne de roman. Avec ces professionnels de l'autofiction, qui vous racontent tout ce qu'ils voient à l'arrêt de bus, chacun a sa chance. Rosa presse des oranges et relance la machine à café. Elle ne dira rien, c'est sûr. Que sait-elle au juste ? Elle connaît

Craonne, elle a forcément été initiée à la cachette du fortin – Crespi affirme qu'elle est la seule femme membre du cercle –, elle doit tout savoir du Rembrandt, ou peut-être pas. En vieille Vénitienne, elle connaissait aussi certainement Lamberti, son voisin, elle n'a pas dit un mot de la mort violente du restaurateur, qui pourtant est dans tous les journaux. Elle ne s'occupe que de son émission, de parler d'elle-même et des guerres qu'elle engage contre ses adversaires, ses rivaux, ses amis. Ce matin, elle reprend sa ritournelle contre Rodolphe Lambel, cette planche pourrie, qui ne veut plus d'émission à la Villa Médicis.

Gaspard écoute vaguement, relance un peu, et parle à Pénélope de son enfance malheureuse et maltraitée. Il teste sur elle sans doute quelques-unes des heureuses formules qu'il a écrites la veille ou qu'il écrira cet après-midi sur la terrasse. Relevant sa mèche, pendant que Rosa était retournée chercher du pain à l'office, il avait fini par lui avouer : « Je crois depuis mon enfance que je suis plus intelligent que les autres. En comparaison, ma beauté physique me semble ridicule. Je déteste qu'on m'en parle. »

Pénélope se dit qu'elle avait eu raison de s'abstenir. En une phrase, le joli Gaspard vient de s'éliminer lui-même de la liste des prétendants à l'après-midi d'adultère. Elle en est presque soulagée. Elle se sent protégée. Le studio de Carlo est très loin, elle n'aura jamais le temps de l'y rejoindre sans éveiller l'attention, et il n'est pas question qu'elle affronte avec lui le portier de la Pensione Bucintoro pendant l'absence de Wandrille. D'ailleurs elle ne lui téléphonera pas. La morale sera sauve.

Rosa donne des instructions aux troupes polonaises. Gaspard est repassé dans sa chambre chercher son ordinateur. Mène-t-il lui aussi son enquête ? Est-il installé ici à demeure dans le but de faire parler Rosa ? Seule sur le toit du palais Gambara, prise d'une inspiration subite, Pénélope appelle la secrétaire du président du Louvre. C'est une femme qu'elle aime bien, et qu'elle connaît depuis l'époque de son stage au département des antiquités égyptiennes. Elle a un service à demander, une chose toute simple, toute bête, à vérifier.

13

Où l'on voit que le *Bucentaure* peut encore être bon à quelque chose

Venise,
mardi 30 mai 2000

Carlo attend Pénélope à l'entrée du Musée naval, c'est-à-dire juste à côté de l'hôtel Bucintoro. Il a bien fait de l'appeler, il a hésité toute la matinée. Elle était repassée à son hôtel. Il était dans les réserves de son musée. Deux édifices voisins.

Le musée est idéal pour des rendez-vous d'espions, il est presque sans visiteurs. Pourtant, dès le vestibule, se trouve un chef-d'œuvre, le monument au doge Angelo Emo sculpté par Canova. Le prince des sculpteurs italiens a réussi une prouesse incroyable, il a matérialisé dans le marbre les vagues de la mer avec leur écume. C'est ici que travaille Carlo, qui avait rêvé d'abord d'être architecte naval, avant de devenir historien de la marine vénitienne. Il a bien le droit de raconter un peu sa vie lui aussi.

Pénélope décida dès les premières salles que ce *Museo storico navale* serait son musée vénitien préféré – même si elle n'avait pas visité vraiment les autres, et si le fabuleux musée Fortuny, avec ses sublimes tissus, lui manquait encore. La liste des invraisemblables merveilles qu'elle découvrait l'enchantait : un bathyscaphe digne de celui de Tryphon Tournesol dans *Le Trésor de Rackham le Rouge*, un étage entier où l'on expose des gondoles sans touristes, dont celle de Peggy Guggenheim, à ses initiales, donnée en 1979, une collection de coquillages unique au monde « léguée par Mme Roberta di Camerino », proclame une plaque – elle avait dû commencer quand elle était petite fille –, une salle entière consacrée aux liens entre la marine suédoise et la marine italienne – Pénélope ignorait tout –, la machinerie du yacht *Elettra* qui appartenait à Marconi, l'inventeur de la télégraphie sans fil et d'une recette de haricots « à la Marconi », sans fil eux non plus, et, sublime rareté dans un coin le buste en marbre du frère Alberto Guglielmotti (1812-1893), auteur d'une monumentale *Histoire de la marine pontificale* parue en 1856, qui depuis la barque de saint Pierre n'oublie aucun des bateaux des papes. Un saint homme.

« Là, un buste de Napoléon ! Tu as vu, Carlo, la taille du socle, vous êtes gonflés, il faut presque s'accroupir pour le voir.

— On l'a mis à taille réelle. Ça devait faire cette impression-là quand on le rencontrait. Mais regarde, là-bas, on a l'encrier avec lequel il a signé le traité de Campo Formio, avec plume d'époque, c'est un petit musée napoléonien caché ici, tu sais…

— Vous avez le génie des statues à double entente, j'avais déjà repéré le socle du *Colleone*, tellement haut qu'on ne voit plus son visage.

— Mais non, tu interprètes mal, c'est pour le rendre plus sublime. Tu soupçonnes les Vénitiens des pires intentions à ce que je vois, il est temps que tu changes d'avis ! »

La maquette du dernier bateau de parade des doges de Venise se trouve au centre de la salle voisine. C'est le vice-amiral marquis Amilcare Paolucci delle Roncole qui l'a fait faire, l'objet est aussi chatoyant que le nom de son commanditaire. Le *Bucentaure* a été éventré en 1798, transformé en prison flottante, détruit en 1824, brûlé sur l'île de San Giorgio. Le trône du doge se trouvait à l'arrière. Carlo est intarissable. Pour une fois qu'il a Pénélope pour lui tout seul. Après une guerre de douze jours, Venise est tombée le 12 mai 1797. Pénélope se dit qu'elle tiendra peut-être moins longtemps. L'année suivante, en janvier, à la suite du traité de Campoformio, Bonaparte, à qui l'humiliation de voir Venise soumise ne suffisait pas, la donne aux Autrichiens. Dès 1801...

Pénélope cesse d'écouter.

Carlo voyant son regard vague passe à l'attaque. Devant le *Bucentaure*, il lui prend la main, l'attire à elle, l'embrasse avec plus de fougue que n'en mit aucun doge à célébrer ses fiançailles avec les flots. Pénélope, chavirée, ne s'y attendait qu'à moitié, ou plutôt n'osait s'y attendre. Elle lui enlève ses lunettes à ce grand garçon, pose sa tête contre son pull marin en coton. Ils sortent ensemble en adressant un clin d'œil au doge Angelo Emo.

Carlo est sans détour. Il connaît un hôtel à deux pas, c'est un de ses amis qui travaille à l'accueil, la vue depuis les chambres est très intéressante. Pénélope ne répond pas vraiment. Elle se tait. Elle sourit.

Wandrille n'arrête pas de lui faire des remontrances. Il lui serine qu'elle est en danger, alors que de toute évidence personne ne la menace. Il ne s'intéresse qu'aux ratiocinations de Craonne, vieillard avancé, et aux délires de Rosa, une folle. Il ne cesse de critiquer Venise et les Vénitiens, et fait celui qui connaît la ville à la perfection. Il lui gâche le plaisir de découvrir. Gaspard est aussi tête à claques qu'il en a l'air. Elle est épuisée. Personne ne s'est intéressé à son travail ici, ses recherches sur les gondoliers de Versailles, personne ne lui a demandé si cette communication lui avait donné du mal, ce qu'elle avait découvert, si ça l'avait amusée de travailler sur ce sujet, elle n'en peut plus à la fin, personne ne se préoccupe de ses recherches, de son métier, de sa vraie vie, personne sauf Carlo. Voilà, ça devrait suffire, si jamais elle avait des justifications à trouver et des comptes à rendre.

Pénélope, comme si elle plongeait dans le canal, n'a dit ni oui ni non. Elle a suivi Carlo.

14

Où Pénélope se livre à un assez rapide voyage de noces

Venise,
mardi 30 mai 2000, dans l'après-midi

Carlo avait déjà dans sa poche les clefs de la chambre 18 – quelle organisation –, le jeune portier de l'hôtel ne leur a pas adressé un regard.

« La chambre des voyages de noces, la plus belle de l'hôtel…

— Tu vas un peu vite, non ?

— C'est du théâtre. Dis-toi que tu joues un rôle, que tu répètes pour quand tu reviendras avec un vrai mari. Vous allez bien finir par vous marier, ton *ragazzo* et toi… »

Rien n'avait été négligé : rideaux de soie blanche, coussins de soie rouge, fleurs fraîches dans un vase d'opaline, et le détail qui tue, un immense miroir rococo sur tout un mur dans lequel se reflétait le lit, navire de parade doré lui aussi comme au XVIIIe siècle. Un angelot de stuc, joues gonflées, regardait les draps en faisant semblant de souffler dans sa trompette bouchée, symbole conjugal sans doute, remarqua Pénélope. Carlo fixa sur la porte l'écriteau « *Si prega di non disturbare* », on est prié de ne pas déranger.

Il était trois heures de l'après-midi. Elle trouva que ces sculptures dorées et tous ces rideaux, cela avait un petit côté *Bucentaure*, bien dans l'esprit de cette visite consacrée à l'histoire des beautés maritimes de la ville.

Ce qui se passa ensuite, Pénélope n'en parla plus qu'au passé simple et à l'imparfait. Elle y repensa souvent. Ce fut sa crise de folie vénitienne.

Carlo retira ses lunettes, geste érotique. Quatre secondes plus tard il était nu et les seins de Pénélope étaient flous. Elle était en lentilles de contact. Elle aima les yeux de myope de Carlo. Elle avait froid aux pieds, à cause du sol vénitien en tesselles de mosaïques roses et noires. Elle le dit, puis se tut. Il lui réchauffa les pieds en apportant une précision de vocabulaire : « Ce que tu appelles des tesselles, ici on dit le *tramezzo*, c'est très courant à Venise. Tu trouves ça beau ? Tu t'en souviendras ? » Elle se laissa adorer comme une Vénus antique repêchée par un marin.

Elle raconta tout, dès le lendemain, à Léopoldine, sa confidente : pour la qualité de la viande, Wandrille, très sportif, avec ses abdos et ses pectoraux, sa natation trois fois par semaine et ses exercices en salle restait hors concours – si les garçons entendaient ce que se racontent toutes ces filles qu'ils idéalisent, ils seraient horrifiés. Léopoldine se crut obligée de dire ça, avide d'en savoir davantage. Cette rengaine de lycéennes prolongées les occupa cinq minutes, passage obligé qui justifie la salve de questions crues que

Léopoldine suggéra ensuite : « On connaissait le Maure de Venise, Mort à Venise, mais toi, c'est mords-moi à Venise, ton histoire ! » Léopoldine proposa même de venir, la semaine suivante, pour la biennale, puisque Marc, son mari, serait accaparé par un convoiement de tableaux pour une exposition à Madrid. Pénélope expliqua qu'elle n'était pas prêteuse et qu'elle voulait bénéficier encore un peu toute seule de son conservateur spécialiste des musées maritimes. Léopoldine en profita pour poser à nouveau une bordée de questions. Pénélope, qui n'attendait que cela, reprit un peu le sujet d'un point de vue général, puis enchaîna le thème et les variations. Le sujet qui occupa les dix minutes suivantes ce furent donc les variations, celles que Carlo avait commencé à interpréter avec virtuosité. Là, l'Italien était imbattable et Wandrille avait un incontestable côté radoteur, disque rayé, petit déjeuner parfait, mais toujours pareil. Pénélope avait apprécié la variété des variations. Carlo était un vrai musicien, et c'est un sport aussi – il avait été pendant trois heures violoniste, accordéoniste, gambiste, triangliste, il avait alterné *andante*, *allegro*, *allegro molto*. Pénélope avait succombé à cet orchestre qu'elle avait fait semblant de diriger du bout des doigts, en vrai Toscanini de l'oreiller. Léopoldine crevait de jalousie.

Ce qu'elle ne put raconter à Léopoldine, c'est que cette symphonie sans auditeur avait une spectatrice.

Derrière la grande glace sans tain, dans un cabinet exigu et secret que le patron de l'hôtel avait l'habitude de louer une fortune à de vieux Vénitiens de sa connaissance, Rosa Gambara n'en avait pas perdu une miette.

Avec un caméscope numérique emprunté à un des

assistants de son émission, elle avait filmé l'intégralité de la séance.

Il y eut même un moment où elle faillit se trahir par un gémissement déplacé, Pénélope se révélant d'une souplesse insoupçonnée, mais l'importance de l'enjeu l'obligea à rester maîtresse d'elle-même. Rosa ne sortit de l'hôtel qu'une heure après le couple, par prudence. Elle déposa l'enveloppe convenue sous le vase de fleurs qui se trouvait sur la console de la réception. Trois heures d'images en boîte, ce qui aurait été compliqué et un peu plus bruyant avec un caméscope à cassettes. Cela lui avait coûté cher. Elle avait vu tout ce qu'elle voulait voir, absolument tout, et plus encore. Elle se félicita des progrès de la technologie.

15

Les piapias de Rosa

Rosa a passé la journée du lendemain à bavarder avec Pénélope. L'affaire des tueurs lancés contre les écrivains agite Paris. Pénélope doit maintenant cacher que, parmi les œuvres de ces auteurs si importants dont on a juré la perte, elle n'a rien lu. Pénélope a eu déjà fort à faire avec ses études d'histoire de l'art, les musées, les visites dans les grands musées en région, comme on dit pour ne plus dire « musées de province », et à l'étranger, les fiches sur les œuvres. Elle achetait des cartes postales, pas des livres de poche. Voilà comment on réussit des concours difficiles en histoire de l'art, puis on commence à travailler, on se lance dans la vraie vie – sans avoir jamais lu beaucoup de romans contemporains.

Par chance, Rosa est très bavarde et un peu alcoolique. Elle boit, elle raconte. Pénélope se contente de relancer la discussion, de refuser, d'abord un verre sur trois, puis un sur deux. Par prudence, Pénélope a fini par lui dire qu'elle n'avait pas lu les livres de son amie, et s'était attiré cette réponse : « Quelle chance vous avez, ma petite, de grands moments de bonheur vous attendent. » Rosa ne dit jamais rien des livres, comme un historien de la peinture qui ne décrirait jamais les tableaux. La grande prêtresse de la critique joue avec les noms, parle des auteurs comme de petites pièces sur son échiquier. Elle sait qui a couché avec qui en quelle année, combien de fois, à quelle occasion, elle sait qui a voté pour qui dans quel jury de prix et pour quelles raisons, qui ne sont jamais liées à l'amour des textes. C'est une vraie science, une sorte d'astronomie de la trahison où il faut savoir jongler avec les planètes, prévoir les éclipses, attendre le retour des grandes comètes.

Ce jour-là, elle téléphone beaucoup aux uns et aux autres. Elle est presque déçue. Personne n'arrive à avoir vraiment peur. Certains lui ont même dit qu'Achille Novéant pouvait s'être suicidé. Pour d'autres, l'hypothèse du suicide ne tient pas, les portes de la suite turque auraient été enfoncées. C'était écrit dans *La Repubblica*. Mais ça, la police n'en a rien dit lors de la conférence de presse. Personne ne sait ce qui s'est vraiment passé cette nuit-là dans cette chambre.

Certains écrivains ne sont pas menacés et en souffrent de manière si visible qu'on a presque envie de les plaindre. Une pétition a été lancée, pour soutenir le clan des Vénitiens : aucun des maîtres de Venise n'a signé, ni d'Ormesson, ni Leblanc, ni Craonne…

Gaspard Lehman rend la nouvelle génération très envieuse. Paul Collet, dont le dernier roman, *Le Bonheur des Campielli*, se passe entièrement en Vénétie, mais pas à Venise, enrage, il avait voulu faire son petit malin en contournant la Sérénissime, pour « éviter les ponts aux ânes », bien fait pour lui, il sera moins méprisant avec les ânes la prochaine fois. La vie littéraire vue par Rosa Gambara est une comédie.

À ce compte-là, elle ne pouvait pas avoir peur. Elle semblait invulnérable. La vie dans le *palazzo* continuait comme de coutume. Pas la moindre visite de voisins italiens, les allées et venues de la cuisinière, les progrès des Polonais qui commençaient déjà à raccrocher les tableaux du premier étage, les après-midi de lecture en diagonale des caisses de livres qu'on lui expédiait. La cuisinière ouvre les enveloppes, sur la terrasse, avec son épluche-légumes, un spectacle que Pénélope, qui s'empara pour l'aider d'un couteau à gigot, n'oublierait pas. Rosa, en chasuble de prêtresse de Delphes, surveillait l'avancement du travail en chantant des airs de *Carmen*.

« Nous sommes au cœur du cyclone, on croit qu'on est à l'abri ici, tout est calme, mais je vous le dis, ça ne va pas tarder à déraper…

— Vous inviterez Jacquelin de Craonne à votre émission ?

— Le pauvre vieux ! »

Son assistant est venu préparer l'émission, dont la date venait d'être fixée. Pour la première fois, le Palazzo Gambara serait filmé, on placerait des projecteurs sur la terrasse. En direct, elle recevra quelques romanciers de Venise et le chef de la police de la ville, qui a accepté de venir à condition de ne rien dire de l'enquête en cours mais de pouvoir parler de Balzac, son auteur favori. Rosa lui a demandé de raconter un livre que Pénélope n'a pas lu non plus,

Une ténébreuse affaire, premier roman policier de la littérature française. On allait battre des records d'audience. Pour la première fois depuis dix ans, l'émission passerait avant vingt-trois heures.

Pénélope se jette dans la romance vénitienne la plus nunuche avec un plaisir fou. Elle ne pense plus qu'à Carlo, au moment où elle le cherchera des yeux sur le Campo Santa Maria Formosa où ils ont décidé de se retrouver pour déjeuner, elle lui sourit, elle se fait peine. Jamais avec Wandrille ça ne s'est passé comme ça, sauf peut-être les trois premiers jours. Elle a appelé Léopoldine à nouveau, c'est délicieux, elle s'inquiète.

Wandrille ne s'aperçoit de rien, il a dormi comme un loir, il ne se lasse pas de Craonne et a fini par prendre au sérieux la couverture-alibi que Pénélope lui a fournie : il enquête sur les comités pour sauver Venise, et a déjà vendu une page sur ce sujet à un grand magazine anglais. Il découvre une Venise nouvelle, sans les souvenirs de voyage de noces de ses parents, et il a l'air lui aussi d'y prendre goût :

« J'aime le bruit des roulettes du plateau du petit déjeuner qui arrive, un peu assourdi, dans les couloirs des bons hôtels, pas toi ? Tu sais, je sympathise beaucoup avec cette dame corpulente qui a un nom de poisson. L'an dernier, elle avait invité toutes ses amies au Harry's Bar pour fêter ses cent kilos. Elle est époustouflante. Tu n'imagines pas sa dernière idée. Elle veut devenir présidente du comité de coordination des comités, créé pour mettre fin aux clochemerleries internationales. Tu l'imagines en arbitre !

— Cela va être balkanique ! Elle enverra tout le monde restaurer des trésors chez les Slovènes et restera seule à Venise ! Il te parle un peu alors, le vieux Craonne ?

— Il me mène en bateau. Je reste sur ma première impression : cet homme est incapable, ne serait-ce que physiquement, d'être un assassin. Et toi, avec Rosa ?

— Rien. Elle fait comme si elle n'avait jamais visité la cachette des écrivains, elle fait semblant de croire que ça n'existe pas, que c'est une des jolies histoires vénitiennes qu'on aimait raconter à la génération de Crespi. Soit elle me prend pour une idiote et je dois rester sur mes gardes, soit je dois la prévenir de faire attention. Reste Gaspard. J'ai fait une vérification hier. J'ai appelé la secrétaire du Louvre, tu sais, ma grande amie. Elle a vérifié à quelle heure Gaspard était passé au poste de sécurité pour qu'on le conduise en haut de l'arc de triomphe du Carrousel. Elle a tout reconstitué en interrogeant le chef des pompiers : il avait bien appelé la veille vers dix-huit heures pour demander si c'était possible, expliquant qu'il était écrivain et qu'il avait besoin de situer une scène à cet endroit, se recommandant de toi, figure-toi. Il appelait donc bien après t'avoir eu au téléphone.

— C'est ce que j'avais déduit.

— Mais le lendemain, il n'est pas arrivé comme il te l'a dit à neuf heures. Il est passé au poste de sécurité, le pompier de service a signé le cahier de décharge des clefs à onze heures quinze.

— L'heure à laquelle nous quittions l'École des beaux-arts.

— Cela veut dire que lorsque vous l'avez découvert sur l'arc, il venait d'arriver…

— Et qu'il avait donc très bien pu nous précéder aussi dans la chapelle, y placer le chat, pour que nous le découvrions dix minutes plus tard. Il a la dégaine d'un étudiant des Beaux-Arts, personne n'a dû prêter attention à lui, le gardien a pu penser qu'il apportait du matériel pour une œuvre…

— Ce serait lui qui aurait lancé l'avertissement…

— Il savait que tu venais là avec Craonne, que le vieux serait plongé dans la nostalgie vénitienne…

— Pénélope, tu as raison. C'est possible. Mais pas certain. Et ça ne lui permet pas d'aller tuer quelqu'un à la Villa Médicis le soir même.

— Pourquoi pas ? La police vérifiera les passagers des vols du soir…

— Ça veut dire que Rosa est en danger. Tu dois l'avertir.

— Pas facile. Gaspard ne la quitte pas. Il vit chez elle, avec elle. Il la surveille.

— Mais avec son bras en écharpe, il n'est pas capable de la lancer du haut de son *altana*, elle doit peser plus que lui…

— Je vais passer les voir ce matin, toi tu retrouves ton écrivain.

— On en surveille chacun un, plus la Coignet, qui sait tout de la vie du village. »

16

Austerlitz au Harry's Bar

Venise,
mercredi 31 mai 2000, début de soirée

Wandrille au Harry's Bar, sans se soucier de Jacquelin de Craonne qui s'est assoupi sur la banquette, bavarde avec Wanda Coignet, sa nouvelle amie. Elle reconnaît qu'elle a un moins beau palais que celui de Rosa – où elle n'a jamais été reçue. Elle enrage, gouailleuse, devant Wandrille aux anges :

« Cette femme pourrait nous aider, avec son émission, lancer des appels pour sauver Venise. Mais elle a bien trop peur, elle n'a jamais accepté que l'émission se déroule chez elle. Elle n'ose pas montrer ses splendeurs, elle a peur qu'on s'intéresse un peu trop à elle. On dit qu'elle a un Titien…

— Un vrai ?

— Ou pas, c'est le Titien à sa mémère, comme on dit.

— Très bon. Dommage que je ne puisse pas écrire ça dans mon article, c'est intraduisible en anglais.

— Tant mieux ! J'arrête mes mots d'esprit si vous n'êtes pas capable de les traduire. On va redemander des Bellinis. Vous y êtes allé, chez la diablesse ?

— C'est un palais de sa famille si j'ai bien compris…

— Pourquoi sa famille avait-elle un palais ? Étaient-ils amiraux de la République, doges ou sénateurs, rien de tout cela. La vérité, je peux vous la dire, elle se trouve dans tous les livres d'histoire. Sa grand-mère était une égérie mussolinienne, la meilleure amie de Clara Petacci, vous savez, qui a fini avec son amant le Duce pendue à un crochet de boucher. La grand-mère de la Gambara a eu plus de chance. Elle était la secrétaire du comte Galeazzo Ciano, le gendre redoutable, avec ses cheveux gominés et ses airs ringards, un assassin, un profiteur. Elle était évidemment sa maîtresse. Ce salaud lui a légué discrètement ce palais, acheté avec l'argent volé aux familles du ghetto peu avant qu'il ne tombe en disgrâce. Après la guerre, elle a tout gardé, elle a fait un beau mariage, c'est facile avec un palais pareil, et c'est nécessaire, pour l'entretien. Ils sont tous restés fascistes dans cette famille, comme bien des gens en Italie du Nord. Si j'allais raconter tout ça à la télévision française, vous croyez qu'on garderait son émission ? Je suis bonne fille, moi la Coignet, une brave cantinière de la Grande Armée de Napoléon, je la boucle. Il me suffit qu'elle sache que je sais. Je le lis dans son regard quand on se croise. Elle a peur.

— Vous croyez qu'on peut prouver ça ?

— Il suffit de regarder son passeport. Elle ne s'appelle pas Rosa. Son vrai prénom, celui que sa mère portait déjà, c'est Benita ! Rosa ! Comme la mère du Duce ! C'est son surnom d'enfance.

— Elle ne l'a pas choisi...

— Je ne vous dis pas qu'elle est fasciste aujourd'hui, mais qu'elle dort sur un trésor fasciste. Un palais plein de tableaux, d'argenterie, de meubles en "laque pauvre", vous savez ce qu'on appelle la "laque pauvre" ? C'est typiquement vénitien, des imitations de laque faites avec de petits personnages en papiers découpés et vernis, et comme son nom ne l'indique pas, alors que c'était un travail populaire des artisans d'ici au XVIIIᵉ, ça vaut des fortunes chez les antiquaires. Son *palazzo* était le lieu de rendez-vous de toutes les Chemises noires. Vous savez, Ciano et sa clique ont laissé bien des choses ici...

— C'était il y a plus d'un demi-siècle...

— Les anciens fascistes, il n'y a que ça à Venise, ils se sont reconvertis dans le commerce d'art, le tourisme, la *pasta* aux *vongole*, mais ils sont tous encore là, leurs enfants, leurs petits-enfants, ils se connaissent, ils s'aident, ils se tiennent par la barbichette. Je connais tous leurs noms, je pourrais écrire un annuaire si je voulais... Elle par exemple, vous croyez qu'elle s'appelle Gambara.

— Un nom vénitien. Un nom de doge.

— Foutaises. C'est sa mère et sa grand-mère qui étaient vénitiennes. Elle a eu le palais par les femmes. J'ai même lu qu'elle était princesse, elle ! Si elle est princesse, moi je suis impératrice ! Son père était français, plâtrier, devenu petit entrepreneur, un homme modeste, lui, il ne s'appelait pas Gambara. Il s'appelait Gambier ! Gambier ! Elle a pris ce nom pour faire croire qu'elle est d'ici, en fait je crois qu'elle est allée piocher dans un roman de Balzac. Ça vous dit quelque chose *Gambara* de Balzac ? Dites, je crois qu'il se réveille notre protégé, on va lui commander du whisky, c'est lequel son préféré ? Vous savez ça, vous... »

17

Mort à Pénélope !

Venise,
mercredi 31 mai 2000, dans la soirée

Craonne est sorti seul, pour la première fois, par la petite porte de l'Alliance française. Venise lui fait du bien. Il se sent rajeunir grâce à ce Wandrille, si bien élevé, si sympathique, qui écrit dans des magazines tellement lus, qui a décidé de le protéger. Mais il ne faudrait pas le mettre en danger, ce garçon, il est un peu chien fou. Ce jeune homme en sait déjà trop, par sa faute à lui, Craonne. Il se trouve trop bavard. S'il lui raconte tout ce qu'il sait, les tueurs voudront s'en prendre à lui. Il ne doit pas le mettre en mauvaise posture. Le meilleur moyen, c'est de s'échapper. Quand on est poursuivi, il ne faut pas rester deux jours de suite au même endroit. Il est revenu à Venise, il est retourné au Fortin, la mémoire lui revient, tout cela est bien. Ce soir-là, il a pris son petit sac de voyage, et il s'aventure sans crainte dans ces ruelles qui ont tant fait rêver ses lecteurs…

Une heure plus tard, la directrice de l'Alliance française appelle Wandrille. Son hôte est introuvable. Elle est passée le chercher au Casino Venier pour l'emmener dîner, personne, ses affaires aussi avaient disparu. Le grand écrivain se faisant la malle, invraisemblable. Il lui avait dit que s'il lui arrivait quoi que ce soit, Wandrille était à prévenir en premier. Elle a averti pourtant d'abord la police de Venise, et l'ambassade à Rome. Elle a aussi appelé à l'aéroport, pour que Craonne soit retenu, s'il se présentait, avec tous les égards dus à son statut d'hôte privilégié – Craonne est membre correspondant de l'Accademia dei Lincei, l'équivalent italien de l'Académie française, les officiers qui contrôlent les passeports sont censés se mettre au garde-à-vous et filer doux. En Italie, la culture est très respectée par les douaniers.

Wandrille ne songe pas un instant à une fugue. S'il a disparu en fin d'après-midi, Craonne est peut-être déjà froid à cette heure-ci. Wandrille doit agir. Pénélope le regarde partir :

« Où vas-tu ? Ça ne sert à rien.

— Au Casino Venier. Tu veux voir ? C'est un ancien petit bordel avec miroirs d'époque, très coquet.

— Mais c'est justement là qu'il n'est pas.

— Je veux voir par moi-même, sa chambre. Il a peut-être laissé une lettre. Il ne m'a rien dit. J'ai passé la journée avec lui.

— Il n'était pas franc avec toi, ça se voyait.

— Si tu changes d'avis c'est facile à trouver : place Saint-Marc, tu passes sous la porte du carillon des deux Maures, devant chez Cartier, tu tournes à gauche, tu arrives devant Ferrari, c'est à droite. »

Wandrille est parti seul, dans la nuit. Il a promis d'être de retour avant une heure du matin, de téléphoner. Pénélope, en temps normal, se serait imposée. Elle aurait exigé de l'accompagner. Cette fois, elle n'a rien dit. Elle s'est assise sur le lit, contente au fond de se retrouver seule.

Elle était décidée à faire un peu mariner Carlo, mais depuis le déjeuner, qui avait été un rêve, elle n'avait pas cessé de s'empêcher de l'appeler. Wandrille était à peine sorti, que Carlo téléphone, comme dans un vaudeville. Elle laisse sonner huit fois, décroche, et tout de suite c'est le ton de voix de son nouvel amoureux qu'elle ne reconnaît pas. Il a l'air agité. Il lui demande de venir le rejoindre. Il veut lui parler. Il est devant le *Colleone*. Il ne peut rien lui dire encore. Pénélope, priant le ciel de ne pas croiser Wandrille, met ses lunettes de soleil, son foulard, et sort.

Elle se promène, la nuit, sans angoisse. Venise lui appartient. Elle va retrouver Carlo. Le chemin qui mène au Campo San Giovanni e Paolo, elle le connaît désormais par cœur.

Elle n'a pas vu l'ombre qui arrivait.

Derrière la statue du condottiere, un homme se cachait. Elle a senti qu'on l'empoignait à bras-le-corps, une main sur sa bouche. Elle n'arrive pas à croire que dans deux secondes… Un coup sec, on la projette en avant, dans le canal.

Pénélope fouettée par le choc de l'eau froide s'est évanouie. Elle aspire de l'eau glacée. Elle revient à elle en un instant. Assez pour sentir sa bouche et son nez se remplir de vase saumâtre. Elle est au fond, n'arrive pas à remonter. Il faut qu'elle trouve la force

de donner un coup de pied. Elle n'y arrive pas. Un
courant plus fort la plaque, elle est allongée, elle se
laisse entraîner. Elle sait qu'au moment où, par
réflexe, sa bouche va s'ouvrir, ses poumons vont se
remplir, et ce sera la mort.

DEUXIÈME INTERMÈDE

Qui se souvient du bal du siècle ?

Venise, palais Labia, 3 septembre 1951

———————

Depuis le début de la journée, « Don Carlos » sait qu'il a eu raison de rêver cette soirée dans ses moindres détails avant qu'elle ne commence. Ceux qui disent que les amphitryons ne profitent jamais des fêtes qu'ils donnent n'y connaissent rien. Carlos se souvient de *La Tempête*, pas celle de Giorgione, celle de Shakespeare, et de cette phrase qui l'avait frappé dans son enfance : « Nous sommes faits de la même étoffe que nos songes. » Cette fête-ci, Carlos en profitera même après sa mort. Dommage que Winston Churchill n'ait pas pu venir ; sa femme, Lady Clementine, lui racontera. Don Carlos est habillé en patricien, avec une immense perruque blanche, une robe écarlate qui lui donne l'air d'un portrait sans cadre, le visage un peu trop plâtré et poudré, il a chaussé de petites échasses comme on le faisait au XVIIIᵉ, ses domestiques, portant des flambeaux, lui donnent du Monsieur le baron, ses amis l'appellent tous Charlie.

Don Carlos, Charles, Charlie, ancien élève d'Eton, châtelain de Groussay, Mexicain, Italien, Français, neveu d'un des plus grands donateurs du Louvre, avait décidé de rêver sa vie comme s'il était un Grand d'Espagne du Siècle d'or, habitué de l'Escurial et de la cour de Philippe II. Ce soir, il ouvrait au monde son chef-d'œuvre, son palais restauré avec une fantaisie absolue, qui échapperait dans ses détails aux mondains peu instruits qu'il avait conviés, mais qui retiendraient l'essentiel : ce soir il inventerait un style. Qui se souvient de la soirée de baptême du style Louis XV ? On se rappellera la soirée qui lança le style Beistegui, et ensuite on viendra voir le Labia depuis les extrémités les plus chic de l'Ancien et du Nouveau Monde. Carlos veut être respecté, admiré, imité. Il vole dans son manteau rouge de salon en salon, comme s'il survolait son triomphe à venir, c'était si beau ce palais, c'était si nouveau, retrouver la joie, le plaisir, le bonheur de s'éblouir soi-même. Et personne ne verrait, au milieu de cette féerie, ce qui se passera de réellement important ici, ce soir.

Le spectacle, avec les musiciens, ce sera celui des « entrées », réglées par Boris Kochno. Comme au théâtre, on verra s'avancer Orson Welles, Barbara Hutton, l'Aga Khan et la Bégum, Leonor Fini, Alexis de Redé, Arturo Lopez, jouant l'empereur de Chine, Georges Geoffroy, en oiseleur deux pas derrière lui, Paul Morand et Coco Chanel, Fulco di Verdura, Elsa Maxwell, Mimi Pecci-Blunt, le prince Jean-Louis de Faucigny-Lucinge... Il y aura Laura Bagenfeld, l'héritière des aspirateurs suisses, Jacqueline Mikhaïloff, la seule collectionneuse d'art contemporain que Peggy Guggenheim accepte de considérer comme une rivale, le peintre Gossec, toujours aussi inquiétant, heureux que Balthus ne soit pas là, et l'amiral sir Miles Messervy qui dirige, c'est un secret de polichinelle, les services d'espionnage britanniques. Les danseurs de la troupe du marquis de Cuevas se lanceront dans un rigodon du diable, les pompiers de la ville formeront une pyramide musclée copiée sur une estampe ancienne. Trois dames en robe et masque noir entreront, comme dans *Don Giovanni* de Mozart : Cora Caetani, Tatiana Colonna et Jacqueline de Ribes, la plus belle des trois, les épaules nues.

On a proposé à Don Carlos de filmer, il a refusé. Il a dit non aux journalistes. Si on veut créer un mythe, exclure les journalistes est une astuce assez simple. Il y aura des dessinateurs, Alexandre Serebriakoff prépare déjà ses tableaux à l'aquarelle. On a laissé entrer des photographes qui sont de grands artistes : Cecil Beaton – avec son collet d'abbé, on le prendrait pour le jeune Casanova –, Robert Doisneau, André Ostier, moins connu mais très doué. Surtout pas de caméra, il faudrait des projecteurs, cela tuerait le subtil dosage des lumières. Un film se démode, un rêve, non.

Pour devenir vraiment doge de Venise, il faut inviter les Vénitiens, leur parler, les reconnaître, les aimer sans avoir l'air de les humilier en leur jetant des piastres et des ducats. Donner une immense réception mondaine et faire défiler l'Europe élégante devant des badauds sarcastiques et exclus, c'est le secret pour se faire haïr, pour se faire traiter de Mexicain ou, pire, de Français. À Canareggio, sur la place, on lancera

des danseurs, on escaladera des mâts de cocagne, ce
sera une vraie fête du XVIIIe siècle, les tonneaux seront
en perce, on débitera des jambons et des poésies, et
après deux heures du matin, on laissera sortir les
farandoles d'invités déguisés. C'est son idée, faire rire
les Vénitiens, les épater, les gondoliers, les vendeurs
de cartes postales. Ils danseront avec Dalí, les Duff
Cooper, les Dreux-Soubise – Mimi de Dreux-Soubise
portera ce soir la copie du fameux collier de Marie-
Antoinette qu'on se transmet dans sa famille, la mon-
ture est fausse mais les diamants sont vrais –, la jeune
Natalie de Noailles, avec ses parents, Marie-Laure
et Charles, qu'on n'a pas vus ensemble depuis des
années, les Jacquelin de Craonne, autre couple en vue,
en personnages des contes de Perrault, et même Raoul
d'Andrésy, au bras de Raymonde de Saint-Véran.

Un jeune universitaire italien grimpera ce soir-là
au mât de cocagne, Daniele Crespi, promis à une
carrière brillante – il dirigera l'Istituto Veneto à un
âge où il sera devenu moins souple. Le petit orchestre
de la place et les musiciens des salons joueront ensemble, ou à peu près, car la cacophonie participe à la
joie. Une chenille d'invités entraînera les Vénitiens
dans ces salons sur lesquels on a fantasmé en ville
depuis des mois, ce sera un joyeux cotillon, ils en
parleront encore avec leurs petits-enfants. Même cette
liesse spontanée, qui allait tant faire pour sa gloire,
Don Carlos l'avait prévue.

Le Campo San Geremia était déjà illuminé. Carlos
s'entendait bien avec le maire, et avec le curé, un cher
saint homme qui se chargeait lui-même d'allumer les
spots du campanile les soirs où il y avait des dîners

sur la terrasse pour que le coup d'œil soit plus beau.
Il passait souvent, vers minuit, boire un *canarino*.

Des potiches « bleu et blanc » au-dessus des portes,
des dorures sans profusion, des argenteries, des épaves
de grandes maisons venues de France, d'Espagne et
d'Italie : pendant cinq ans, tout avait conflué vers le
Labia, en bateau, en train, en camion… Les plus
grands antiquaires du continent avaient mis de côté,
repéré, rabattu du gibier pour le compte de « Monsieur de Beistegui » : tout avait trouvé sa juste place,
comme les compléments et les subordonnées dans une
phrase proustienne qui se déroulerait sur toute une
page, dans un ordre parfait, comme si le palais avait
déjà existé, autrefois, dans le cerveau de son créateur.
Il avait disposé dans l'architecture du salon rouge de
grands tableaux de Panini, peut-être pas de la main
de l'artiste, mais qui savait vraiment, au XVIIIe siècle
déjà, ce que Panini peignait lui-même dans ses compositions colossales avec leurs cascades d'architectures
imaginaires. Il avait voulu à côté, en contraste, le salon
des tapisseries des Indes, la chambre de parade avec
son baldaquin acheté dans un palais à Lucca, le salon
des tableaux accrochés sur le décor en stuc, et le salon
des jeux où nul n'avait jamais joué, le salon des soieries
et, pour finir, blanc et noir, sortie d'une gravure fan-
tastique un peu terrifiante, la salle des amiraux de la
République – une invention pure dont il avait dessiné
lui-même les détails, avec des obélisques, des rostres
et des voiles, pour la plus grande gloire de la Sérénissime, et pour la sienne.

La salle des fêtes ne pouvait pas souffrir les
meubles. Ni leur poids, ni leur aspect, ni aucune de
leurs fonctions. Cette salle ne devait servir à rien

d'autre qu'à des fêtes. C'est elle que Don Carlos faisait découvrir en dernier à ses hôtes. Avant d'y parvenir, il fallait déjà avoir été vingt-trois fois mort d'admiration en traversant les vingt-trois salons précédents, avoir hurlé de jalousie, d'admiration, de surprise, avoir expiré à nouveau dans le grand escalier. Dans cet ultime salon, au centre du palais, aucun tableau.

La salle, haute de dix mètres, était peinte par Tiepolo et c'est elle qui donnait son thème au bal. Ce n'était qu'une fresque, déroulée sur les murs comme une tapisserie. Au fond, Cléopâtre débarquait à Tarse comme si elle était déjà Liz Taylor, avec Marc Antoine à ses côtés. La reine d'Égypte festoyait, sans doute jetait-elle dans son vinaigre une de ses plus belles perles pour s'éclaircir le teint et elle engueulait Richard Burton. Aucun aspic encore, la reine de cette soirée se devait d'être immortelle. Cette nuit, elle sera incarnée par Diana Cooper au bras de Fred de Cabrol. Du haut des fenêtres percées dans les murs de la salle, qui donnaient sur les salons de l'étage supérieur, apparaissait le décor que Don Carlos avait réussi pourtant à imprimer à cette pièce triomphale sans en rien changer, sans la surcharger, mais qui lui donnait ce « style Beistegui » : huit lustres accrochés à des hauteurs différentes, un menuet de cristaux anciens et de bougies électriques, invention toute récente.

Ce palais, il l'avait trouvé en morceaux, en 1948, dans Venise à l'abandon, dans une Italie en miettes, dans une Europe en sang. Il lui avait rendu son honneur, l'avait transformé en une maison digne d'un prince, comme au temps des doges, mieux même – certains doges étaient aux yeux de Charlie un peu, comment dire, « rustiques »... Il n'avait pas pris le temps de se faire beaucoup d'amis ni de se rendre sympathique, il avait séduit des femmes pour vivre selon son standing, sans les aimer semble-t-il, il se fichait bien de la vie des autres. Ce qu'il aimait c'était ses collections, ses meubles, son argenterie, ses tableaux, ses tapisseries, la manière dont il allait agencer, composer, accrocher, décorer, combiner tout cela, comme un artiste qui se voue à ses œuvres. Carlos inventait un art qui n'avait jamais existé seul : l'art du décor. Jusque-là, un décor c'était le décor de quelque chose, avec lui le décor devenait l'essentiel, et cette fête allait lui donner tout son sens. Pour que ce soit parfait, il fallait que le palais soit rempli, avec des visages rares et des visages connus, des costumes d'autrefois, des costumes cubistes et des costumes surréalistes, pour que ce XVIIIᵉ siècle de songe devienne une œuvre d'aujourd'hui.

Le palais Labia est le seul palais de Venise qui ait trois façades. D'ordinaire une seule façade sur le canal suffit à manifester la puissance et le faste. Ici, on peut tourner autour. Carlos a d'abord sauvé les façades, ensuite il a reconstruit l'intérieur. Il disait : « Il faut toujours sauver la façade, la façade vous sauvera. » Une philosophie de la vie. L'achat de la maison voisine lui avait permis de créer des ascenseurs, des dégagements, des chambres en plus, d'ouvrir une terrasse décorée de panneaux de porcelaine dignes de Louis XIV et de cactus de métal dans des pots de théâtre, dessinés pour évoquer sa famille mexicaine au temps de l'empereur Maximilien et de l'impératrice Charlotte. Surtout, il avait évidé deux étages pour s'offrir un autre grand salon, le pendant du salon de Tiepolo, où il avait fait copier une horloge du palais des Doges et transporter des peintures murales venues d'Angleterre inspirées par de grands décors italiens. Il les avait arrachées au duc de Northumberland qui était aux abois, elles copiaient un décor de Carrache et un autre de Guido Reni, c'était à la fois très romain et glorieusement anglais, surtout, désormais, c'était à lui. L'ensemble avait l'air d'être une des parties les plus anciennes du palais, comme si ces fresques on les avait retrouvées sous le badigeon alors qu'elles avaient pris l'avion, en caisses, pour venir ici. Il avait tout fait faire, en surveillant depuis Paris et en écrivant cinq à six lettres par jour où il détaillait tout. Puis il avait meublé, en mélangeant les époques et les styles, les copies et les originaux, pour que cela ait ce grand air seigneurial qui lui convenait.

Pour rendre réelle sa maison de Venise, il avait parcouru la vieille Angleterre : c'est là que se cachaient, dans les manoirs ruinés, les plus beaux tableaux vénitiens à vendre dans les années d'après guerre. Au passage il avait acquis un beau Reynolds qui avait eu la chance de passer à sa portée au bon moment et des paysagistes britanniques qui savaient, comme les Vénitiens, apprivoiser la nature. Il avait installé des meubles authentiques entre deux ou trois faux, encore plus beaux. Il avait acheté le lot des livrées des valets du duc de Hamilton pour le célèbre bal qu'il offrit à Bruxelles, en l'honneur de Wellington, la veille de Waterloo. Pour Don Carlos, ce serait Austerlitz ou rien. Dans le salon des Tapisseries, toutes issues de la suite qui composait la célèbre tenture du *Triomphe de Scipion*, il avait placé un Louis XIV équestre en bronze sur un socle de marbre, qui lui ressemblait un peu. Dans quelques minutes, les invités arriveraient en gon-

doles – toutes les embarcations de la ville ont été mobi-
lisées, les admirateurs se pressent aux rives du canal
pour faire les premières photos.

Au centre du salon de l'Horloge, sur une table
en pierres dures de Florence, une réplique ancienne
d'un des quatre chevaux de la basilique Saint-
Marc parade devant deux portraits de doges, terri-
fiants, dans des cadres ovales qui n'adoucissaient pas
leurs traits. Demain, Christian Dior, qui signe quelques-unes des plus belles robes – celle que portait
Zita Chalitzine, au bras du compositeur Kurt
Warum –, lui dira que c'est le coup d'œil qu'il avait
trouvé le plus bluffant.

Dans les étages, il avait fait fabriquer des canapés
en série, des rideaux à grands carreaux bleus et blancs
dans des tissus rugueux et pas chers, les salles de bains
contenaient les peignoirs les plus moelleux, cela avait
un chic fou et tout le monde, dans l'année qui allait
suivre, de Chatsworth à Brasilia, l'aura imité.

La vraie raison de ce bal, salué comme un acte gratuit par tous les chroniqueurs mondains, mal compris
par les artistes qui ne surent pas y voir un happening,
une vraie installation, une des œuvres d'art les plus
fortes du second XXe siècle, une des plus absolues mani-
festations de la fin de la guerre mondiale, lui seul la
connaissait.

Le constructeur, le premier Labia, était célèbre
pour avoir jeté de la vaisselle d'or par les fenêtres afin
d'éblouir les sénateurs de Venise – et pour avoir fait
placer des filets pour récupérer ses assiettes. Tout
corps plongé dans un canal, à Venise, finit par remonter. L'anecdote depuis traîne dans tous les livres.

Don Carlos joue avec sa canne. D'un coup sec, dans une heure, il ouvrira la danse en frappant les trois coups.

Dans la bibliothèque, une heure avant le début du bal, les sept masques sont réunis. Ils attendent, déguisés. L'un a repris l'habit et le chapeau à large bord de Vivant Denon dans son plus célèbre portrait, un autre s'est grimé comme une sorte de Cagliostro, son voisin a un costume de Chat botté, avec un masque à longues moustaches, le quatrième porte l'habit noir de *L'Homme au gant* du Titien, les autres sont en perruque et talons rouges.

Ils sont venus au bal pour pouvoir être ensemble, dans cette pièce, sans attirer l'attention. Au-dessus des bustes de marbre et de porphyre des premiers empereurs de Rome, des appliques de bronze éclairent à peine le cuir de Cordoue mordoré des murs. Le plafond est un des plus beaux de la demeure, il est d'origine, à peine rafraîchi. Dans des caissons de bois doré aux immenses motifs héraldiques, les peintures racontent le triomphe de cette famille Labia, venue d'Espagne et qui réussit à inscrire son nom sur le « livre d'or » de la noblesse de Venise, qui ne s'ouvrait jamais aux étrangers. Sur la table couverte d'un épais velours vert, une grosse lampe bouillotte un peu bourgeoise, style salle à manger Louis-Philippe dans un château de Touraine, tempère le côté hautain du décor. Quelques volumes sont posés là, qui racontent l'histoire des familles nobles de la ville. Autour de la table, huit chaises sur un tapis de Smyrne : une seule est vide. Don Carlos entre et tous se lèvent. Comme il ne porte pas de masque, les sept enlèvent le leur. Paul Morand, qui a raconté la scène dans une page retranchée au dernier moment de la première édition de son *Venises*, dit que personne ne souriait. Il devait avoir pris son air de bouddha énigmatique, un bouddha en perruque à rouleaux sous l'abat-jour. Tous écoutaient.

« Voici, messieurs, le tableau que, pour vous remercier de m'avoir fait l'insigne honneur de m'admettre dans votre illustre cénacle, j'ai décidé de vous offrir. Tant que je vivrai à Venise, il restera dans cette bibliothèque où chacun de vous pourra venir écrire, lire et travailler. Quand je partirai, car je me lasse, vous savez, assez vite, et de tout, libre à vous de le transporter dans votre fort, je crois qu'il aura fière allure parmi vos livres et vos collections. Il est à vous. Ne me demandez pas comment je l'ai acquis. Vous direz que c'était un des tableaux qui se trouvaient dans ma famille, mais qui pourrait vous poser des questions ? Je ne sais pas qui en est l'auteur, mais je vous prie de croire en mon œil. C'est un tableau qui ne se révèle pas au premier regard, il est fort beau. Ce sera ma contribution, moi qui n'ai jamais rien écrit, à ce que j'aime le plus au monde, avec la peinture et les beaux objets, la littérature française. »

Au mur, dans la pénombre, un grand cheval blanc frémit dans un cadre d'or.

TROISIÈME PARTIE

Les lions de Venise

« Je ne raconterai point Venise dont tout le monde a parlé.
[…] Le palais Labia, une ruine, montre peut-être
la plus admirable chose qu'ait laissée Tiepolo. Il a peint
une salle entière, une salle immense. Il a tout fait,
le plafond, les murailles, la décoration
et l'architecture, avec son pinceau.
Le sujet, l'histoire de Cléopâtre, une Cléopâtre
vénitienne du XVIIIᵉ siècle, se continue sur les quatre faces
de l'appartement, passe à travers les portes,
sous les marbres, derrière les colonnes imitées.
Les personnages sont assis sur les corniches,
appuient leurs bras ou leurs pieds sur les ornements,
peuplent ce lieu de leur foule charmante et colorée.
Le palais qui contient ce chef-d'œuvre est à vendre, dit-on !
Comme on vivrait là-dedans ! »

Guy de Maupassant, *Venise*,
article paru dans *Gil Blas*, 5 mai 1885.

1

Brutal retour
dans la galerie des Glaces

Galerie des Glaces,
jeudi 1er juin 2000, au petit matin

Pénélope se réveille. On a dû la droguer. Ses jambes
engourdies ne la soutiennent plus. Elle distingue une
blonde dans une glace. Elle ne se reconnaît pas dans
le miroir en face d'elle. Elle porte des vêtements qui
ne sont pas les siens. Un jean trop large, une chemise
blanche, une chemise d'homme. Elle s'assied. Ouvrir
les yeux est une souffrance. Sa première esquisse de
pensée est pour se dire que ses cheveux sont secs, déjà
ça, et qu'elle n'a plus de chaussures. Elle est dans la
galerie des Glaces. Quand on emprisonne quelqu'un,
on le met plutôt à la cave, dans un garage à Sarcelles
ou une bergerie corse entre Cargèse et Sagone. Pas à
Versailles.

Une lumière du matin baigne les dorures, les peintures du plafond… Pénélope regarde, se demande si
elle rêve. Elle s'endort un instant. Revient à elle. Ce

que ses yeux lui montrent, tout là-haut, des personnages en costume, des nymphes généreuses, elle n'a
jamais vu cela. Le plafond peint par Le Brun pour la
gloire de Louis XIV a été chamboulé, on y a introduit
les personnages de son hallucination, des Vénitiennes
volées aux plafonds de Tiepolo. Elle rêve, c'est de la
drogue, c'est sûr. Ce n'est pas si désagréable.

Ses jambes s'agitent dans les cordes qui les entra-
vent. Elle a été attachée et posée là comme un paquet.
Elle se dit qu'elle va bien. C'est Versailles qui ne va
pas. Ou ses yeux. Comment peut-on tomber dans un
canal à Venise, se noyer, et se réveiller à Versailles ?
Avec toutes ses vertus, sa gentillesse, ses qualités de
cœur elle doit être au paradis, bien mérité. Au jour
du Jugement, on n'a pas dû tenir compte de ses ros-
series, de ses vacheries et de ses crises, on n'a pas dû
savoir là-haut qu'elle avait trompé Wandrille avec
Carlo, « on » a bien fait. Pénélope a bon fond – elle
jouirait quand même mieux de cette ultime félicité si
elle n'avait pas les mains liées dans le dos avec des
cordes et les jambes saucissonnées. Si en plus ça doit
durer l'éternité…

Elle s'assied. Tourne la tête. La lumière est celle
du petit matin, les équipes de surveillance vont arriver, avec Médard, le responsable de la sécurité des
Grands Appartements, elle va être sauvée. Dans deux
heures, des centaines de touristes seront ici. Versailles
c'est la certitude de retrouver la liberté, et même
mieux, la vie de bureau, à l'étage de la conservation.
Pourquoi alors l'avoir ligotée, chez elle ? Cela n'a
aucun sens. Effet du narcotique sans doute, la galerie
semble plus longue, elle a l'air d'avoir été déformée
en largeur aussi, les proportions chavirent, tout bas-

cule. Pénélope retombe allongée parmi les reflets qui vacillent.

Ce plafond n'est pas celui de la galerie des Glaces. Elle en connaît par cœur chaque détail. Elle n'est pas dans la galerie des Glaces. Même si ces marbres, ces fenêtres… Les torchères non plus ne lui disent rien, on les aurait changées en son absence, en une semaine ? Pour celles-ci, qui ne correspondent à aucun état historique du château des rois ? À ses côtés, à quelques pas, elle entend qu'on bouge.

Pénélope n'a pas le temps de réfléchir plus, elle lève un peu les pieds, effectue un demi-tour complet. Elle n'est pas seule sur ce parquet ciré. Un autre paquet gît là : Rosa Gambara, ficelée elle aussi, un petit gigot qui regarde dans sa direction.

Pauvre Rosa, victime comme elle. Pieds nus, décoiffée. Pénélope rampe dans l'odeur de la cire fraîche, arrive jusqu'à elle, la frôle. Si elle arrive à dénouer les liens de son amie, elles seront sauvées toutes les deux. Avec ses dents, Pénélope tente de défaire les cordes qui retiennent les bras de Rosa, qui gémit. C'est possible, elle va y arriver, il n'y a qu'un seul nœud, plutôt mal fait. Rosa comprend, cesse de se débattre pour ne pas serrer encore plus l'entrave.

Il a fallu dix minutes à Pénélope pour libérer sa compagne. Elle sent dans sa bouche le goût du chanvre. Le soleil est désormais bien clair dans l'immense pièce historique. Pénélope n'a plus de force. Elle retombe, reste allongée au sol. Pourquoi les équipes de nettoyage du matin n'arrivent-elles pas ? Rosa, qui maintenant a les mains libres, arrache son bâillon, puis dénoue avec douceur celui de Pénélope.

Pénélope parle la première, émue et heureuse d'être libérée, elle se lance en arrachant les cordes de ses jambes :

« Je suis tombée dans le canal, devant chez vous… Comment …

— Moi aussi ! Je venais vers vous, on m'a poussée…

— On a voulu nous tuer toutes les deux, Rosa. C'est moi qui vous ai mise en danger, par mon silence. Wandrille avait décidé de ne rien vous dire. J'étais de son avis. Si je vous avais parlé, on aurait pu agir ensemble. Vous et moi, nous en savons trop. Wandrille venait de sortir pour aller chercher Craonne, et moi… »

Pénélope n'arrête pas de prononcer le nom de Wandrille. Elle évite de trop revoir le visage de Carlo. Qu'est-il devenu ? Est-il lui aussi ligoté quelque part ? A-t-il pu s'échapper ? Pourquoi ne les a-t-il pas secourues ? Il était sur le *campo*, il l'attendait, il avait téléphoné, il avait dû tout voir.

Pénélope n'arrive pas à courir, elle titube d'un bout à l'autre de la galerie, les issues bien sûr ont été fermées. Rosa n'a pas bougé, elle s'est simplement appuyée à un des murs de miroirs. Pénélope essaye d'ouvrir la fenêtre, elle n'y arrive pas, les crémones de bronze sont monumentales et elle est trop faible. Dehors, les jardins sont étranges, elle ne les reconnaît pas. C'est beaucoup pour elle, en cinq minutes, elle n'en peut plus. Elle retombe assise.

Pénélope se dit qu'il faut agir, ne pas se laisser sombrer à nouveau, comme dans ce canal ; son cerveau se désembrume, se désembourbe, ses jambes se dégourdissent, elle tousse, elle tousse beaucoup.

Elle raconte, à voix très basse, comment Wandrille et elle ont retrouvé Craonne dans le fortin. Rosa écoute. Elle ne savait pas que Craonne était à Venise. Elle approuve Pénélope et Wandrille d'avoir décidé de l'aider, le pauvre homme. Jusqu'à cette promenade fatidique, le long du canal. Pénélope raconte tout, entre quintes de toux et sanglots. Elle se sent heureuse d'avoir avec elle cette femme qui l'écoute, qui la réconforte.

Rosa ne pensait pas que Craonne pouvait avoir envie de revenir en ville. À Paris, il était mieux protégé. Selon Pénélope, le vieil écrivain ne peut pas être derrière tout cela. Ou alors il faut supposer qu'il a une troupe à ses ordres capable d'organiser des guets-apens.

« Pénélope, on nous a agressées. On avait commencé par une menace, cette tête de chat. Maintenant on nous attaque vraiment. Où est Gaspard ? Il va s'apercevoir que je ne suis plus dans la maison… C'est lui qu'ils vont chercher à éliminer.

— Pas certain… Craonne plutôt. Mais pourquoi étiez-vous sortie ?

— Pour vous voir, on m'avait appelée, un jeune homme à la voix qui tremblait un peu, un de vos amis, qui s'est présenté comme un historien de l'art italien, un intervenant du colloque… »

Pénélope se sent trahie, abandonnée. Comment avait-elle pu tomber dans un piège si évident ? Pauvre fille. Carlo la manipulait. Mais que venait-il faire dans cette histoire, quel intérêt avait-il à tout cela ?

Elle se sent vide, trop fatiguée pour réfléchir de manière logique. Elle doit faire un effort violent pour cesser en deux secondes d'être vaguement amoureuse de ce Carlo, pour le regarder comme son ennemi. Il avait voulu passer trois heures dans ses bras, dans cette chambre ridicule, pour la jeter à l'eau le soir même. Elle était incapable de croire que c'était vrai. Et qui les avait repêchées ? Qui avait voulu qu'elles aient la vie sauve ?

On voulait leur faire peur. Mais pourquoi Carlo ? Et quand il faudrait tout raconter à Wandrille, lui expliquer… Il la mettra à la porte, c'est sûr. Ils vont rompre. Et ça sera sa faute. Et ça sera bien fait. Et pas de quoi pleurer.

Pénélope finit, à bout de fatigue, par tout raconter à Rosa : les confidences de Craonne, le Rembrandt disparu, la nuit passée avec Carlo qui était en fait un après-midi, sans donner trop de détails quand même, elle était consentante, bien sûr, mais rétrospective-ment c'était comme s'il l'avait obligée à faire ça. Elle raconta les soupçons qu'elle avait nourris successive-ment envers Gaspard, envers Craonne, envers Wan-drille lui-même, une fraction de seconde.

Surtout, elle ne comprend rien à cette histoire. Rosa l'écoute avec passion et ne l'aide pas beaucoup. Elles ont oublié le décor, Versailles, les gardiens et le public qui vont arriver dans les minutes suivantes. Pénélope s'effondre. Elle se livre et laisse comprendre à la Vénitienne que depuis ces derniers jours, elles ont beaucoup parlé entre elles et que Pénélope s'était bien gardée de lui livrer le fond de cette affaire.

Pénélope se reprend, pour la dixième fois depuis une heure : il faut se battre. Wandrille a vu qu'elle avait disparu, Gaspard a certainement signalé l'absence de Rosa dans le *palazzo*, elles devraient maintenant voir apparaître celui qui les a sauvées – qui ne leur veut pas que du bien, et qui doit avoir à sa disposition tout un réseau, pour entrer comme cela dans la galerie des Glaces. Et il y a de fortes chances que ce soit celui qui depuis le début cherche ce tableau de Rembrandt, le veut, et a besoin de les faire parler. Si on les a sorties de l'eau, c'est pour apprendre ce qu'elles savent. Elles détiennent des informations que leur ravisseur n'a pas, donc des armes. Mais lesquelles ? Il faudra le moins possible parler devant lui. Attendre ses questions. Les éluder. Gagner du temps. Il doit se dévoiler. À ce petit jeu psychologique, Pénélope sent qu'elle pourrait être assez bonne – si elle n'avait pas ce mal de crâne, si elle n'avait pas pris un bain d'eau glacée.

Rosa se lève, la regarde, change de visage.

Pénélope écoute médusée la romancière si célèbre, l'icône littéraire de la télévision qui s'avance vers une des portes de la galerie, sort une clef de sa poche, ouvre, et déclare :

« J'ai entendu ce que je voulais entendre et je vous remercie, mon petit chat. Vous êtes très mignonne. Juste un peu naïve, mais ça s'arrangera. Comme vous avez dû le voir à de nombreux détails, ici ce n'est pas Versailles, je ne suis pas Rosa Gambara, et vous n'êtes peut-être pas non plus Pénélope Breuil. »

2

Un caprice de Louis II

Pénélope ne pense plus qu'elle rêve. Elle pense qu'elle est devenue folle. C'est le réel, elle s'est libérée vaille que vaille de toutes ces cordes, elle est à terre, elle a mal. Debout, la femme en robe noire qui lui parle a le visage dur, un sourire qui n'est plus tout à fait celui de Rosa, sa nouvelle amie, qu'elle commençait à apprécier, qu'elle trouvait si chaleureuse. Cette femme s'en va. Elle claque la porte et la laisse seule.

Pénélope se lève.

C'est elle, Rosa Gambara, cela ne fait aucun doute, pourquoi veut-elle lui faire croire qu'elle est une autre, et lui dire qu'elle n'est plus elle-même ? Pénélope ne tombera pas dans le piège, tout cela est une mise en scène pour lui faire perdre la raison. Il en faudrait plus. Pénélope compte sur son esprit rationnel, qui ne lui a jamais fait défaut. Elle voit flou, elle n'a plus qu'une lentille de contact, une chance encore, heureusement qu'elle les avait mises pour aller rejoindre Carlo cette nuit… Carlo ! Si elle y était allée en lunettes, elle les aurait perdues, elle serait encore plus égarée. Elle ferme un œil. Il faut commencer par le plus simple. Avant « que faire ? », « pourquoi ? », « comment s'en aller ? », il y a « où suis-je ? ». Elle se met à la fenêtre au centre de la galerie et regarde les jardins.

Ce paysage n'est pas celui de Versailles. Elle l'a déjà vu en photo. Elle n'a aucun doute. Ce lac à l'horizon, ces sculptures, ces bouquets d'arbres qui ne montrent aucun des stigmates de la tempête de cet hiver…

Pénélope comprend : elle est dans ce célèbre château de Herrenchiemsee, en Bavière, cette folie construite par Louis II pour surpasser Versailles, sur une île, avec une galerie des Glaces plus vaste, où il pouvait tout à son aise dialoguer avec ses fantômes préférés, ceux de Louis XIV et de Marie-Antoinette.

La question est simple. Qui est assez fou aujourd'hui pour jeter une femme dans un canal à Venise, la repêcher, et en une nuit la conduire en Bavière ? D'où une seconde question : dans quel but, que veut-on obtenir d'elle ? Première réponse : celle qui a organisé tout cela, son adversaire qui a tout fait pour qu'elle devienne son amie, à laquelle elle vient de dire absolument tout ce qu'elle savait, sans rien lui cacher, c'est Rosa Gambara. Avec probablement Carlo comme complice. Celui-là, il faudra que Pénélope le tue de ses propres mains et que ses souffrances soient bien lentes et d'une cruauté raffinée. Elle pourrait, par exemple…

Pénélope vient de s'approcher de la porte par laquelle la Gambara est sortie. Elle la pousse. Aucune résistance. Elle est ouverte. Et la première chose qui apparaît, c'est un gigantesque portrait de Louis XIV en costume de sacre dans un grand cadre en pâtisserie.

3

Pénélope Wittelsbach

Herrenchiemsee,
le jeudi 1er juin 2000

« Bienvenue à Herrenchiemsee. Vous avez mis du temps à pousser cette porte. Alors, vous trouvez que le roi Louis II avait mauvais goût ? Il a inventé deux styles, le gothico-wagnérien, très sombre, pour la montagne, et le style Louis-choucroute clair, blanc et or, comme ici. Ce n'est pas si mal, c'est un peu plus spacieux que votre Galerie à vous, on a ici l'escalier des Ambassadeurs copié à l'identique alors qu'à Versailles il n'existe plus, nous sommes dans la chambre du Conseil, regardez de près, les miroirs sont de bien meilleure qualité ! Il n'y a pas de Grand Canal, mais Louis II sur le lac avait sa gondole. C'eût été une excellente conclusion pour votre communication, vous pourrez l'ajouter au texte que vous enverrez pour la publication des actes du colloque. »

Dans le salon rococo, Rosa est assise derrière un bureau qui imite avec emphase le XVIIIᵉ siècle français.

Elle joue négligemment avec une règle de cristal. Pénélope la regarde et réplique :

« C'est plus grand mais c'est moins chic.

— Vous n'aimez pas le goût des Wittelsbach ? Petite fille, vous ne regardiez pas *Sissi* ? Jeune fille, vous n'avez pas vu *Ludwig* de Visconti ? Romy Schneider seule dans cette galerie, qui éclate de rire ? Vous n'aimiez pas la crème fouettée ? J'avais bien vu que vous aviez quelques lacunes culturelles. Vous êtes jeune. Je me sens chez moi ici. Nous sommes seules pour encore dix minutes. Il est huit heures du matin. Le conservateur est un ami. Je prépare un tournage ici, on me laisse entrer, avec mes assistants, vous les connaissez, mes trois Polonais, et on ne fouille pas les malles qu'ils transportent. On s'est installés dans la galerie vers six heures, j'avais pensé que l'idée vous charmerait.

— C'est trop délicat.

— Dans dix minutes, ce sera la ronde des gardiens, et dans une heure, le public. Cela marquera la fin de notre charmante intimité. C'est très visité Herrenchiemsee, vous savez, tout le monde ne partage pas votre dédain. Au moins, les glaces ne viennent pas de Venise, ils n'ont jamais su faire de glaces à Venise, passé un siècle, elles sont toutes piquées, alors qu'ici, regardez, l'artisanat bavarois triomphe, tout est comme au premier jour. En Bavière, nous travaillons le cristal et le verre. Vous connaissez ce trésor de votre musée de l'Homme, la tête de cristal des Mayas ?

— Digne du Graal d'Indiana Jones. Un faux grossier.

— En effet, l'étude au microscope de la surface montre qu'on a utilisé pour sa fabrication des molettes de polissage du cristal. On vient de prouver qu'il s'agit d'un travail bavarois de la fin du XIXe siècle. Mais c'est beau, non ? Un crâne en quartz, comment a-t-on pu penser que cela avait quelque chose à voir avec les Mayas ! Vous auriez préféré que je vous réveille sous le plafond de Tiepolo du Venice Hotel de Las Vegas ? Il n'est pas mal non plus, je vous aurais fait croire que vous étiez au palais des Doges…

— Je voudrais surtout que vous cessiez ce bavardage et que vous m'expliquiez ce que je fais ici. Maintenant que je vous ai raconté tout ce que je sais…

— Oui, merci, je vous avais imaginée plus coriace. Vous avez tout raconté tout de suite, ça m'a presque déçue. Vous aviez besoin d'être réconfortée, petite fille. Asseyez-vous, allez, Pénélope, j'ai été un peu rude avec vous, je me suis amusée, il ne faut pas m'en vouloir, j'aime avoir de petites crises de délire en cinémascope. Mais, en effet, il faut qu'on parle. Il est un peu trop tôt pour qu'on aille boire des bières toutes les deux, ou des Spritz, vous savez qu'on en fait aussi ici, on n'est pas loin de Venise, mais je peux vous offrir un café bien fort, un vrai café italien, et vous allez m'écouter bien sagement, Pénélope Wittelsbach.

— Non.

— Je suis avec vous, Pénélope. Vous devez me croire, de toute manière vous n'avez pas le choix ! Je voulais juste savoir si je pouvais avoir confiance.

— Vous êtes folle. Folle à lier.

— J'avoue. Mais je sais ce que je fais. Je vous aime bien, Pénélope. J'avais besoin d'être en sécurité avec vous et je sentais que vous ne vidiez pas votre sac. Vous vous êtes méfiée de moi.

— Vous m'avez jetée dans un canal. J'ai failli mourir.

— C'était le seul moyen. Un peu théâtral, c'est vrai.

— Laissez-moi partir. Je ne veux plus vous voir.

— Les Polonais vous ont repêchée en moins d'une minute. On vous a donné des calmants, un petit narcotique, ma cuisinière vous a même douchée dans sa baignoire. Les canaux ne sont pas très propres malgré toute l'eau de lessive qu'on y déverse pour leur donner cette teinte vert pâle si poétique le soir. Vous dormiez comme une princesse sur la banquette arrière de ma voiture. On a aussi sauvé vos chaussures. Je les ai cirées moi-même, elles sont comme neuves. Moi j'ai de bonnes raisons d'être fatiguée, j'ai conduit toute la nuit. Venise-Munich, ça n'est pas si loin, mais quand même. On a fait halte à Bolzano, il y a un joli arc de triomphe construit pendant la guerre, des sculptures de toute beauté, j'ai failli vous réveiller. »

Pénélope hurle. Elle n'a plus aucune confiance. Elle se retient de frapper Rosa. Elle serre le poing. Il faut qu'on lui rende son téléphone, ou qu'on lui en donne un autre – ces brutes de Polonais ne doivent pas savoir réparer un portable tombé dans un canal –, et qu'elle appelle Wandrille, de toute urgence.

Rosa continue :

« J'exige de vous une confiance absolue, de droit divin, comme la monarchie française. Pour vous le prouver, à mon tour, je vais tout vous raconter.

— Je ne vous crois pas, je ne vous écoute pas. Je veux partir d'ici.

— Ma jolie ! Vous ne pouvez pas. Ce tableau de Rembrandt appartenait à ma famille et nous avions dû le vendre, après la guerre, à un usurier de Venise, un homme horrible, qui a fait mourir ma mère de chagrin et d'angoisse. Il nous faisait chanter. Il voulait le Rembrandt ou il dénonçait ma mère pour de prétendues menées pro-fascistes et antisémites.

— Elle avait des raisons de se sentir menacée ? Et cet usurier, comme vous dites, il était juif ?

— À la bonne heure, je croyais que vous n'écoutiez pas. Je pensais que le tableau avait disparu, qu'on le reverrait dans une collection américaine, un jour, et que nous ne pourrions que regretter l'époque où il était dans notre salon de musique, cette jolie pièce d'angle que mes Polonais viennent de repeindre dans une couleur taupe dont je suis vraiment très contente, vous verrez. »

Entre ses ouvriers polonais et son équipe de télévision cette folle dispose de sbires à sa solde, elle est habituée depuis son enfance à voir satisfaits tous ses caprices. Wandrille lui a raconté les ragots de Wanda Coignet sur l'origine du Palazzo Gambara, acquis sous Mussolini, à l'époque où les enfants défilaient en uniforme sous l'arc de triomphe de Bolzano.

« Pénélope, mettez-vous à ma place, j'ai eu un choc, le jour où j'ai été adoubée dans le fortin, quand je suis devenue la seule femme du cercle des écrivains français de Venise, leur Yourcenar, en plus mince. Les écrivains n'y vont plus beaucoup, la promenade en bateau est longue et le confort rudimentaire. Craonne était déjà le grand maître, il avait déjà l'air vieux. Il avait trouvé trois ou quatre auteurs qui se trouvaient là en même temps, et m'avait conviée à une sorte d'investiture. Rien de bien sérieux. Il avait ouvert des bouteilles. Mais la première chose que j'ai vue, c'est lui, mon tableau.

— Aujourd'hui, il y a un crochet et une large trace sur le mur vide.

— Il était là, au fond de la pièce, j'ai reconnu tout de suite le cheval blanc, on avait changé le cavalier, c'était devenu une sorte de mauvais tableau espagnol, un peu mal peint. Un homme avec un chapeau rabattu, une moustache, une horreur, mon tableau défiguré.

— Ce n'était pas votre Rembrandt ? On est loin d'un sujet biblique... Si c'était un autre tableau ?

— Mêmes dimensions, mêmes lumières. Comme j'avais pu le regarder quand j'étais enfant ! Je dessinais ce cheval, les reflets de sa robe, ses yeux, ses jambes, ses cuisses, je le connaissais par cœur, on ne pouvait pas me tromper. Quand j'ai eu à ma disposition une des clefs que les membres du club se partagent, je suis revenue, seule. J'avais pris un peu de solvant, que l'assistant de Lamberti, Alberto, m'avait donné, pour faire un essai, un sondage comme disent les restaurateurs de peinture. J'ai pris un escabeau, j'ai dégagé deux centimètres carrés au niveau des plumes du chapeau. J'avais deviné juste, il y avait mon tableau sous leur tableau.

— Et vous l'avez repris.

— Non, je voulais... Je ne savais pas comment faire, ni quand. On me l'a repris. Il avait été vendu, je vous l'ai dit, je n'avais plus aucun droit légal sur cette toile. Ma mère avait été obligée de signer un acte en bonne et due forme, sous la contrainte, et pour une somme ridicule, le papier spécifiait "copie du XIXᵉ siècle d'après Rembrandt". Inattaquable. Et si le tableau, trente ans plus tard, était déclaré authentique…

— En effet, si la vente était légale, vous n'aviez plus qu'à vous lamenter. Votre mère avait elle-même signé le document disant qu'il s'agissait d'une copie…

— Mais une copie de quoi ! Une copie ça veut dire qu'on connaît un original ! Et l'original, nous l'avions, c'était lui. Personne ne l'avait vu, notre Rembrandt…

— Qui avait fait maquiller le tableau ? Qui était au courant ?

— Je n'en sais rien, Pénélope… C'est un tableau qui depuis le début n'a appartenu qu'à des femmes, ma mère me le disait toujours, de femme en femme…

— D'où provenait-il ? »

À cette question de conservatrice de musée, Rosa ne répond pas. Comment, dans les rapines dont se rendait coupable l'entourage de Mussolini et le comte Ciano en particulier, ce Rembrandt de la collection Klotz était-il tombé entre leurs mains ? Pour Pénélope, qui buvait son café et sentait qu'elle retrouvait ses sens, la vraie question était ailleurs. Pourquoi ce Rembrandt était-il inconnu des historiens ? Si le tableau était bien du maître, pourquoi n'avait-il pas été photographié dans les années vingt, reproduit dans des catalogues ? On vénérait Rembrandt à cette époque. Si la toile était secrète, il y avait des raisons. Qui était le cavalier ? Le portrait équestre est un genre réservé aux souverains, aux chefs de guerre, aux grands hommes…

« J'avais une carte maîtresse dans mon jeu, Pénélope : mes gentils écrivains français m'ont raconté comment ce tableau leur avait été offert de manière très solennelle par Carlos de Beistegui lors du bal du palais Labia. Un bal qui avait pour vrai but de les réunir tous sans attirer l'attention et de leur faire ce cadeau. À mon avis, c'est lui qui l'avait fait maquiller, et il avait cherché un moyen de s'en débarrasser, de le planquer pour un bon demi-siècle. Moi seule, j'avais vu l'œuvre dans toute sa splendeur, de mes yeux d'enfant, j'en avais été marquée pour ma vie entière. Ce tableau a décidé de ma vocation. Je sais maintenant que sous le cavalier espagnol se cache un Rembrandt, un vrai, un Rembrandt mythique, mon Rembrandt. Où est-il ? »

4

Scène de chasse en Bavière

Munich,
jeudi 1er juin 2000, l'après-midi

« Je vous avais dit que pour l'ouverture de la bien-nale, je serais en Bavière ! Mais dans deux jours, mon émission se fera en direct de Venise.

— Quand vous m'avez attirée… dans votre… piège…

— Oui ? Je vous ai fait téléphoner par Carlo… Je trouve que vous êtes un rien allusive à son sujet. Je croyais que maintenant on se disait tout.

— Vous connaissez Carlo ?

— Tout le monde se connaît à Venise. Non seule-ment je connais Carlo, mais il m'obéit. Ça vous étonne ? Il est en pleine forme, il vous téléphonera ce soir. Il me reste à vous expliquer pourquoi je vous ai conduite si rapidement en Bavière. Nous sommes attendues tout à l'heure à Munich. Quelques-uns des meilleurs spécialistes de Rembrandt au monde travail-lent en ce moment dans la Pinacothèque. J'ai besoin d'eux. Vous allez m'être utile. Je ne suis pas conservatrice, vous savez leur parler, je compte sur vous.

— Pas avant d'avoir appelé…

— Vous voulez prévenir Wandrille ? Ça sert, les petits coups de canif dans le contrat ; dans les jours qui suivent, on ne peut plus se passer de l'autre. Rassurez-vous, Wandrille n'est pas inquiet. Je l'ai appelé dès hier pour lui dire la vérité, je veux dire la vérité sur vous et moi : je vous ai emmenée à Munich pour rencontrer avec moi les membres du Rembrandt Research Project.

— Il était parti à la recherche de Jacquelin de Craonne, dans la nuit…

— Ce gâteux avait fait une fugue, à son âge, un Rimbaud de quatre-vingts ans, votre fiancé l'a retrouvé, pas d'inquiétude. Le professeur Nimbus avait son sac de voyage à la main sur le quai de la gare. Wandrille vous racontera ça lui-même, je n'ai pas compris les détails, venez. »

L'Alte Pinakothek de Munich possède des tableaux que le Louvre pourrait envier. *La Bataille d'Alexandre* d'Altdorfer qui décora un temps, par la grâce de Vivant Denon et des armées françaises, la salle de bains de Napoléon aux Tuileries – un tableau dont aucune reproduction ne peut donner une idée, il faut le voir, avec ses centaines de petits personnages –, l'autoportrait en 1500 de Dürer ou les esquisses de Rubens pour le cycle de la vie de Marie de Médicis. Pendant la guerre, ces chefs-d'œuvre avaient été mis à l'abri. Le bâtiment, qui avait flambé lors des bombardements, n'est plus qu'une carcasse de palais, avec ses briques apparentes alors qu'elles étaient couvertes de fresques à l'origine. Le musée a été réaménagé avec sobriété dans l'après-guerre. Les stigmates de l'incendie sont visibles, il a gagné en grandeur et en dépouillement : l'escalier double, en majesté, sans marbres ni peintures, impose le recueillement.

C'est là que travaillent en ce moment trois grands experts du Rembrandt Research Project. Depuis 1968 ce groupe de chercheurs néerlandais, qui associe de nombreux savants du monde entier, terrifie tous les musées et les collectionneurs de la planète. Pour chaque tableau considéré comme « Rembrandt » dans les catalogues, ils se livrent à une enquête digne de la police scientifique ou de la médecine légale, font des photographies infrarouges, des macrophotographies, analysent les pigments, les supports de toile ou de bois, ils reconstituent dans les archives le pedigree des œuvres et rendent leur verdict : Rembrandt ou élève de Rembrandt – ou pire, « manière de Rembrandt », « toile rembranesque », « copie ancienne »…

Dans la salle des Rembrandt, tous les tableaux ont été décadrés. Les toiles nues sont posées sur des chevalets de bois sombre, montés sur roulettes, style clinique de la Forêt-Noire, le dernier cri de la muséographie scientifique. Les scènes de la Passion sont ce qui frappe le plus Pénélope. Sur d'autres chevalets, à l'extrémité de la pièce, des tableaux d'élèves du maître sont alignés : Ferdinand Bol, Govaert Flinck…

Pénélope sait que pour bon nombre de conservateurs, ces membres du comité Rembrandt sont considérés comme des ayatollahs. Le grand cavalier peint par Rembrandt, le RRP, comme on dit, l'a désattribué. C'est pourtant une toile sublime, *Le Cavalier polonais* qui fait la gloire de la Frick Collection de New York. Sur la 5ᵉ Avenue, il joue des étriers, avec son bonnet de fourrure et son allure de jeune barbare. *L'Homme au casque d'or* de Berlin est toujours un chef-d'œuvre du musée, mais on ne sait plus de qui il est. Au Louvre, le *Philosophe en méditation*, avec son escalier en spirale dans l'obscurité, déjà considéré comme un Rembrandt dans les collections de Louis XVI, a failli y passer : les conservateurs ont tenu bon, l'œuvre est toujours donnée au maître, contre l'avis du comité.

Pénélope est gênée. Rosa, introduite dans la Pinacothèque par son directeur, invité l'an passé dans son émission et qu'elle considère depuis comme un grand ami, la présente au professeur Rothmeyer, patron du RRP. Elle le connaît aussi, semble-t-il. Il travaille sur le panneau de *La Déposition de Croix*, posé à plat, sous la loupe binoculaire. Un Rembrandt nu et cru, sans cadre, sous une lumière blanche, neutre, avec ses boursouflures, ses empâtements, les rugosités de sa surface, ça ne paye pas de mine. Rosa l'interrompt, explique qu'elle est en visite avec une conservatrice de Versailles qui a des questions à lui poser. Pénélope à Versailles ne s'occupe pas des peintures, il n'y a aucun Rembrandt dans les collections, et Rothmeyer sait parfaitement qui travaille sur quoi dans ce petit milieu. Il la regarde pourtant avec bienveillance. Pénélope improvise, sous le regard à la fois tendre et glacé de Rosa :

« Un marchand français possède un tableau, il prétend que c'est un grand cavalier qui aurait figuré dans la collection Klotz...

— Intéressant. Celui-là a disparu pendant la guerre. On n'a pas d'image. C'est une œuvre commandée à Rembrandt par un collectionneur de Mes-

sine qui posséda plusieurs peintures de lui, mademoiselle, vous trouverez cela sans peine dans les catalogues. Ensuite le tableau est passé à sa fille, puis à
sa petite-fille, qui le vendit à Anna Maria Luisa de
Médicis. Le tableau arriva à Florence au palais Pitti,
où il est resté jusqu'au Premier Empire. Il atterrit
alors dans la collection de Joséphine de Beauharnais,
à Malmaison. Mais il ne fut jamais accroché et on
n'en fit pas faire de gravures, c'est, en réalité, une
œuvre un peu mystérieuse.

— Elle a été volée ?

— Non, le tableau est offert par Joséphine à sa
fille, la reine Hortense, qui épousa le pauvre Louis
Bonaparte, roi de Hollande. Il resta dans les collections d'Hortense en exil au mur de son château d'Are-
nenberg, en Suisse, jusqu'au jour où son fils, devenu
Napoléon III, s'avisa de l'offrir à l'impératrice Eugénie. Il resta dans un cabinet des Tuileries qui dépen-
dait des appartements privés, personne ne put le voir.
Après la chute du Second Empire, il échappa de jus-
tesse à l'incendie des Tuileries, il se trouvait accroché
dans une pièce du pavillon de Marsan qui jouxtait
l'aile du Louvre et fut épargné par les flammes. Rendu
à l'impératrice avec quelques objets personnels qui se
trouvaient là…

— La République était bonne fille.

— Il aurait suffi de le séquestrer pour le Louvre.
Il est vendu discrètement car Eugénie avait besoin
d'argent. C'est à ce moment qu'on perd sa trace. Sa
"réapparition" n'est qu'une mention dans le catalogue du fonds du marchand Klotz, saisi par les nazis.
Je n'en sais pas plus, et je serais très content de voir
la toile dont vous me parlez. Ce peut être une décou-

verte. Ce serait à vous de le publier officiellement, dans une revue scientifique, je vous aiderai si la toile franchit le barrage de nos expertises. »

Rosa semble satisfaite. Le contact est pris. Elle est certaine que Rothmeyer n'aurait jamais parlé à une journaliste. Parce que Pénélope est conservatrice, il lui a parlé d'égal à égal. Elle a appris des détails qu'elle ignorait. Cela confirme en tout point ce que lui racontait sa mère : un tableau qui n'a été possédé que par des femmes...

« Regardez, Pénélope, avant que nous ne partions... Ce sont les peintres vénitiens du XVIIIᵉ siècle, vous qui aimez les petits bateaux, celui-ci est mon préféré. »

Rosa avait désigné, dans un angle de cette salle rectangulaire que les visiteurs devaient traverser distraitement, un petit Guardi. Sur le cartel, Pénélope put lire : « *Campo San Geremia.* » Un beau palais se dresse à l'angle d'un canal. Un coin de Venise où Pénélope n'est pas encore allée. Pourquoi Rosa avait-elle voulu attirer son attention sur ce tableau précis ? Dès qu'elle serait à Venise, elle irait voir sur place. L'avantage avec Guardi, Canaletto et quelques autres c'est qu'on peut, aujourd'hui encore, entrer dans leurs tableaux.

5

Un cavalier genre Vélasquez

Paris,
vendredi 2 juin 2000

Le palais Labia occupe une pleine page dans
ce magazine à la couverture jaunie, en ouverture de
l'article. Sur la page d'en face, un Guardi conservé à
Munich le reproduit avec une exactitude parfaite.
Wandrille progresse dans ses recherches. Le coup de
téléphone de Rosa l'a rassuré, il avait alerté la terre
entière et ne comptait guère sur la police de Venise.
Puis il a pu parler longuement avec Péné. C'est elle
qui l'a convaincu de rentrer à Paris.

Il est revenu chez lui, dans les chambres sous les
toits qu'il occupe toujours au-dessus de l'appartement
de ses parents. Pénélope et Wandrille vivent ensemble mais n'habitent pas ensemble, phrase que les
imbéciles, les copines tartignoles de Pénélope, Olivia,
Patricia, toutes ces midinettes, n'arrivent pas à comprendre. Pénélope campe dans son petit logement de
fonction versaillais. C'est le secret de leur amour :

chaque nuit chez l'autre demande de la séduction, aucune routine. Il a enfin abandonné à son sort le cher Jacquelin, qui s'est résigné à mener une existence d'heureux retraité dans sa *junior suite* du Casino Venier.

Wandrille a prospecté méthodiquement dans les articles de journaux que sa mère, depuis des années, découpe quand il s'agit de Venise. Il est tombé assez vite sur un vieux numéro de *Connaissance des arts*, conservé en entier, qui raconte la vente du palais Labia. L'article évoque le déjà mythique « bal du siècle », qui avait eu lieu quelques années plus tôt, et se présente comme une visite, salon après salon, du sanctuaire du plus flamboyant des collectionneurs.

Wandrille, en quelques heures sur Internet, avait reconstitué toute l'histoire. En 1964, Charles de Beistegui vendit le palais Labia, le plus bel édifice du Campo San Geremia, l'un des plus grands palais de la ville. Maurice Rheims se chargea de tenir le marteau du commissaire-priseur. 7 000 œuvres défilèrent. Beistegui en attendait 300 millions de lires, il récupéra plus du double, et Maurice Rheims raconta qu'il lui avait avoué, vrai ou faux, qu'il n'en avait guère dépensé que 100 pour accumuler, en ces murs, ces richesses dont le prix venait de l'ordonnance et de l'effet d'ensemble. Ce qui lui avait coûté le plus cher, c'était les quelques meubles qu'il avait fait copier par des artisans de génie et pour lesquels il était prêt à dépenser plus que pour des originaux. Les morceaux du Labia, tel miroir, tel fauteuil, tel lustre, dont certains bras de lumière étaient anciens et d'autres modernes, étaient des fragments d'une œuvre d'art. Des années plus tard, lors d'une seconde vente orga-

nisée au château de Groussay, la canne avec laquelle
Don Carlos avait donné le signal du début du bal,
bel objet, fit aussi flamber les enchères.

Un tableau apparaissait à la dernière page : le portrait équestre de la bibliothèque. Dans la légende qui
accompagne l'image, on peut lire : « Au mur, un cavalier peint par un élève de Vélasquez provient de la
famille de M. de Beistegui ». C'est sans doute la raison
qui explique qu'il n'ait pas figuré dans la dispersion
– en tout cas, il n'est pas sur la liste que Wandrille a
trouvée sur Internet des peintures qui furent vendues
en 1964.

Wandrille découpe :

D'où « Don Carlos » tenait-il cette œuvre ? Le
tableau était peut-être réellement un bien de famille
pour Beistegui. Venait-il de ses ancêtres basques ?
De son père, Juan Antonio de Beistegui, ministre plé-
nipotentiaire de la jeune République mexicaine à

Madrid ? Était-ce lui qui l'avait acquis ? Était-ce un héritage de sa mère, Maria Dolores de Yturbe, qui avait déjà plus de chance d'avoir eu chez elle des portraits peints par des élèves de Vélasquez ? Mais si ce n'est pas un sous-Vélasquez, s'il y a, dessous, un vrai Rembrandt ? Ou alors il s'agit peut-être d'un tableau rescapé de la fabuleuse collection de son oncle, qui portait le même nom, Carlos de Beistegui, disparu en 1953 et qui avait donné au Louvre en 1942 une salle entière avec des œuvres de David, de Goya, de Boucher, une salle qui porte son nom. Si enfin, il vient d'un mystérieux « stock Klotz », il faut comprendre comment.

Quant au Labia, c'est devenu le siège de la RAI qui y a installé des bureaux avec des ordinateurs et qui de temps en temps retransmet des émissions de prestige depuis le salon Tiepolo.

Quand Wandrille enquête comme cela, il est fébrile. C'est ce qu'il aime. Il expliquera à Pénélope à quelle vitesse il a avancé, seul, dans son antre, avec ses notes, ses articles découpés, son ordinateur portable. Il exulte. Il jubile. Il va prendre le premier vol pour Venise, la retrouver à son retour de Munich.

Reste à éclaircir l'histoire de la collection Klotz. Pénélope cette fois a bien aidé Wandrille. Elle lui a murmuré à voix basse, comme si Rosa n'était pas loin, le nom de celle qui pouvait le renseigner. Il existe bien un héritier de la famille Klotz. Un homme qui l'ignorait lui-même jusqu'à l'an dernier. Ce sont des généalogistes recrutés par la direction des Musées de France qui le lui ont appris.

La France a changé sa politique : depuis la guerre, les musées avaient accueilli de nombreux tableaux

spoliés par les nazis et dont on ne retrouvait plus
les propriétaires. Ce sont les « MNR », initiales de
« Musées nationaux – restitutions » qui figurent sur
tous les cartels avec le nom de l'artiste et le titre de
l'œuvre. Pendant des années on attendait en vain que
les familles fassent des réclamations qui ne venaient
jamais. Et les Musées de France avaient l'air de se
satisfaire de ces tableaux sur leurs cimaises qui ne
leur appartenaient pas. Depuis quelques années, les
conservateurs ont l'obligation de faire eux-mêmes des
recherches, c'est plus honnête. Il s'agit souvent de
dénicher des cousins de cousins, très éloignés. C'est
une amie de Pénélope, Isabelle, conservatrice de la
bibliothèque centrale des musées nationaux, au Louvre, qui est chargée de centraliser les informations, de
retrouver les descendants. Wandrille lui a téléphoné
de la part de Pénélope. Elle n'a même pas eu besoin
de sortir ses fiches. Elle savait tout de ce dossier.

« Et donc, le légitime propriétaire du Rembrandt,
aujourd'hui…

— L'héritier Klotz est musulman ! Il vit à Istanbul.
Son père était anglo-turc depuis l'époque de la régie
des tabacs de l'Empire ottoman, sa mère était une
bonne musulmane de Bursa. Il cousine avec les Klotz
par la famille de son arrière-grand-mère, des Juifs du
ghetto d'Istanbul. Il a fait fortune en faisant fabriquer
en Anatolie des serviettes-éponge qu'il vend au Grand
Bazar et même au "Grand Bazar" de l'aéroport !

— Il a été heureux de se savoir propriétaire d'un
tableau majeur ?

— Vous plaisantez, de trente tableaux majeurs !
Klotz était marchand, ce que les nazis ont séquestré
c'est son stock ! Il y a renoncé ! Devant notaire ! Il a

gardé seulement des natures mortes, il ne s'est pas soucié du tout de la valeur estimée des œuvres, que nous lui avons communiquée tout de suite. L'argent ne l'intéresse pas.

— Il est très religieux ?

— La révélation publique de son cousinage avec les Klotz semble le gêner. Il a fait un don anonyme au musée du Louvre, une générosité incroyable, un vrai donateur comme autrefois, avec une clause très amusante, il a offert un premier groupe de dix tableaux retrouvés, et a promis qu'il donnerait ceux qu'on pourrait localiser ensuite : en échange de son cadeau, un drap de bain anatolien sera offert pendant dix ans aux abonnés du magazine *Grande Galerie*, le journal du musée. Avec cela, Jeffrey Karaguz, c'est son nom, est prêt à entrer, en peignoir blanc, ceint du prestige des donateurs du Louvre, dans l'Union européenne !

— Et au conseil d'administration de la Société des amis du Louvre ! »

6

La biennale était pourrie

Venise,
samedi 3 juin 2000, à midi juste

Sous la statue d'or de la Douane de mer, Pénélope s'est jetée dans les bras de Wandrille. Il l'a embrassée, et la scène était digne d'obtenir un lion d'or au festival de cinéma. Pénélope un instant pensa même au mariage. Elle l'avait trompé avant, c'était fait, elle cochait la case, la voie était libre.

La biennale était pourrie. La veille, il avait grêlé. Et il pleuvait tous les quarts d'heure. Puis il y avait deux minutes de soleil, des arcs-en-ciel kitsch, et ça recommençait, une catastrophe touristique. Les gondoliers jouaient aux cartes dans les cafés. Les bâches en plastique, sur les étalages, avaient l'air d'emballages de Christo. Les canaux bombardés avaient des teintes de mosaïques moisies en attente de comité pour leur restauration. Et dans les Giardini, les visiteurs désertaient les pavillons nationaux où les artistes pataugeaient avec leurs attachés de presse voguant vers la dépression. Tous les palais donnaient des fêtes, ou plutôt ils étaient loués par les grosses galeries américaines, françaises, allemandes, pour que les journalistes puissent venir s'abreuver. Certains réussissaient leur coup : Maher Bagenfeld avait investi la Scuola Grande di San Rocco pour donner un dîner au milieu des Tintoret, les invités montaient le grand escalier et, dans la salle haute, se promenaient avec les petits miroirs qui permettent d'admirer les peintures des plafonds. Personne n'avait osé donner une fête dans un lieu si sacré, on en parlerait encore dans dix ans. Deux pays oubliés, l'Islande et l'Arménie, avaient choisi de s'allier pour une fête au palais Zenobbio, dans une lumière d'aurore boréale, le jardin était immense, les artistes inconnus, tout le monde y était venu.

Pénélope, au retour de Munich, avait refusé l'invitation de Rosa, et elle avait dormi quinze heures dans la chambre de l'hôtel Bucintoro. Elle s'était réveillée, trop tard pour prendre le petit déjeuner de l'hôtel et sans voir arriver sur le tapis du corridor le plateau à roulettes de Wandrille.

À cet instant, elle s'est sentie seule, *da sola*, et cette fois ce n'était pas absolument agréable. Elle est sortie, elle a jeté un regard en passant sur la grosse ancre qui marque l'entrée du Musée naval. Elle a attendu un peu, l'air de rien. Personne n'entrait. Personne ne sortait. Elle n'appellera pas Carlo. C'est à lui de le faire s'il en a envie.

Wandrille l'attendait sous la statue d'or.

Elle parla aussitôt d'autre chose :

« Tu as vu comme Venise est devenu chic ! J'ai croisé le président du Centre Pompidou, des commissaires-priseurs, le président de Christie's qui prenait un Spritz avec le président de Sotheby's...

— Il paraît que ça dure une semaine. Les Vénitiens fuient tous. »

Wandrille a enlevé son imperméable, ils se sont assis dessus, les jambes ballantes au-dessus de l'eau.

Le soleil traverse les nuages. Aucun des deux n'ose dire à l'autre que la lumière est très belle.

Les pièces du puzzle que Wandrille apporte complètent parfaitement ce qu'a appris Pénélope.

« Il nous reste tout de même une piste importante, Péné, on n'a pas eu le temps de s'y attaquer, il fallait peut-être commencer par là. On n'a pas du tout cherché du côté d'Achille Novéant, à part les images de son cadavre devant la Villa Médicis, on ne sait presque rien.

— Ou plutôt on sait ce que Jacquelin de Craonne dit de lui, son pire ennemi.

— Tu crois qu'on devrait lire ses livres ?

— Une autre idée ?

— Interroger sa famille, ses amis, le directeur de la Villa ?

— Ou essayer de savoir ce que Rosa pense et sait de lui. De son passé. Elle n'en parle jamais. Elle devait le connaître comme elle connaît les autres. Il faudrait même savoir si elle l'avait déjà invité à "Paroles d'encre"... »

Pénélope et Wandrille, dans une douce ivresse, ont passé l'après-midi à aller d'un palais à l'autre, sans regarder vraiment les expositions ni les œuvres. En passant, ils ont repéré un amas de toiles noires vibrant dans un vacarme atroce : ce n'est pas une installation, c'est l'interminable chantier de La Fenice, qui n'en finit plus de renaître de ses cendres. À la tombée du jour, en attendant les nouvelles, ils se sont lancés dans un tour anti-touristique, pour explorer les marges : les usines désaffectées, dans les canaux éloignés, avec leurs poutrelles métalliques et leurs briquettes – bientôt des hôtels de luxe et des ateliers-galeries pour jeunes créateurs. La Venise de la biennale ne ressemble pas à Venise. Cela continue pendant trois mois, mais comme les galeristes, les journalistes, les attachés de presse, les dealers et les mondains, les artistes aussi car il y en avait, repartent vite, plus personne ne visite, les installations prennent la poussière dans les pavillons, îlots absurdes et poétiques posés sur un lac d'indifférence.

La crue s'est déclenchée vers huit heures. Tous ces glaçons venus du ciel avaient dû fondre. Wandrille, qui voulait aller nager au Lido, pour fuir la foule, comme Lord Byron, a renoncé. En regardant tomber l'averse, il a noté une phrase, dans un nouveau carnet : la première du roman vénitien qu'il tirera bientôt de cette aventure, et qu'il n'a pas commencé. Il l'essaye à haute voix dans le vent devant la façade de San Moisè envahie par les eaux :

« La nuit, à Venise, les places sont des salons vides qu'on traverse sans y penser. »

Le vieux restaurateur porte des bottes en caoutchouc, comme tout le monde quand c'est l'*acqua alta*. Il a fini de travailler. Il ne sourit pas. C'est un homme malicieux, austère, qui ne révèle pas les méthodes qu'il a apprises à Rome, à l'Istituto del Restauro dans les années soixante, auprès de son maître Cesare Brandi et de Piero Lamberti. Brandi était un génie. Avant lui, on ne restaurait pas les tableaux, on les réparait. Il avait tout inventé : la restitution des lacunes par des petits traits – *a tratteggio* – qui recomposent la couleur à quelques pas de distance mais signalent de près qu'il y a eu une intervention, il avait préconisé la réversibilité absolue des ajouts et des repeints, il avait pris en compte les vernis, les cadres, les éclairages, l'environnement de l'œuvre. Grâce à lui, ce qui était une popote était devenu une science. Les restaurateurs formés par lui jouissaient encore d'un renom extraordinaire.

Toute sa vie, Alberto Padovani, de la dernière promotion à avoir connu Brandi au Restauro, avait travaillé aux côtés de Lamberti, et sa mort la semaine passée l'avait détruit.

Pour en arriver là, Wandrille avait montré à Pénélope la page découpée dans *Connaissance des arts* où on voyait le tableau maquillé. Pénélope, elle, avait retenu le prénom de l'assistant de Lamberti que Rosa avait laissé échapper, Alberto. Wandrille se serait lancé dans des recherches sur Internet, Pénélope avait préféré s'adresser au concierge de l'hôtel : elle avait besoin de retrouver le nom d'un bon restaurateur de tableaux, Alberto quelque chose. Et le concierge, sans avoir besoin de chercher, lui avait répondu : « Alberto Padovani », ajoutant qu'il avait été le collaborateur de ce célèbre Lamberti qui venait d'être assassiné, que sa mère avait fait restaurer une Madone chez lui… C'est bien, la vie de village.

« Je peux bien vous en parler après tout, personne ne m'a fait jurer le secret. Don Carlos est mort, et je crois qu'il s'était désintéressé de cette histoire, alors si ça peut vous amuser. Lamberti a été tué, et la police ne sait rien, paraît-il. Ils ne sont même pas venus m'interroger. Ce n'est pourtant pas un crime de rôdeur !

— Le Rembrandt, fait Wandrille, vous l'avez vu ?

— Oui, autrefois. On ne l'a plus retrouvé ce tableau. Si votre article peut le faire ressurgir, ça serait bien, et ça ferait aussi une bonne histoire à raconter.

— Il est perdu ?

— Pas pour tout le monde ! C'est la formule qu'on emploie dans ces cas-là. Il devrait être dans un musée, vous *signorina*, qui êtes conservatrice, vous savez cela mieux que moi, il faut bien qu'il réapparaisse un jour. Je l'avais transformé. C'était un tableau, pour ainsi dire, atypique. »

Pénélope aime ce *cosi per dire*, le « pour ainsi dire » des Italiens qui cherchent à préciser une pensée qui est on ne peut plus claire mais qu'ils ne veulent pas dire d'emblée. Carlo l'employait tout le temps. Elle pense à lui comme si c'était l'année dernière tout ça.

« Beistegui était un homme honnête, un grand seigneur. Il n'y en a plus de ce modèle-là. La provenance de ce tableau, qu'il connaissait, devait le gêner. Il savait que c'était un chef-d'œuvre, mais pensait bien qu'il n'y avait que des coups à prendre s'il le gardait. C'est pour ça que ça me fait plaisir de vous en parler et que vous écriviez là-dessus, il faut que ça circule. Quand une histoire comme ça est enkystée, c'est du poison.

— La provenance ?

— L'histoire est étrange. On ne sait pas trop ce qu'il est advenu du tableau entre l'atelier de Rembrandt et le moment où on le signale dans le stock de Klotz. C'était un tableau scandaleux, un tableau de cabinet, qu'on ne montrait pas, il était fait pour la

délectation de quelques amateurs. Il n'a jamais été
gravé. Ce n'était pas un Rembrandt populaire. Quand
les nazis ont saisi la collection Klotz à Munich, ils ont
tout de suite compris que c'était le joyau, mais qu'il
fallait le planquer. Je dis la collection, mais c'est un
peu particulier : Klotz était un marchand, il avait
beaucoup acheté avant guerre, et dans les années
trente, avec le rapprochement de l'Allemagne et de
l'Italie, il avait écumé beaucoup de collections de chez
nous. Il n'avait pas un "goût", ce n'était pas ce que
j'appellerais un collectionneur. Les nazis ont envoyé
le pauvre homme en camp, il est mort de manière
atroce. Et son stock a été placé sous séquestre. Ce
Rembrandt a été mis à part. Hitler, quand il l'a vu,
l'a fait envoyer à Mussolini. Mussolini, qui n'était pas
un grand amateur, c'est un euphémisme, l'offrit au
seul esthète qu'il avait dans son entourage, son gendre, le comte Ciano ou, m'a-t-on dit, à une femme
qui devait être la maîtresse de Ciano dans ces années-
là. À la mort de Ciano, le Rembrandt disparut,
jusqu'au jour où un antiquaire de Strà, à côté d'ici,
la ville où Hitler et Mussolini s'étaient rencontrés
pour la première fois, le proposa à Beistegui. C'était
une année où le vieux Churchill était en vacances dans
le coin. Il est beaucoup venu. On prétend qu'il cherchait à récupérer les lettres qu'il avait envoyées au
Duce et où il l'appelait le plus grand homme de l'Histoire. Ça aurait fait mauvais effet. Elles étaient dans
une boîte que Mussolini avait avec lui quand on l'a
pendu. C'était sa dernière arme. Il paraît que Lady
Clementine a vendu ses plus beaux bijoux pour les
racheter à un ancien officier, qui s'est offert un palais
sur le Grand Canal avec ça. Je vous raconte cette

histoire pour que vous compreniez à quoi ressemblait Venise après la guerre. On cachait beaucoup de secrets, et tout, absolument tout, était à vendre.

— Beistegui l'a acheté…

— Aussitôt. Je crois qu'étant donné l'histoire récente de l'œuvre, le prix était excellent. Il pensa sans doute un instant à l'exposer chez lui, à en faire la perle noire du palais Labia…

— Pourquoi "perle noire" ?

— À cause du sujet. Je vous en parlerai plus tard. Un épisode biblique un peu inédit, une "variante iconographique" en quelque sorte, comme aurait dit mon maître Brandi. Toujours est-il qu'il ne l'exposa pas. Il l'apporta un jour à Lamberti, dans une grande caisse que nous avons ouverte lui et moi dans son studio, pour que personne ne puisse regarder, vous savez, la pièce où on a trouvé son cadavre. J'étais son assistant, j'ai reçu une mission très particulière. La peinture était en assez bon état pour une toile qui avait autant bourlingué, je ne sais pas si elle était de Rembrandt, ça y ressemblait en tout cas, une pâte picturale très épaisse, beaucoup de zones obscures, le personnage principal éclatant. Ce n'est qu'après coup que j'ai reconstitué cette histoire. Don Carlos ne m'a rien dit, il n'a pas prononcé le nom de Rembrandt. Lamberti le lendemain m'a juste demandé un travail extraordinaire : placer sur la peinture d'origine un vernis de protection réversible bien épais, deux bons millimètres, et repeindre dessus. Je n'avais jamais fait ça, il me faisait confiance, je me suis amusé comme un fou…

— Un peu comme un faussaire ?

— Pas du tout, l'œuvre restait authentique. J'ai ajouté une moustache, un habit à l'espagnole, un chapeau rabattu, j'ai gardé le fond, j'ai imité le côté vite peint, avec maestria. Je peux dire que je me suis surpassé, je me suis souvenu des ancêtres espagnols de monsieur le baron, et je lui ai fabriqué, en quinze jours, un Vélasquez. Ses employés sont venus le chercher, je les ai accompagnés au Labia pour l'accrochage, dans la bibliothèque. Il avait fière allure !

— Mais pourquoi ? Il représentait qui ce tableau de Rembrandt ? Un chef de guerre hollandais ? le pape ? le roi de France ?

— Mais non ! C'était une femme. Une femme nue. À cheval. »

7

L'île noire

Stromboli,
lundi 5 juin 2000

À Stromboli, le sable est noir. Wandrille a mis un polo Lacoste rouge et Pénélope une robe de coton blanc trouvée chez un couturier espagnol dont le nom commence par un Z et dont elle a décousu l'étiquette. L'île est le plus beau volcan de Méditerranée. Elle fait peur, quand on y arrive le soir par le bateau qui sert de navette entre Naples et les Éoliennes.

Pénélope et Wandrille avaient eu juste le temps d'attraper l'hydroglisseur du soir sur le port de Naples. Il s'arrête d'île en île : Salina, Vulcano, Panarea, Lipari... À bord du navire, qui tanguait beaucoup, Wandrille cherchait à griffonner, n'arrivait à rien, s'énervait, relisait ses notes :

« Voilà, je tiens la première phrase de mon premier roman, dis-moi ce que tu en penses : "La nuit, à Venise, les places sont des salons vides qu'on traverse sans y penser."

— Joli. La suite ?

— J'en suis là, j'ai plein d'idées, encore en désordre. Tu trouves que c'est bon ? Je vais téléphoner à ton ami Gaspard, il me dira ce qu'il en pense.

— Je croyais que tu le trouvais nul. Il va chercher à te faire bavarder… »

Wandrille avait gardé dans sa poche la page d'un journal français de l'avant-veille, acheté en sortant de chez le restaurateur de tableaux. Le récit de la dispersion des cendres d'Achille Novéant occupe une colonne avec une petite photographie. Sur l'image, l'horizon est barré d'un curieux nuage noir. C'est en le lisant à Péné qu'il avait tout compris et qu'ils avaient décidé de partir :

« À Stromboli où il avait une maison de vacances dans laquelle il aimait se retirer pour écrire, on a dispersé les cendres du grand écrivain. Peu d'amis étaient présents. Rodolphe Lambel lui-même, son camarade de toujours, retenu à la Villa Médicis, n'avait pas pu venir. Le dernier hommage à Achille Novéant lui fut donc rendu, en présence d'une poignée de journalistes un peu déçus, par quelques femmes de pêcheurs de l'île qui s'étaient réunies dans l'église. Le volcan, qui est depuis trois semaines en éruption violente, projetait un nuage de fumée noire, cela donnait à cette cérémonie l'allure d'une veillée funèbre. »

Wandrille avait murmuré : « Si le cheval de l'île noire… » C'était à Stromboli, pas au cimetière de San Michele, pas à la *Carbonera*, que Novéant avait caché le tableau. Venise, c'était trop dangereux.

Aller de Venise à Stromboli avait nécessité tout un dimanche, trouver un vol Venise-Naples, trouver le bon bateau au pied du château angevin sur le quai d'embarquement. Pénélope avait failli se tromper et les entraîner vers Capri.

À Stromboli, pas de voitures. Sur le débarcadère, des voiturettes de golf attendent les résidents des deux grands hôtels, et quelques gamins tournent à motocyclette. Wandrille a réservé à la Sciara, un hôtel dont le nom signifie « la lave », qui a sa piscine – d'eau de mer, il n'y a pas de source à Stromboli – et de jolies chambres blanchies à la chaux. Pour un peu, ils se sentiraient en vacances. Wandrille se dit qu'il serait bien, là, pour écrire.

Le soir, à peine arrivés, ils se promènent dans la nuit de l'île. Pas de touristes, pas de brouhaha de biennale, pas de fêtes, pas de palais, quelques chambres d'hôte, un volcan qui ronronne nuit et jour et fume comme un dieu antique. Il y a quand même une villa qui appartient au président de la République italienne et une autre aux Dolce Gabbana. Pour le reste, ce sont des maisons de pêcheurs et rien n'indique vraiment jusqu'à quel point elles sont habitées par la jet-set.

« Oh, regarde, Péné, un cinéma de plein air, c'est sympathique ça.

— On a de la chance, tu sais ce qu'ils passent, *Stromboli* avec Ingrid Bergman ! »

Wandrille, qui vient de regarder l'affiche, après s'être rendu compte que le cinéma donne *Stromboli* tous les soirs, achète deux places.

Derrière l'écran, le volcan gronde, et il gronde aussi dans le film. Pénélope s'identifie à l'héroïne, si malheureuse, ballottée sur les chemins, dans le cratère du volcan, décoiffée avec art. À l'époque, les filets séchaient sur les barques, les maisons étaient vides et s'écroulaient.

Il fait nuit, les étoiles prolongent celles qui s'affichent derrière Ingrid, seule dans l'île. Un chat miaule. Un autre, qui dormait à côté du projectionniste, se jette sur la toile :

« Un descendant de celui qui a joué dans le film, il a reconnu son grand-père.

— Que tu es naïf, mon pauvre Wandrille, c'est un chat figurant dont le cinéma loue les services à coup de croquettes. »

Dès le lendemain matin, ils se lanceront à la recherche de la maison qui appartenait à ce grand écrivain français auquel ce bel hommage vient d'être rendu. Les gens du cru doivent certainement savoir où ça se trouve. Dans leur chambre, à côté d'une pieuse image de saint Joseph, on a quand même prévu une petite télévision. Pénélope l'allume, au moment où TV5 annonce l'émission du lendemain : « Paroles d'encre » à vingt-deux heures trente, en direct du Palazzo Gambara à Venise, dont passe un beau travelling, avec toutes les nouvelles peintures qui brillent, les Polonais sont impeccables, puis trois images de la biennale et on voit défiler ensuite deux plans du cadavre d'Achille Novéant, et enfin les visages des invités, Frédéric Leblanc, Philippe Sollers, Jacquelin de Craonne, Dona Leon et Gaspard Lehman.

« La RAI nous gâte ! Péné, demain pas de dîner sur le port, on s'achète une bonne bouteille volcanique au village, je te prépare un plateau de fruits de mer. »

Le lendemain matin, sur le port, une vieille en fichu a su leur indiquer la petite maison d'Achille Novéant. La dispersion des cendres avait été un événement,

avec cette arrivée de journalistes et de représentants
de l'ambassade de France. Mais personne ne semblait
être venu ce jour-là ouvrir la porte de la cabane. Les
journalistes n'avaient pas le temps de passer une nuit,
et ils avaient tous repris le dernier bateau. Achille
Novéant laissait trois nièces, en Lorraine, pas vraiment éplorées, pas trop littéraires, Berthe, Liliane et
Clotilde, qui n'étaient pas venues à la cérémonie –
mais leurs noms étaient dans le journal, le réception-
niste de la Sciara l'avait conservé. Ce sont légalement
les propriétaires des lieux, et sans doute allaient-elles
bientôt mettre la demeure en vente. La police n'avait,
semble-t-il, pas fait d'enquête de ce côté. La maison
était mal tenue, presque à l'abandon, l'académicien
n'y était pas venu depuis des années.

Une allée de cyprès rabougris, sous ce vent chargé
de sable, au bout d'un petit chemin, conduit Pénélope
et Wandrille à un cube blanc, une porte bleue, entourée de murets qui mènent au rocher, puis à la mer.
Une carte postale. On comprend que, sur un coup
de tête, on puisse avoir envie d'acheter ce paradis.
Pénélope se sent renaître :

« Tu crois que les nièces en demanderont cher ?

— Si elles apprennent ce qu'il y a à l'intérieur,
elles devraient réclamer une petite fortune. Tu crois
que le Rembrandt va être très caché ? »

Wandrille escalade le mur, contourne l'entrée principale, Pénélope regarde par-dessus les pierres. Il aperçoit un passage, vers l'autre façade du côté de l'eau.
Il revient, aide Pénélope à escalader. Les fenêtres de
la maison sont étroites et hautes, mais aucune grille ne
les protège. Ils franchissent un second mur, directement construit sur le rocher. Du côté de la Méditer-

ranée, c'est une grande baie qui remplace le mur. Wandrille hésite à casser la vitre. C'est Pénélope qui avise une petite fenêtre sur la droite, accessible. Wandrille lui fait la courte échelle. Elle fracasse le carreau à coup de sac à main ; elle se hisse, il la pousse.

Pénélope est entrée dans une petite cuisine, comme celle d'Ingrid Bergman dans le film.

Une seconde plus tard, elle apparaît derrière la baie vitrée, l'ouvre en grand.

« Voilà, Péné, on s'installe, on est chez nous. Pas de sirène d'alarme. Pas de pièges à loup. On a de la chance pour notre premier cambriolage.

— Beaucoup de cambrioleurs nous envieraient. Regarde. »

En majesté, sur le mur de la chambre qui donne sur la grande pièce principale, le tableau, sans son cadre, est accroché au mur.

Ils sont revenus à l'hôtel plus tard que prévu, sans plateau de fruits de mer, sans bouteille de vin. Ils se sont précipités pour allumer la télévision. L'émission était commencée.

L'*altana* du palais était inondée de lumière, c'était Gaspard qui parlait. Il racontait son agression, il n'avait pas vu qui s'était jeté sur lui, il pouvait témoigner : un tueur fou était prêt à s'en prendre aux écrivains. La caméra, pendant qu'il parlait, filmait le *campo*. La remarque inattendue vint de Frédéric Leblanc, qui se pencha vers Gaspard et déclara avec un sourire : « Les écrivains ne sont pas les seuls à vivre ici sous la menace, n'oublions pas les chats ! » Et Wandrille avait lâché son verre à dents quand il avait entendu Gaspard Lehman répondre, un peu mielleux : « Pauvres chats ! J'en avais un à Paris, un chat vénitien. Il était comme mon double, il avait comme moi une petite mèche blanche, ici. Je l'aimais. Il est mort de vieillesse quelques jours avant le début de cette histoire. »

8

La cavalière de Rembrandt

Naples,
mardi 6 juin 2000

Dans l'avion qui décolle de Naples, Pénélope est surclassée. Elle a un tel air de triomphe. À l'enregistrement des bagages, l'hôtesse lui a donné tout de suite, en la voyant, de la classe affaires. Wandrille est rentré à Paris, par un autre vol, pour un rendez-vous à la rédaction d'un grand quotidien à qui il vient de vendre son reportage sur « ces comités qui sauvent Venise ». Elle a préféré repasser par Venise, faire une déposition à la police. Elle a toutes les preuves. Elle apporte des documents. Elle va aussi signaler à la division des carabiniers chargée de la protection des biens culturels qu'une œuvre importante se trouve dans une cabane de pêcheurs à Stromboli, cachée par précaution sous un sommier, et couverte, par ses soins, de papier journal.

Dans la maison de M. Novéant, il n'y avait pas que le tableau. Pénélope avait ouvert une grosse enveloppe. Achille s'était expédié à lui-même une vingtaine de lettres pour les mettre à l'abri. Celles que lui adressaient certains de ses confrères, des noms connus, en réponse à l'accusation que Rosa avait portée contre lui au sein de leur petit cénacle. On pouvait reconstituer toute l'histoire.

Rosa avait bien découvert le Rembrandt. Achille s'en était aperçu. Il était arrivé un peu après elle au fortin. Il avait trouvé la bouteille de solvant et les chiffons grâce auxquels elle avait dégagé, dans l'exaltation, un petit carré, une « fenêtre », dans le repeint à la hauteur du chapeau.

Le lendemain, Novéant avait fait venir Lamberti, qui avait aussitôt embarqué la toile, au sens propre – ils l'avaient mise dans la vedette avec laquelle ils étaient venus –, et l'avaient transportée dans l'atelier du restaurateur. Lamberti s'était mis au travail, la nuit même. Il était allé vite, il suffisait de dissoudre sans pitié la couche que lui-même avait fait peindre par son assistant, Alberto Padovani, dans les années cinquante. Le Rembrandt de M. de Beistegui, protégé par le vernis intermédiaire dont il l'avait recouvert, réapparut, intact. Lamberti et Novéant comprirent qu'ils pouvaient partager la somme si le tableau était vendu discrètement, à Naples ou en Sicile. Là où il y a des trafiquants de drogue qui utilisent des toiles de maîtres et des tableaux volés dans les musées pour servir de garantie lors de leurs transferts de fonds.

Cela, c'était Rosa qui le racontait dans une lettre, où elle sommait Novéant de revenir à la raison. Elle avait tout saisi, il était un voleur, il se repentirait. Elle racontait que le tableau avait été chez sa mère, qu'elle en était la seule propriétaire. Son notaire avait copie de cette lettre, elle allait engager une action légale.

Novéant avait répondu, semble-t-il, que le tableau était en restauration. Elle avait traversé le Campo San Giovanni e Paolo, s'était ruée chez Lamberti, qui lui avait fermé la porte au nez. Dans une lettre un peu plus tardive, elle répliquait à Novéant : il avait dû lui écrire que ce tableau était la propriété collective de leur cercle, et qu'il venait d'alerter tous les membres pour les mettre en garde contre elle. L'avait-il vraiment fait ? Pénélope en doutait. L'un d'eux, après le meurtre de Novéant, aurait forcément parlé de ces missives à la police. Il avait bluffé. Novéant n'avait rien dit aux autres au sujet du Rembrandt, il le voulait pour lui.

Mais Rosa n'avait pas tardé à croire que tous les écrivains étaient complices et qu'elle était victime, elle, seule femme au milieu de ces hommes. On la dépossédait de son chef-d'œuvre, de cette femme sublime qui, jusqu'à sa mère, n'avait appartenu qu'à des femmes. Elle se sentait dans son droit.

Pénélope comprit alors que le billet qu'elle avait trouvé devant le *Colleone*, le billet que Rosa lui avait demandé de lui donner pour le lire, le premier matin, c'était elle qui l'avait écrit et placé là, quelques minutes auparavant : « *Tous les écrivains français de Venise seront des chats si le cheval de l'île noire ne rentre pas à l'écurie. Première exécution cette semaine.* » Un avertissement écrit par la romancière, mais pour qui ?

Pour qu'un même billet soit mis à Paris sous les yeux de Jacquelin de Craonne, le « président » du club, il avait fallu qu'elle ait un complice, et il n'y avait qu'un seul suspect possible. Ce soir-là, le petit

Gaspard avait trouvé une solution pour ne pas avoir à enterrer son chat, qu'il adorait et qui venait de mourir. Sa mort ne serait pas inutile. Il avait téléphoné à Rosa : il suffisait de faire croire qu'on avait joué, comme au XVIIIe siècle, au cruel « jeu du chat ». Rosa se trouvait juste en face de l'hôpital, avec ses cloîtres qui sont le plus célèbre refuge des félins de Venise. Était-elle tombée du premier coup sur un chat qui avait lui aussi une petite tache blanche entre les oreilles ? En avait-elle inspecté dix avant de choisir celui qu'elle sacrifierait, pour faire un clin d'œil affectueux à Gaspard. C'est le détail qui les avait perdus.

Wandrille avait compris, devant la télévision, que le chat mort à l'École des beaux-arts était celui de Gaspard. Il s'était trahi – il ne se doutait pas que Wandrille avait eu le temps de remarquer les petits poils blancs, en découvrant l'animal –, Pénélope avait compris à la même seconde que cette folle de Rosa avait été assez tordue pour sacrifier un chat qui ressemblait non seulement à celui de Gaspard, mais à Gaspard lui-même. Elle l'avait même enterré, dans son jardin, on voyait bien le petit tas de terre retournée.

Mais ce n'était évidemment pas pour effrayer Pénélope, dont elle ignorait alors l'existence, qu'elle avait exposé le chat et le billet plié en deux devant la statue du *Colleone*. Elle attendait quelqu'un d'autre ce matin-là. À qui elle voulait signifier un avertissement. Et cet autre, il fallait qu'il habite à deux pas, qu'il passe chaque matin sur cette place, à cette heure-là : ce ne pouvait être que Lamberti. Son atelier de restauration était à l'ombre de la basilique San Zanipolo. Ensuite, il y avait eu un mauvais hasard, comme il en arrive toujours pour faire capoter les crimes les mieux préparés, Pénélope était arrivée avant Lamberti, et ces deux chats morts avaient été découverts l'un par Pénélope à Venise, l'autre par Wandrille à Paris. Cela, cette malchance, Rosa et Gaspard n'y pouvaient rien.

Les deux voisines de Pénélope commentent le menu dans l'avion : le foie gras très quelconque, les asperges sèches, le risotto plâtreux, si vraiment c'est ça la vitrine de la gastronomie française, la « première classe ». L'hôtesse, une dame en chignon, les rassure : « Je suis bien de votre avis. Et je vais vous dire, en plus, c'est que du congelé. »

Pénélope pense au poisson que Roberto – elle s'est souvenue du prénom – découpait devant elle, sur la petite place : qui aurait pensé que Rosa Gambara était ainsi « de mèche » avec le petit Gaspard ? L'une opérait à Venise, l'autre à Paris. Elle avait été habile, elle avait laissé croire à cette pauvre Péné, qui avait tout gobé, qu'elle le détestait – son astuce avait été de lui en dire le plus grand bien. Ensuite, il y avait eu l'agression du jeune homme, à peine blessé, qui s'était produite à point nommé pour qu'il puisse se réfugier chez elle. Habitant ensemble, ils étaient invulnérables, ils avaient un seul objectif : retrouver le tableau, savoir où Novéant l'avait planqué. Ils ne soupçonnaient pas qu'il avait pu quitter l'île noire, la *Carbonera*, pour aller dans une autre île noire, Stromboli. Reste que la nuit où Gaspard était apparu avec un couteau planté dans le bras, à quelques centaines de mètres de là, le restaurateur Lamberti avait été tué au couteau, dans le dos, par quelqu'un que vraisemblablement il connaissait et à qui il avait lui-même ouvert sa porte. Pénélope avait raconté cela aux carabiniers de Venise, à eux d'en tirer toutes les conséquences. Probablement, Gaspard Lehman aurait-il le temps de méditer son prochain livre.

Pénélope a agi comme la Justice en personne dans un plafond de Tiepolo, dédaigneuse et froide, une allégorie. Sur les conseils de Wandrille, elle est allée, dès son arrivée à Venise, voir la directrice de l'Alliance française, qui lui a servi d'interprète chez les carabiniers. Mais elle n'a pas eu le courage d'assister à l'interpellation au Palazzo Gambara, comme le lieutenant le lui proposait. Cela se fera discrètement, le soir même. Rosa est une vedette de la télévision, elle sera d'abord entendue comme témoin. Pénélope se promet bien de tout balancer. Elle parlera. Cette femme est folle et peut-être dangereuse.

Aucune pièce de ce puzzle ne permet d'éclaircir le mystère du mort de Rome. La presse a affirmé qu'Achille Novéant s'était suicidé, sans vraie raison. Il avait ouvert la fenêtre de la petite suite turque, en pleine nuit, et avait sauté. Il est vrai qu'il était menacé et qu'il avait peur. Mais les résultats de l'enquête officielle n'ont pas été publiés. Pénélope sait que, ce soir-là, ni Rosa ni Gaspard ne pouvaient se trouver à Rome pour lui régler son compte. Et près de lui on n'avait trouvé aucun chat.

La vraie stupeur de Pénélope avait été de voir arriver Rosa à son hôtel, alors que son interpellation était prévue pour le soir même. Le sentait-elle ? Il lui restait une dernière carte, et quelques quarts d'heure encore pour la jouer. Elle avait bien compris que la fugue de Pénélope et de Wandrille cachait quelque chose. Ils avaient découvert la clef qu'elle avait tant cherchée en vain. Elle n'avait pas pensé à Stromboli.

Elle sentait que ces quelques jours sans nouvelles des deux Français n'étaient pas bon signe. Il fallait qu'elle passe aux menaces :

« Vous n'êtes pas venue à l'émission ? Je vous avais réservé une place au premier rang du public ! Wandrille n'est pas là ? Vous voulez voir le film qui est dans ce caméscope ? Ce serait mieux de le projeter sur grand écran, mais on voit déjà beaucoup de choses dans le viseur. Je vous montre le début, j'en ai trois heures, et j'en ai bien sûr fait une copie, c'est très facile à réaliser maintenant avec ces appareils. J'imagine que cette technologie fascinerait Wandrille…

— Même pour la photo, il en reste à la chambre noire et aux négatifs, alors je doute qu'une caméra numérique… Vous avez filmé des choses intéressantes ? Je peux voir ?

— Avec joie, puisque je vous le propose. »

TROISIÈME INTERMÈDE

Dans l'atelier de Rembrandt

Amsterdam, 2 juin 1654

———————————————

Rembrandt est heureux : célèbre jusqu'à Messine ! Ses gravures circulent, les peintres qui le connaissent, comme Mathias Stomer, parlent de lui avec admiration. À Messine, il y a eu autrefois un artiste de génie qui se nommait Antonello dont il est question dans les livres, il y a aussi des œuvres de Caravage, c'est une ville où on sait goûter la peinture.

La Sicile lui semble proche depuis qu'il a reçu cette commande. À travers les petits carreaux de sa maison de la Sint Anthoniesbreestraat, il imagine le ciel de l'Italie, où il a toujours refusé de se rendre. Les sujets proposés par le commanditaire le séduisent : *Aristote contemplant le buste d'Homère* et *Le Triomphe de Judith*.

On imagine depuis l'époque romantique l'atelier de Rembrandt comme l'antre ténébreux d'un créateur solitaire. Il était sans doute le contraire : baigné de lumière et bourdonnant de la vie de ses élèves et de ses apprentis. Pour peindre l'obscurité avec exactitude, il faut le soleil, pour travailler comme lui, il faut des disciples, des assistants, des préparateurs de toiles et des broyeurs de pigments, du chaos et de la fureur autour de ces autoportraits méditatifs, des blagues de potache autour de ces scènes bibliques, des filles de joie qui montrent leurs seins, l'agitation d'une ville moderne et riche en fond sonore de ses paysages aux arbres noueux.

Pour ce nouveau tableau, l'héroïne de la Bible devra être représentée comme aucun artiste n'osa jamais la montrer. Dans sa lettre, le commanditaire laisse le peintre libre de concevoir selon son génie la composition, les attitudes, le moment de l'histoire de Judith qui lui semblera le plus beau. C'est un gentil-homme, amateur d'art et collectionneur, il se nomme Antonio Ruffo. Il a envoyé une petite fortune à Rembrandt, pour qu'il exécute ces deux tableaux : cinq cents florins par pièce. En 1649, en échange d'un tirage de sa plus belle gravure, son ami Petersen Zoomer avait donné à Rembrandt une planche de Raimondi des plus rare, qu'il avait achetée cent florins – cela avait semblé tellement extravagant que la gravure, qui aurait dû être appelée *Laissez venir à moi les petits enfants*, avait été baptisée « la pièce aux cent florins » et on ne la connaissait plus désormais que sous ce nom. Antonio Ruffo promettait mille florins, par ces temps incertains, c'était royal.

Pour le premier tableau, ce sera facile. Rembrandt a trouvé un buste d'Homère en plâtre. Face au poète aveugle, il placera le visage d'un modèle qui jouera le rôle du plus grand des philosophes antiques, qu'il montrera dans son habit sombre, décoré d'une chaîne d'or, présent d'Alexandre le Grand, qui a été son élève.

Pour le second, il veut plaire à Antonio Ruffo, dont on dit qu'il aime les jolies femmes. Il relit la Bible, avant de commencer à peindre, le passage où Judith s'introduit de nuit dans le camp d'Holopherne, la manière dont elle séduit le chef de guerre ennemi, un gros barbu en cuirasse, qu'il n'a pas envie de peindre et qu'il éliminera du tableau. Elle va passer la nuit sous sa tente, avec ce soudard, et, le lendemain, ressortir victorieuse, tenant à la main sa tête tranchée. Parmi les modèles qui posent pour lui, Rembrandt sait déjà qu'il choisira la plus jeune, la plus jolie.

Personne ne s'est jamais demandé comment Judith avait fait pour fuir du camp ennemi après son crime – un crime qui sauvait son peuple. Rembrandt y pense depuis quelques jours, imagine les tentes, les soldats, les costumes, la pagaille…

Il a trouvé : elle est partie, au commencement du jour, profitant des dernières ténèbres, sur le palefroi de la brute. Elle a dû monter sur la bête et la lancer au galop, et comme ses robes, qu'elle portait pour séduire l'homme, ne devaient sans doute pas être des tenues de cavalière, il imaginait qu'elle était apparue, après cette nuit d'amour et de mort, glorieuse et terrible, nue.

Judith à cheval, triomphante et nue, comme la vérité antique, comme Vénus choisie par Pâris, comme Ève au jour de sa naissance quand elle sortit de la côte d'Adam, ce serait la plus crue et la plus belle des figures bibliques et, en même temps, la plus belle des jeunes femmes mythologiques jamais peinte.

Personne n'avait jamais osé représenter une femme nue à cheval. Il riait d'avance de ces peintres qui brossent des nymphes alanguies aux longues cuisses, de ces nudités chastes et calmes. Il peindrait la nudité guerrière, une belle fille aux cuisses blanches, aux seins dévoilés, une héroïne qui vient de réussir ce qu'aucun homme ne pouvait faire, et qui monte à cru. Aucun besoin de s'encombrer, dans la composition, du cadavre d'Holopherne ou de sa tête sortant d'un sac. Il y aurait la nuit, un cheval magnifique – il avait un carton de croquis faits dans sa jeunesse qui l'aidaient à peindre les chevaux – et le modèle qu'il se réjouissait déjà de voir poser ainsi, une semaine entière, pour lui seul, dans cette pièce de la maison où aucun élève n'avait le droit d'entrer, l'atelier du maître. Et même si la fille insistait, il ne lui montrerait pas le tableau. Elle n'aurait pas le droit de franchir la ligne de craie qu'il allait tracer sur le sol. Pas plus que lui.

Quelques années plus tôt, en janvier 1649, le roi Charles Ier d'Angleterre avait été décapité. Tout le monde avait hurlé dans les Pays-Bas, et en particulier le jeune stathouder d'alors, dont la femme Amalia van Solms cousinait avec les Stuarts. Son tableau pouvait être dangereux, à cause de cet Holopherne, décapité aussi, un esprit malveillant pouvait y voir une allusion politique. Le jeune stathouder est mort depuis, mais on se souvient, en ville, de la révolution anglaise et de Cromwell. Il fallait veiller à ce que nul à Amsterdam ne puisse voir l'œuvre, aucun de ses disciples, et surtout pas les plus admiratifs, qu'elle ne soit pas copiée, pas gravée, que nul ne puisse s'en inspirer – payer la fille pour qu'elle se taise – et que la toile parte vite en caisse, le vernis à peine sec, pour la Sicile.

Cette année 1654, les deux toiles de Rembrandt, *Aristote* et *Judith*, prirent donc le bateau en direction du port de Naples. Le mécène italien s'en déclara très heureux. Dans les années qui suivirent, Antonio Ruffo commanda au Guerchin, qui avait soixante-dix ans, le plus réputé peut-être des peintres italiens dans ces années-là, une œuvre qui serait le pendant de son *Aristote*, dont il lui fit parvenir un croquis : il voulait un astrologue en méditation. Le Guerchin répondit par ces mots restés célèbres : « Votre peinture de Rembrandt ne peut être que la perfection. J'ai vu des gravures d'après ses tableaux. Il est facile d'imaginer que sa couleur égale son dessin. Et moi, je suis un débutant à côté de ce grand maître. »

Ruffo accrocha-t-il *Le Triomphe de Judith* dans son cabinet de travail ? Plaça-t-il le tableau dans sa chambre ? Ruffo, riche et heureux, commanda encore d'autres œuvres à Rembrandt, un *Alexandre le Grand* et un *Homère dictant l'« Odyssée »* et durant des années le Hollandais et le Sicilien continuèrent à correspondre sans s'être jamais rencontrés autrement que par des mots et des peintures. Toute sa vie, Ruffo, qui possédait aussi plusieurs toiles de Nicolas Poussin, plaça au plus haut ses Rembrandt. Il ne les montrait pas à tous ceux qui venaient le voir, attirés par le renom de sa collection, mais seulement aux hôtes qu'il estimait capables de comprendre un si grand art.

Aristote contemplant le buste d'Homère est une
œuvre bien connue, que Pénélope avait dans ses
fameuses fiches du temps de l'École du Louvre. Il
est conservé à New York, au Metropolitan Museum.
Tous les autres tableaux de Rembrandt que posséda
Antonio Ruffo sont aujourd'hui considérés comme
perdus.

———————————————

9

Pénélope offre un tableau au Louvre

Paris,
vendredi 30 juin 2000

Pénélope est redevenue brune. La blonde de
Venise, ça restera sur quelques photos, comme un
souvenir parmi d'autres. Et quand ses amis regarderont ces photos, jamais ils ne pourront imaginer ce
qu'a vécu là-bas, en huit jours de colloque, cette *bion-
dina*. Huit jours, pensent les collègues, c'est bien trop
long pour un colloque, on voit bien que c'était à
Venise...

Paris-Match titre : *Le Rembrandt de Venise entre
au Louvre*. Un exemplaire du numéro spécial hors
série est offert, par une hôtesse en tailleur rouge, à
chacun des invités de la soirée dans un sac de toile
noire portant le logo des éditions du Louvre – avec
un magnifique drap de bain en pur coton anatolien.

Le munificent Jeffrey Karaguz, un peu perdu dans
la foule, en costume Armani, ne manifeste aucune
émotion. Il figure parmi les grands mécènes du musée,

et c'est à ce titre qu'il est présent. Personne ne sait qu'il est celui qui offre le tableau.

Les écrivains de Venise se retrouvent tous autour de *Judith triomphante* qu'ils découvrent débarrassée de ses repeints. Jacquelin de Craonne parle de ses livres à un groupe d'étudiantes de l'École du Louvre qui connaissent son nom par leurs grand-mères. Il reste évasif au sujet du tableau, aucun de ses commensaux n'ose dire qu'il avait deviné, aucun ne se vante vraiment de l'avoir possédé, comme on possède un cheval de course, pour un quinzième. Si jamais la police considérait que c'était du recel, ces années où le tableau déguisé en toile espagnole caracolait dans leur fortin…

« Il y a même notre ancêtre le professeur Crespi ! Je te parie qu'il va continuer à te baratiner.

— Wandrille, je te recommande ton amie Wanda Coignet, elle est un peu isolée et… »

La directrice du mécénat du musée a bien travaillé : tous les membres des comités vénitiens sont à Paris. Crespi, qui les observe, s'émerveille. Il avait entendu parler de ce tableau, à l'époque de Beistegui au palais Labia, il avait même dû le voir, mais comment imaginer que ce mauvais pseudo-Vélasquez était un Rembrandt exceptionnel ? À Venise, il faut se méfier : tout les faux ne sont pas d'importation chinoise. Les membres du Rembrandt Research Project sont là aussi, la toile a été authentifiée, et le professeur Rothmeyer a bien dit, dans la petite allocution qu'il avait faite après celle du directeur du musée, que c'était une jeune conservatrice de Versailles qui avait été la première à lui parler de cette découverte.

Pénélope, en tailleur sage, promène avec elle le DVD que Rosa lui avait apporté pour tenter de lui faire peur, ses ébats dans la « chambre des voyages de noces ». Elle l'a glissé dans son sac à main – un joli Dolce & Gabbana, en souvenir de leur maison à Stromboli, acheté à un formidable Sénégalais de la station de bus de Venise, qui parlait un français des plus recherché appris dans les livres du président Senghor et était aussi semble-t-il dépositaire officiel des marques Chanel et Christian Dior. Elle le regardera à nouveau, et elle le gardera. Elle est assez contente de cet enregistrement pirate : elle n'aurait jamais osé tourner elle-même ce long métrage, et quand elle aura soixante-dix ans, ça lui fera plaisir de se revoir ainsi dans les meilleures années de sa période chorégraphique. Rosa avait tenté des effets de zoom aux bons moments, varié les plans, c'était du joli travail.

Pas de nouvelles de Carlo, ce beau spécimen. Il réapparaîtra bien un jour… Pénélope n'a pas cédé au chantage. Elle a tout raconté à Wandrille, elle-même. Rosa avait menacé de lui donner le film, Pénélope sans ciller s'était fait fort de le lui montrer, elle avait même expliqué à la Gambara, qu'elle n'avait pas pris la peine d'insulter, que Wandrille et elle étaient un vrai couple libre comme dans les années soixante-dix, ce qui n'était pas tout à fait vrai, ou du moins pas encore.

Pénélope était donc allée confesser ses égarements, avait rappelé à Wandrille que de son côté, l'an passé, avec une certaine Léone de Croixmarc, il s'était lancé dans ce qu'elle appelait une intrigue à Versailles. Wandrille était allé se saouler avec ses amis, et il était revenu le lendemain avec un bouquet de fleurs. Per-

sonne n'avait trop pleuré. Voilà pourquoi Pénélope
détenait le film historique dans son sac à main, parmi
les Rembrandt du Louvre.

Dans une niche tapissée de rouge, son tableau est
la vedette de la salle des Rembrandt. Il a rejoint quelques-uns des plus célèbres autoportraits du maître, le
terrible et rougeoyant *Bœuf écorché*, le *Saint Matthieu
et l'ange*, qui est celui que Pénélope préfère, et ce
Philosophe en méditation, sorte d'alchimiste ou de
docteur Faust devant un escalier en spirale qui sym-
bolise l'aspiration à la connaissance.

Devant elle, les conservateurs ne savent plus comment expliquer cette audace, ce nu transcendant et
guerrier. Ils préparaient une exposition intitulée
« Rembrandt et la figure du Christ », ils allaient peut-
être retoucher un peu leur projet.

Le directeur du Louvre, qu'elle n'a pas revu depuis
qu'il l'avait fait venir dans son bureau quatre ans auparavant pour parler de la tapisserie de Bayeux – à l'époque de ce qu'elle appelle son intrigue à l'anglaise –, lui
fait de grands signes amicaux. Avec lui, elle se sent en
famille :

« Vous savez que je me rends à Venise plusieurs
fois par an ? Ma femme et moi avons adopté un chat,
vous l'aviez vu sur mon bureau, je crois, il s'appelle
Venise. Comme j'aimerais que vous puissiez rejoindre
nos équipes, je sais que les tissus coptes sont chers à
votre cœur. Hélas cela ne dépend pas de moi, c'est
la directrice des Musées de France qui a tous les
pouvoirs, et je ne trahis pas un grand secret en vous
disant que nous ne nous entendons plus très bien elle
et moi. Nous nous réconcilierons, c'est une femme
intelligente, et je ne vous oublierai pas… »

Ces bonnes paroles ne font, sur le moral de Pénélope, ni chaud ni froid. Le Louvre, elle y arrivera, mais plus tard. Elle en a la certitude. C'est juste une question de délai.

Pour la police italienne et la police française, les choses sont simples. Achille Novéant possédait un Rembrandt, inconnu de tous et de provenance indéterminée, il le conservait dans sa maison de Stromboli. Le communiqué de presse est limpide et les journalistes s'en tiendront à quelques faits. Une enquête a permis de déterminer que ce tableau, qui avait longtemps été caché à Venise, appartenait aux héritiers de la collection d'Edgar-Mauritz Klotz, mort en camp de concentration, à Auschwitz, le 11 novembre 1943. L'héritier de Klotz est un philanthrope anonyme qui n'habite ni l'Italie ni la France, bien connu des musées. Il a déjà légué beaucoup de tableaux et ne souhaite pas conserver des œuvres qui sont, pour lui, attachées aux horreurs et à la barbarie de la Seconde Guerre mondiale. Il est déjà depuis plusieurs années un des plus discrets parmi les bienfaiteurs du Louvre. Ce Rembrandt, il a voulu l'offrir.

Pénélope s'interroge encore : qui a tué Novéant ? S'est-il défenestré ? Pour éviter d'avoir à dire où il cachait son tableau… À qui ? Cette nuit-là, Gaspard était à Paris et Rosa à Venise.

Pénélope sent que son Rembrandt n'a pas tout dit.

Pénélope sait que son Kachimbat n'a pas tout dit,

Épilogue

Les pigeons de Venise

Venise-Paris-Rome,
mercredi 6 décembre 2000

Pénélope se dit, depuis ce matin, que Wandrille et elle ressemblent beaucoup aux pigeons de la place Saint-Marc. Dans cette histoire, on les a manipulés, ils se sont fait avoir, tout le monde leur a raconté des sornettes. Eux, si fins d'habitude.

Pénélope repense de temps à autre à Carlo. Lui n'a rien compris, et tant mieux. Il est retourné à ses maquettes de bateaux, à ses archives, à ses lunettes et fait sans doute bénéficier d'autres historiennes de ses incontestables talents.

Rosa a été internée à l'hôpital psychiatrique de Vicence, jolie architecture. Les experts médicaux ont joué un rôle magnifique à son procès. Elle leur doit beaucoup. Elle a échappé de peu à la condamnation pour complicité de meurtre et à la prison. Son émission, qui durait depuis dix ans, a été, sans trop de commentaires ni de regrets, retirée de la grille des programmes. La chaîne a fait en sorte qu'elle soit traitée avec égards, et la solidarité des journalistes a empêché qu'on s'attarde sur son cas. Version officielle : elle vit désormais en Italie, dans une retraite discrète.

À Vicence, elle a droit à quelques visites, en présence d'un infirmier. Elle a demandé à revoir Pénélope, qui a accepté, à la demande expresse de l'inspecteur principal De Luca, jeune femme brillante en charge de l'enquête. Pour Mariella De Luca, l'affaire n'est peut-être pas close.

Rosa, dans le jardin de l'hôpital, a avoué à Pénélope épouvantée :

« Je vous ai vue, je vous ai possédée, cela me suffit. J'ai fait comme Balthus avec son petit modèle dans la chambre turque. Il la faisait déshabiller, il se plaçait en face d'elle. Il regardait. Elle était à lui parce qu'il la peignait. La chambre turque, là où est mort ce crétin vaniteux, c'est un dispositif de voyeur, avec ces petits volets verts. On voit Rome, ou d'autres choses… Vous savez qui était cette adolescente qui posait pour Balthus ? Un jour, elle écrira quel calvaire c'était. Elle devait rester silencieuse. Ne rien dire. Ne rien voir. Elle apprenait ce que c'est que l'art, la beauté, le silence et appartenir à quelqu'un. Cette fille, dans la chambre turque, ce tableau qui est au Centre Pompidou maintenant, c'était moi. »

Pénélope n'a même pas voulu savoir si c'était vrai ou si c'était de la mythomanie d'écrivain.

Rosa voulait le tableau, pour venger sa famille, elle avait manipulé Gaspard Lehman, en lui laissant croire qu'ils revendraient la toile à la mafia sicilienne et qu'ils partageraient. Gaspard n'avait pas un sou et rêvait de palais à Venise, de gloire littéraire, il prenait la vie comme un jeu où il avait le droit de voler, de tuer des vieillards, de séduire et de jeter, il était faible, suffisamment intelligent pour savoir qu'il n'avait pas beaucoup de talent, ou en tout cas pas assez pour ses ambitions. Rosa n'avait eu aucune peine à le dominer psychologiquement. Elle en avait fait son âme damnée.

« Carlo aussi a été un pion entre mes mains, un crétin utile et pas mal fait, n'est-ce pas ? J'ai senti, quand je suis passée au colloque pour le concert de Crespi, qu'il vous attirait. Je le connaissais un peu, ses parents avaient été proches de ma mère, du côté fasciste, et à Venise on se croise chez les uns et chez les autres. Lui donner l'adresse de cet hôtel a été un jeu d'enfant. Il ne vous a pas dit que c'est moi qui lui avais procuré cette bonne fortune ? Il a voulu faire comme s'il avait tout combiné, pauvre jeune homme, cela me touche… Ensuite je lui ai montré le début du film, comme à vous, il en bégayait. C'est le soir où je me suis servie de lui pour qu'il vous téléphone, pour vous faire venir, et je vous ai fait prendre un petit bain glacé avant de vous emmener en Bavière. Vous le méritiez. Vous aviez été à lui. Vous étiez à moi. Vous savez ? Vous êtes tombée dans un piège bien simple : vous n'avez pas lu *Bons baisers de Russie*, un des meilleurs James Bond ?

— J'ai vu le film.

— Ça ne suffit pas, ma petite. Il faut toujours en revenir aux textes. Pourtant, dans le film, la scène s'y trouve, elle dure quelques secondes. Alors que dans le roman, la description est assez longue et précise. Le coup de la chambre nuptiale avec une glace sans tain, dans un hôtel louche à Istanbul, vous aviez oublié ? J'enverrai le livre à Wandrille, je crois qu'il aime bien toutes ces histoires d'espionnage. Trois heures, vous vous êtes surpassée, il vous plaisait vraiment ce Carlo, dites-moi, racontez-moi tout, puisque nous avons tout intérêt à rester amies toutes les deux, non ? »

Rosa en riant, de son rire de tête si exaspérant, avait tenu à faire une petite mise au point : la chambre des jeunes époux, dite aussi « des voyages de noces », existe dans bon nombre des hôtels de Venise. Elles sont toutes conçues sur le même modèle : une grande glace sans tain, face au lit, et à l'arrière un petit cabinet qui est loué pour des sommes extravagantes. Depuis qu'Internet s'est généralisé, les portiers d'hôtel, qui ne louent qu'à des Vénitiens pour ne pas avoir d'ennuis, fouillent les voyeurs avant de les laisser entrer pour vérifier s'ils n'ont ni caméra ni appareil photographique. Une seule image sur le Net, et c'est l'hôtel qui fait faillite, qui tombe sous l'opprobre. Pour emporter un caméscope, Rosa a dû payer une fortune. Et engager sa notoriété. Signer sur l'honneur, de son vrai nom, Benita Gambier, le document certifiant qu'elle ne ferait aucun usage public de la vidéo. Quand elle donnait tous ces détails, Pénélope n'arrivait même pas à la regarder. Pénélope la haïssait. Elle imaginait ce qu'elle allait lui répondre pour la faire taire. En attendant, pour cinq minutes encore, la romancière jubilait. Elle l'écrasait. Hélas, elle ne pouvait pas en faire un livre, c'était son seul regret. Ce nigaud de Carlo, pensa Pénélope. Elle trouva encore, vaincue et soumise, de quoi sourire pour narguer la triomphale Rosa, internée mais écrasante. Elle pensait : si ça se savait, mon Dieu, une chose pareille, plus personne n'irait en voyage de noces à Venise. La ville redeviendrait vivable. Et c'est alors, avec énergie, qu'elle avait contre-attaqué. Elle lui avait affirmé qu'elle avait donné elle-même le film à Wandrille. Pénélope se voyait en Judith sortant du camp d'Holopherne et des barbares. Elle triomphait nue.

Gaspard Lehman est en prison à Fleury-Mérogis. Il a avoué le meurtre du restaurateur Lamberti. Il avait ensuite simulé une agression : pour se débarrasser de l'arme du crime, il se l'était plantée dans le bras – et personne n'avait pensé à faire une analyse du sang qui avait coulé sur sa chemise.

Il est clair qu'il avait voulu s'emparer du Rembrandt. Au procès, il avait accusé tant et plus Rosa Gambara. Mais c'est lui qui avait frappé, et il avait été le seul à avouer. On attendait qu'il quitte la littérature, ou qu'il passe plusieurs années à écrire un grand livre, sa rédemption et sa réinsertion. Il vient de faire paraître un court roman, vite écrit, vite lu, le titre est emprunté à un opéra de Vivaldi, comme d'habitude, *Judith triomphante* – le titre que le conservateur des peintures du Louvre a donné au Rembrandt – et il s'agrémente d'un sous-titre, *Mémoires d'un chat à Venise*. Wandrille a blêmi quand il l'a ouvert. La première phrase lui saute à la gorge : « La nuit, à Venise, les places sont des salons vides qu'on traverse sans y penser. » Ces écrivains sont des vampires ! Elle était creuse cette phrase, prétentieuse, poseuse, pas étonnant que cette petite crevure l'ait volée...

Pénélope a aimé Venise. Pour le palais Fortuny, ses soies brodées d'or avec des oiseaux de paradis, des grenades ouvertes et des raisins bleus, il faudra revenir. Au bout de cinq tentatives, elle a fini par abandonner l'idée de le visiter. Le dernier matin, elle s'y est rendue fièrement : mercredi, c'était le jour de fermeture.

Mariella De Luca, en uniforme, est allée voir Rosa à Vicence le lendemain du rapport que Pénélope lui a fait. Plusieurs points l'ont intriguée. Ce tableau, pour la police italienne, c'était d'abord un cadeau de Mussolini à la maîtresse du comte Ciano. Elle s'intéressait aux rapports entre les fascistes vénitiens et les collaborateurs français à la fin de la guerre. Pénélope n'avait pas réussi à en apprendre plus de la bouche de l'enquêtrice, qui semblait plus avancée qu'elle ne voulait bien le dire. Le second point que l'inspecteur principal De Luca voulait éclaircir, c'était le mystère du tableau de Balthus et de son modèle. Quel intérêt ? Mariella De Luca avait demandé à Pénélope si, à ses yeux de conservatrice de musée, le délire de Rosa pouvait être vrai, comment on pouvait vérifier. Pénélope n'avait pas trouvé la réponse, et s'était surtout interrogée sur la question… Pourquoi s'intéresser à ce Balthus du Centre Pompidou, *La Chambre turque* ?

De retour à Paris, en passant devant l'École des beaux-arts, quai Malaquais, l'affiche d'une exposition attire le regard de Pénélope : « Créations d'aujourd'hui – Paris-Rome. Neuf artistes de la Villa Médicis. »

Les pigeons qui marchent sur les quais sont gras comme des lions vénitiens. Pénélope se tait, les regarde.

Pénélope comprend, en une seconde. Il lui manquait une pièce. Rosa et Gaspard étaient des improvisateurs un peu fous, ils avaient cru qu'ils allaient récupérer un Rembrandt et que cela leur donnait droit de vie et de mort. Que personne ne les inquiéterait. Que Novéant était un criminel, et Lamberti son complice, et qu'il fallait faire justice. Très bien tout cela, mais à eux aussi il manquait la pièce essentielle de l'échiquier. Rosa et Gaspard n'ont pas agi seuls. Ils étaient aidés, protégés. Il y avait un ami qui pensait pour eux. Un ami sur lequel Novéant se reposait aussi, un ami puissant. Un ami qui savait tout de Rosa, de ses angoisses de petite fille, des traumatismes de son enfance, l'origine de sa folie. C'était tellement évident. Et lui était un vrai tueur. Capable de jeter un vieillard par une fenêtre. Capable de se débarrasser en douceur de ses complices, y compris de Rosa, la toute-puissante prêtresse de la littérature à la télévision. Un homme qui n'avait pas compris, pourtant, que Novéant avait fait passer son cheval d'une île à une autre, d'une case noire à une case noire – qui n'avait pas deviné que le Rembrandt était à Stromboli.

À la Villa Médicis, dans son bureau de cardinal, l'ambassadeur Rodolphe Lambel s'apprête à rentrer à Paris pour vivre, avec modestie et une nuance de tristesse, son triomphe. Il relit l'éloge de son ami de toujours, Achille Novéant, auquel il vient de succéder à l'Académie française. Une élection « de maréchal », après un seul tour de scrutin. Ce soir, à la Villa, il donne une fête, avec du champagne payé « de sa poche », douce dépense faite dans l'euphorie. Même Jacquelin de Craonne, dit-on, qui détestait Novéant, aurait voté pour Lambel, que tout le monde aime bien. Rodolphe Lambel n'est pas vraiment écrivain, on l'a élu parce qu'il représente l'alliance de la vie artistique et de l'ouverture au monde, un mélange de

francophonie diplomatique et d'encouragement à la
jeune création. Il est l'auteur d'un essai sur les rela-
tions diplomatiques à l'heure de la globalisation et
d'une dizaine de belles préfaces dans les catalogues
des expositions de la Villa.

Personne ne sait que ce Novéant, depuis leurs
années d'études, Lambel le haïssait. Il était son rival,
un rival qu'il avait si souvent embrassé sans jamais
parvenir à l'étouffer. Novéant avait jusqu'au bout tout
fait mieux que lui : et là, à soixante-trois ans, il allait
publier la redécouverte de ce tableau que Rosa reven-
diquait. Lambel avait tout fait pour lui faire peur, pour
que ce soit lui qui puisse offrir ce tableau à la France.
Qu'il venge son père, fusillé à la Libération, en deman-
dant qu'une salle du Louvre porte son nom. Avec ce
Rembrandt, avec la Villa Médicis, il avait enfin de quoi
écrire un grand livre, entrer dans le cercle. Rosa l'aiderait, avec son émission, son réseau, sa folie. Les réseaux
des enfants de fascistes sont internationaux. La complicité qui unit les fils des mussoliniens et ceux des
collaborateurs français est complexe : personne n'est
obligé de porter le poids des fautes de ses pères. Mais
beaucoup se connaissent, se voient, parlent entre eux
de ces vieilles histoires. La Villa avait été le décor du
calvaire de Rosa, quand elle était petite fille. Elle serait
l'écrin de sa revanche, de leur revanche. En public,
Rosa Gambara et Rodolphe Lambel faisaient semblant
de se mépriser depuis toujours – depuis qu'ils avaient
quinze ans, ils étaient complices. Novéant, pour ne
rien avouer à Lambel, avait sauté.

Novéant avait été le grain de sable. Et le pauvre
vieux se méfiait tellement peu qu'il était allé lui
demander refuge. Le dernier soir, Lambel avait voulu

le terroriser, lui faire avouer par la force ce que Novéant ne voulait pas dire. Mais aujourd'hui c'était fini. Lambel pleurait un ami, il était académicien. Seule une folle internée à Vicence avait tenté de l'accuser, mais personne n'y avait ajouté foi. Gaspard Lehman, ce jeune homme qui en avait encore pour dix ans de taule, il ne l'avait jamais rencontré. C'est sans doute parce qu'on ne l'a jamais compté parmi les « écrivains français de Venise », ni même parmi les écrivains tout court, que personne, durant la longue enquête qui a duré six mois, ni la police italienne ni la police française, ni même cette petite conservatrice qui a voulu se mêler de ce qui ne la regardait pas, personne, absolument personne, ne l'a jamais soupçonné.

Précisions historiques
et remerciements

L'auteur présente ses excuses aux écrivains qu'il a transformés en personnages de cette intrigue sans leur demander leur avis. Il remercie tous les amis, en Italie et en France, qui l'ont inspiré, parfois sans s'en douter, lors de l'écriture de ce troisième épisode des enquêtes de Pénélope – épisode qui peut se lire, bien sûr, indépendamment des deux premiers :

Bikem et Roger de Montebello,

Jean-Jacques Aillagon, Benedikte Andersson, Isabelle et Frédéric Andersson, Laure Beaumont-Maillet, Martin Bethenod, David Blin, Violaine et Vincent Bouvet, Laurence Castany de Bussac, Marjorie et Guillaume Cerutti, Claire de Chassey, Éric de Chassey, Jean-Christophe Claude, Adélaïde de Clermont-Tonnerre, Henry-Claude Cousseau, Nicolas Delarce, Laurent Delpech, Daphné Doublet-Vaudoyer, Bertrand Dubois, Béatrice de Durfort, Dominique Fanelli, Christine Flon, Bruno Foucart, Jean-Louis Gaillemin, Élisabeth et Cyrille Goetz, Alessandro Grilli, Michaël Grossmann, Delphine et Stéphane Guégan, Valentine et Markus Hansen, Nick Henry-Stolz, Dominique Jacquot, Barthélémy Jobert, Robert

Kopp, Constance et Laurent Le Bon, Jacques Lamas, Arnaud Leblin, Christophe Leribault, Jean-Christophe Mikhaïloff, Frédéric Mion, Dominique Muller, Ziv Nevo Kulman, Christophe Parant, Polissena et Carlo Perrone, Véronique et Arnauld Pierre, Gilda Piersanti, Nicolas Provoyeur, Brigitte et Gérald de Roquemaurel, Béatrice et Pierre Rosenberg, Xavier Samson, Alain Seban, Jean-Yves Tadié, Thierry Taittinger, Thierry Tuot.

Parmi les nombreux livres sur Venise qui ont permis de préparer ce roman, écrit presque entièrement sur place, les quelques ouvrages suivants permettent de prolonger la rêverie de manière plus savante, et de démêler le vrai du faux.

Pour les guides, le meilleur reste le petit volume rouge de Giulio Lorenzetti, *Venezia e il suo estuario, Guida storico-artistica*, presentazione di Nereo Vianello, Trieste, Edizioni Lint, 1963 (constamment réimprimé et mis à jour). Il est d'une grande précision, c'est selon toute vraisemblance celui que Pénélope a dans son sac à main.

Dans la multitude des guides plus contemporains, on recommandera chaleureusement Hugo Pratt, Guido Fuga, Lele Vianello, *Venise. Itinéraires avec Corto Maltese*, Casterman-Lonely Planet, 2010.

Sur le café Florian et le Club des longues moustaches, ainsi que sur la naissance du cercle des écrivains français de Venise, on se reportera à l'étude de Sophie Basch, professeur à l'université de Paris-Sorbonne, *Paris-Venise 1887-1932. La « folie vénitienne » dans le roman français de Paul Bourget à*

Maurice Dekobra, Honoré Champion, 2000, et en particulier le chapitre VI, « Venise n'est pas une fête ».

Le livre de Michel Bulteau, *Le Club des longues moustaches*, Le Rocher, 2004, donne lui aussi de cette période une image très vivante. Nous nous permettons enfin de renvoyer à notre article, « Jean-Louis Vaudoyer », dans le volume collectif *Proust et ses amis*, sous la direction de Jean-Yves Tadié, p. 84-100, Les Cahiers de la NRF, Gallimard, 2010.

Pour la figure du grand restaurateur de tableaux vénitien, on s'est très librement inspiré du livre dirigé par Théo-Antoine Hermanès, Hans-Christoph von Imhoff et Monique Veillon, *L'Amour de l'art. Hommage à Paolo Cadorin*, Milan, Charta, 1999, volume qui comprend de passionnantes contributions de Ségolène Bergeon, Jean Clair, Laura Bossi, Robert Kopp...

Sur Vivant Denon à Venise, on se reportera au catalogue de la passionnante exposition de Pierre Rosenberg, de l'Académie française, *Vivant Denon, l'œil de Napoléon*, Éditions du musée du Louvre, 1999, ainsi qu'au livre de Philippe Sollers, *Le Cavalier du Louvre*, Plon, 1995 (disponible aussi au Livre de Poche).

Sur le palais Labia restauré par Carlos de Beistegui, on trouvera de nombreuses informations de première main dans deux articles d'Évelyne Schlumberger, « La salle des amiraux édifiée par M. Charles de Beistegui au palais Labia à Venise », *Connaissance des arts*, n° 132, février 1963, p. 76-81, et « Visite d'adieu au palais Labia », *Connaissance des arts*, n° 143, janvier 1964, p. 34-71. Et bien sûr le remarquable film de Simon Thisse, Benjamin Roussel et Antoine de Meaux sur Carlos de Beistegui, dans la série produite par

302   *Intrigue à Venise*

Jean-Louis Remilleux, *Le Bal du siècle* (France 5, 2006).

Dans le catalogue de la vente du palais Labia, le cavalier attribué à l'école de Vélasquez, reproduit dans l'article d'Évelyne Schlumberger p. 35, figure bien sous le n° 78 – mais tout ce qui est écrit dans ce roman au sujet de son histoire et de sa provenance est absolument imaginaire.

La biennale d'art contemporain de l'an 2000 est elle aussi imaginaire : cette année-là, comme chaque année paire, Venise accueillait la biennale d'architecture. Certaines notations dans le roman s'inspirent de la biennale 2011 et d'une des plus belles fêtes jamais organisées à Venise, celle du galeriste Kamel Mennour en l'honneur de l'artiste israélienne Sigalit Landau, dans la Scuola Grande di San Rocco.

Pour visiter la chapelle de l'École nationale supérieure des beaux-arts et reconnaître tous les moulages – dont celui du *Colleone* de Verrocchio – et les copies de peintures qu'il contient, il est indispensable de se munir du livre d'Emmanuel Schwartz, *La Chapelle de l'École des beaux-arts de Paris*, préface d'Henry-Claude Cousseau, publication de l'École nationale supérieure des beaux-arts, 2002.

Le palais qu'habite Rosa Gambara est inventé, celui qui se trouve à cet endroit, devant l'église San Zanipolo, est plus récent et ne ressemble en rien à celui qui est ici décrit et dont les modèles sont plutôt sur le Grand Canal… L'hôtel Bucintoro existe, à côté du Musée naval, c'est un excellent établissement, mais qui n'a rien à voir avec la Pensione Bucintoro du roman.

Fondé par Gaston Palewski, le Comité français pour la sauvegarde de Venise est admirable. Il n'est évidemment en rien comparable au comité un peu ridicule que préside dans le roman la baronne Coignet. Il est possible de lui adresser des dons en se connectant à son site internet : http://www.cfsvenise.org/ Il est proposé d'adhérer pour 180 euros la première année, et 80 les années suivantes, et de participer ainsi à de grandes restaurations. Tous les persiflages au sujet des comités viennent du roman de John Berendt, *La Cité des anges déchus*, traduit par Pierre Brévignon, L'Archipel, 2007.

L'Istituto Veneto est une très importante institution vénitienne, qui a compté parmi ses membres illustres aussi bien Antonio Canova qu'Alessandro Manzoni ou Giosuè Carducci, Jules Michelet, Louis Pasteur, Bernard Berenson, Ezra Pound, Fernand Braudel, aujourd'hui Pierre Rosenberg, Jean Clair, Jean-Pierre Changeux... L'Istituto organise, dans ses deux palais, le Palazzo Loredan et le Palazzo Cavalli-Franchetti, reliés par le Campo S. Stefano, de nombreuses rencontres et colloques internationaux d'un très haut niveau scientifique. Un échange régulier existe depuis quelques années avec l'Institut national du patrimoine, chargé de la formation des conservateurs et de restaurateurs d'œuvres d'art (qui se nommait, à l'époque où Pénélope y était élève et encore en 2000, quand se déroule l'action de ce roman, École nationale du patrimoine).

Sur les pillages d'œuvres d'art durant la Seconde Guerre mondiale et les restitutions opérées après guerre, le meilleur livre reste de très loin celui de Lynn H. Nicholas, *Le Pillage de l'Europe. Les œuvres d'art volées par les nazis*, traduit de l'américain par Paul Chemla, Seuil, 1995. On consultera aussi avec profit Hector Feliciano, *Le Musée disparu, enquête sur le pillage d'œuvres d'art en France par les nazis*, traduit de l'espagnol par Svetlana Doubin, Gallimard, 2008.

L'histoire de la collection Klotz – qui ressemble un peu à la collection Schloss étudiée par Feliciano – est imaginaire, elle s'inspire également de manière très libre d'un certain nombre d'histoires vraies rassemblées dans le remarquable catalogue rédigé par deux amies de Pénélope, Isabelle le Masne de Chermont et Laurence Sigal-Klagsbald, *À qui appartenaient ces tableaux ? La politique française de recherche de provenance, de garde et de restitution des œuvres d'art pillées durant la Seconde Guerre mondiale*, Musée d'Israël, Jérusalem-Musée d'Art et d'Histoire du judaïsme, Paris, RMN, 2008. Plusieurs éléments viennent aussi des conversations de l'auteur avec Pierre de Gunzburg.

Sur la fin du fascisme en Italie du Nord, on se reportera à l'excellent récit, très romanesque et rigoureusement historique, de Pierre Milza, *Les Derniers Jours de Mussolini*, Fayard, 2010, en particulier la section intitulée « Les étranges vacances de Winston Churchill », p. 304-309.

Le tableau de Rembrandt décrit dans ce roman est bien évidemment imaginaire. Il n'est pas entré dans les collections nationales. Pour le plaisir de feuilleter un vrai livre savant, on le cherchera en vain dans l'excellent catalogue de Jacques Foucart, *Inventaire des peintures flamandes et hollandaises du musée du Louvre*, Gallimard-Musée du Louvre éditions, 2010.

Aucun chat n'a été maltraité durant l'écriture de ce roman.

Table

PREMIÈRE PARTIE
Les derniers chats de Venise

DEUXIÈME PARTIE
Les chevaux de Venise

Table 307

TROISIÈME PARTIE
Les lions de Venise

Les enquêtes de Pénélope
au Livre de Poche

Intrigue à l'anglaise   n° 31061

Trois mètres de toile manquent à la fameuse tapisserie de Bayeux, qui décrit la conquête de l'Angleterre par Guillaume le Conquérant. Que représentaient-ils ? Les historiens se perdent en conjectures. Une jeune conservatrice du patrimoine, Pénélope Breuil, s'ennuie au musée de Bayeux, jusqu'au jour où la directrice du musée, dont elle est l'adjointe, est victime d'une tentative de meurtre ! Entre-temps, des fragments de tapisserie ont été mis aux enchères à Drouot. Pénélope, chargée par le directeur du Louvre de mener discrètement l'enquête, va jouer les détectives et reconstituer l'histoire millénaire de la tapisserie, de 1066 à la mort tragique de Lady Diana sous le pont de l'Alma…

Intrigue à Versailles   n° 31709

Revoici Pénélope, la jeune conservatrice du patrimoine, toujours amoureuse de Wandrille, le journaliste dandy et rieur. Après avoir résolu l'énigme de la tapisserie de Bayeux, elle est nommée au château de Versailles. Dès son arrivée, elle fait trois découvertes : un cadavre, un Chinois et un meuble en trop. C'est effrayant, c'est étrange, c'est beaucoup. Dans ce temple de la perfection et de la majesté vont s'affronter la mafia chinoise et une société secrète qui se perpétue depuis le XVIIᵉ siècle. Des salons aux arrière-cabinets du château, des bosquets du parc aux hôtels particuliers de la ville, Pénélope, bondissante et perspicace, va percer les mystères de Versailles.

Intrigue à Giverny   nᵒ 33704

Après Bayeux, Versailles et Venise, voici Pénélope à Giverny, la patrie de Claude Monet. Notre intrépide conservatrice-détective assiste à un dîner au musée Marmottan-Monet, au cours duquel elle rencontre deux spécialistes de l'œuvre du grand impressionniste. Le lendemain, l'une, une religieuse, a disparu, alors que l'autre, une Américaine, est retrouvée égorgée. Wandrille, le compagnon journaliste de Pénélope, est à Monaco où il couvre le mariage du prince Albert et de Charlène. Dans la principauté se prépare aussi la vente d'une toile de Monet. Vrai ou faux ? Le peintre, ami de Clemenceau, était-il vraiment l'homme tranquille qu'on connaît ?

VILLA KÉRYLOS, Grasset.
LES CONSTELLATIONS DE VARENGEVILLE, RMN-Grand
    Palais
NOTRE-DAME DE L'HUMANITÉ, Grasset.
VILLA KÉRYLOS, Éditions du Patrimoine.

Ainsi que…

Les Enquêtes de Pénélope, série romanesque comprenant
INTRIGUE À L'ANGLAISE, roman, Grasset et Livre de Poche,
    prix Arsène Lupin.
INTRIGUE À VERSAILLES, roman, Grasset et Livre de Poche.
INTRIGUE À VENISE, roman, Grasset et Livre de Poche.
INTRIGUE À GIVERNY, Grasset.

Le Livre de Poche s'engage pour
l'environnement en réduisant
l'empreinte carbone de ses livres.
Celle de cet exemplaire est de :
450 g éq. CO_2
PAPIER À BASE DE   Rendez-vous sur
FIBRES CERTIFIÉES   www.livredepoche-durable.fr

Composition réalisée par PCA

Achevé d'imprimer en France par Laballery
en mars 2020
N° d'imprimeur : 002666
Dépôt légal 1re publication : mars 2013
Édition 05 – mars 2020
LIBRAIRIE GÉNÉRALE FRANÇAISE
21, rue du Montparnasse – 75298 Paris Cedex 06

31/7342/4